- 문해력 키우는 고전 읽기 -

수상(隨想)한 고전 산책

'독서는 읽으면서 하는 여행이고, 여행은 걸으면서 하는 독서'라는 말이 있습니다. 독서와 여행의 연관성입니다. 특히 고전은 선현의 시대와 자취를 따라가게 되므로 시대를 초월합니다.

고전문학은 당시의 정치와 사상이 보이고 소소한 가정의 일상생활과 마음가짐을 느낄 수 있는 과거로의 끝 모를 여행길이 맞습니다. 문학과 현장의 일치에서 느끼는 풍성한 감정은 오로지 체험입니다. 어느 부분이 벅차고 아린지 마음의 일기를 적다 보니 독서록이 되고 여행기가 되고 수상록이 되기도 합니다.

옛사람은 나를 모르고, 나도 옛사람을 본 적 없습니다. 서로 본 적도 없고 만날 길도 없습니다. 그러면 무엇으로 우리는 옛이야기를 전해 들으며 소통할 수 있을까요. 바로 독서입니다. 고전에 들어있는 선대의 생각에 대해 우리가 느낌을 말하는 상호작용입니다. 그리고 고적 답사입니다. 고전문학 속에 그 시절 시절마다 선현이 걸어오신 길이 있습니다. 사상이 있습니다. 선조들 역시 성현의 말씀을 보고 배우며 마음을 수양하고 바른길을 걷고자 부단히 노력했다는 것을 알 수 있습니다.

예전에 가장 듣기 좋은 소리가 글 읽는 소리라고 했습니다. 지금도 그렇습니다. 어린이들이 시를 배우고 낭송하는 모습은 기특합니다. 반짝이는 눈망울로 뜻을 묻고 문장을 터득하는 모습에서 희망의 싹을 봅니다.

시문학은 특별함이 아니라 일상언어입니다. 계절을 노래하고 그리움을 노래합니다. 차를 마시며 풍경을 표현하는 마음입니다.

그러나 시조는 글자 수와 정해진 운(韻)자를 맞춰야 하는 율격이 있어서 아무나 짓지 못했습니다. 그래서 지식인층 전유물처럼 인식되었습니다. 시제(詩題)에 따라 교양의 잣대가 되었습니다. 이렇게 학습된 시문학은 양반과 선비사회 지식인의 충효와 자연사상으로 이어집니다.

옛글에도 그 시절 기쁘고 슬픈 감정, 분기와 그리움의 순간들이 그려져 있습니다. 세월이 아무리 흐르고 흐른다 해도 사람의 정감은 예나 지금이나 다름없기 때문입니다. 고전을 통해 선인들의 시절을 이해하고 선대의 삶을 전체적으로 공감하는 것입니다. 이렇게 과거를 통해서 오늘의 흐름을 이해하고 미래를 예견하는 것입니다.

고전을 접하면 단어부터 걸림돌이 많습니다. 한문(漢文) 해석이 요구됩니다. 단어를 알아야 문맥을 이해해야 하기 때문입니다. 한문학 고전문학 국문학이 연결되어 있다는 점입니다. 어떤 학자는 고전문학을 70%로 보고 현대문학을 30% 정도로 가늠해서 말합니다. 또한 고전문학이 현대문학의 모체라는 데 동의합니다.

우리 문학의 근원을 찾다 보면 삼국시대로 올라갑니다. 고조선 이야기가 있을 것 같은데, 전해 오는 내용이 별로 없습니다. 민담이나 전설 신화가 야사로 들어오는 경우도 있지만 문학사로 기록되지 않아 참으로 아쉽습니다.

현존하는 향가는 백제 무왕이, 신라 선화공주와 결혼하기 위해 유언비어식 노래를 부른 '서동요'입니다. 아무것도 모르는 선화공주가 밤마다 몰래 궁궐을 빠져나와서 서동과 동침한다는 억울한 시언을 피트린 것입니다. 공주는 궁에서 쫓겨납니다. 궁 밖에서 기다린 서동은 성공한 셈입니다.

'찬기파랑가', '모죽지랑가'는 신라 화랑의 높은 기개와 아름다움을 노래합니다. '처용가'는 의심할 만한 상황에서도 아내를 끝까지 믿어준 남편에 대해 처용이 감동한다는 내용입니다. '헌화가'는 한 노인이 천 길 절벽에 철쭉꽃을 꺾어서 수로부인께 바치는 순정이 그려져 있습니다.

이런 향가를 시작점으로 소설이 나옵니다. 외국의 대하소설처럼 장대하진 않지만, 소설 문학 속에는 우리 조상들의 삶과 소망이 그려져 있습니다. 심청전, 춘향전처럼 신분 상승을 기원하거나 어려운 현실을 해결하는 영웅소설이 주류를 이룹니다.

영웅소설을 분류하면 전쟁 영웅이 있고 종교적, 이념적, 정치적 영웅입니다. 임진왜란과 호란을 뒤집는 임진록과 박씨전은 패배한 경험을 보상하고 싶은 군담소설입니다. 최초 한글 소설 홍길동전은 부정부패를 응징하고 신분 질서를 넘어서고 싶은 다수의 마음을 대변했다고 하겠습니다.

영웅소설의 주인공은 비범한 혈통으로 초현실적으로 탄생합니다. 어려서부터 수많은 고난과 고초를 겪습니다. 우연히 조력자가 등장하고, 마침 국가적 재난이나 변고에 앞장섭니다. 반드시 큰 공을 세우고 부귀영화를 누리며 천상계로 돌아가는 행복한 결말입니다.

고전 소설로 홍길동전, 구운몽, 사씨남정기, 화산봉중기, 정두경전, 전우치전, 김원전, 유충렬전, 흥부전, 배비장전, 옹고집전, 심청전, 춘향전, 창선감의록, 쌍선기, 난학몽, 남궁선생전, 원생몽유록, 허생전, 옥수기, 명주보월빙의 일독을 권유합니다.

삼국시대 향가부터 고려가요, 조선시대 문학으로 시대적 구분하면서 들여다보니 끝 모를 여행길처럼 느껴집니다. 선배는 인생길을 먼저 걸어 본 여행자와 같습니다.

시가(詩歌)적 풍경에서 보고 느낀 각별한 정감과 감동, 담아두었던 귀한 글귀를 적었습니다. 후학의 학습과 감상에 도움이 되고, 결이 같은 벗들과 공감의 시간을 나눌 수 있다면 더할 나위 없이 기쁘겠습니다.

2024. 11.

明霞亭에서 어진이

잊혀가는 이름을 위한 '고전 수상록'

이길연(문학평론가, 고려대 외래교수)

　이어진 교수가 『수상(隨想)한 고전 산책』이라는 이름으로 산문집을 상
재한다.

　필자는 이 책을 간행하기 위해 다양한 측면에서 읽고 고심해 보았다.
그와 같은 과정에서 직업적인 습관인지 모르겠지만, 이 저서는 과연 어떤
성격의 책일까? 하는 의아심이 들었다. 물론 시나 수필 같은 창작은 아니
다. 그렇다면 평론인가? 이 또한 선뜻 동의하기 어렵다. 그렇다고 기행문
이나 일기문도 아니다. 이름을 짓는다는 것이 뭐 그리 대수롭겠는가마는
자신만의 이름을 갖는다는 것은 생각보다 중요하다. 그래서 우리는 가끔
정체성 논란에 휩싸이기도 한다.

　결국 이 글에 관해 필자는 '고전 수상록'이라는 이름을 붙이기로 했다.
물론 고전 수상록이란 장르가 존재하는 것도, 이제까지 문단에서 공식적
으로 사용한 것도 아니다. 그가 쓴 글의 소재는 모두가 고전에 관한 내
용이다. 여행이나 일상적인 독서 혹은 평상시의 사고 가운데 얻은 소감은

기행문도, 수필도 아닌 깊은 사고 가운데 반추하여 이끌어 낸 수상(隨想)의 성격이 짙기 때문이다.

이어진 교수가 사고 가운데 거둬들인 제재는 이미 우리에게 친숙하게 알려진 내용들이다. 무심히 지나치면 그대로 잊힐 내용이지만 돌이켜 생각하면 언제인가 우리 곁에 다가와 한동안 머물렀거나, 혹은 무심코 지나쳤던 고전적 산물이나 의식들이다. 이를 기억장치로 떠올린 글들로, 하나하나 반추하여 새로운 의미를 부여하고 있다. 특히 자연으로 상징되는 고향으로의 귀의는 평범한 일상인이라면 누구나 꿈꾸는 소망이 아니겠는가.

한국 현대시의 고전이라 할 수 있는 김춘수 시인의 「꽃」은 "내가 그의 이름을 불러주기 전에는/그는 다만/하나의 몸짓에 지나지 않았다."라고 시작한다. 시적 화자와 사물과의 관계를 말하고 있다. '하나의 몸짓'이란 단지 존재로써의 의미를 뜻할 뿐 특별한 뜻을 부여할 수 있는 것은 아니다. 다음에는 "내가 그의 이름을 불러주었을 때/그는 나에게로 와서/꽃이 되었다."로 이어지고 있다. 이 묘사에 담긴 뜻은 시적 화자가 사물에 관심을 표명할 때 새로운 존재 가치로 거듭남을 의미한다. 마찬가지로 이어진 작가의 여행이나 관심, 회억 속의 감성을 통해 거듭난 다양한 형태의 고전은 새 생명으로 탄생하게 되는 것이다.

끝내 "너는 나에게 나는 너에게/잊혀지지 않는 하나의 눈짓이 되고 싶다."로 변주되면, 시적 화자와 사물과의 관계가 단지 일방적인 관계에서 끝나는 것이 아니라 서로 소통할 수 있는 관계로 발전한다. 즉, 고전 산책은 이어진 작가의 일방적인 관심과 글쓰기에서 벗어나 이제는 화자가 고전으로부터의 정서 함양을 통해 영향권에 머물고 있다.

이 교수는 강단에서 오랫동안 학생을 가르쳤다. 누구를 가르친다는 것은 자신이 가야 할 길을 알고 있음을 의미한다. 글은 자신의 인품뿐만 아니라 내면세계를 비추는 거울과 같다. 그간 그와의 교류를 통해서 볼 때 그는 정도가 아니면 결코 눈길을 주지 않는다. 이형기 시인은 그의 「낙화」에서 "가야 할 때가 언제인가를 분명히 알고 가는 이의 뒷모습은 얼마나 아름다운가"라고 예찬하고 있다. 이어진 교수는 자신이 나아갈 때와 물러설 때 나아가 가야 할 길과 방향마저 분명히 예지하고 있다. 그에게 과잉이나 욕심, 잉여라는 단어는 허락되지 않는다.

이번에 상재된 『수상한 고전 산책』은 이와 같은 다양하고 복합적인 의미를 담고 있다. 이 한 권의 책을 통해 잊혀진 추억과 회억의 산책길로 함께 나서기를 권하고 싶다.

다시 한번 귀한 책을 문단에 상재함을 기꺼이 축하한다. 이를 계기로 또 다른 생명을 위한 출산을 꿈꾸기를 기원한다.

목차

제1장 / 옛 시인의 노래

제2장 / 충절의 시문학

제3장 / 성찰의 시간

제4장 / 청산이 좋아라

제5장 / 여운이 있는 글

수상(隨想)한

고 전 산 책

제1장

옛 시인의 노래

유리왕과의 대화

고구려 2대 유리왕은 왕비 송씨(松氏)가 세상을 떠나자 슬픔이 큽니다. 그러나 궁궐의 안주인을 비워둘 수 없어 두 여인을 계비로 삼는데, 고구려 여인 화희와 한(漢)나라 여인 치희입니다. 계비는 두 번째 정식 왕비를 삼는다는 뜻입니다.

두 여인은 처음부터 불화가 심했습니다. 유리왕은 이들의 다툼을 말리고자 동서에 이궁(離宮)을 짓습니다. 당장 눈앞에 서로가 보이지 않으니 싸움이 줄었습니다.

어느 날 유리왕이 멀리 기산으로 사냥하러 떠난 사이에 두 부인이 크게 다툽니다. 화희가 치희를 모질게 공격합니다. 한나라 계집 주제에 무례하고 무시한다는 것입니다. 안 그래도 외로운 치희는 분하고 부끄러워 궁을 떠나버립니다. 뒤늦게 궁궐에 돌아온 유리왕은 말을 채찍질하며 급히 쫓아갔으나 늦었습니다. 치희가 보이지 않습니다. 황망한 심경으로 나무 그늘에 앉아 먼 하늘을 바라보는데, 나무 위에 꾀꼬리 한 쌍이 노닐고 있습니다. 한없이 다정해 보이는 새들을 보며 지은 시가 바로 '황조가'입니다.

翩翩黃鳥(편편황조)

雌雄相依(자웅상의)

念我之獨(염아지독)

誰其與歸(수기여귀)

나부끼는 황조여

암수 서로 의지하니

나의 외로움 생각하니

누구와 돌아갈까

4언 4구입니다. 황조롱이는 펄펄 날아다니며 쌍쌍이 즐기는데 외로운 이내 몸은 뉘와 함께 돌아갈 것인지 쓸쓸하답니다. 사랑 앞에는 왕이고 평민이고 구분이 없나 봅니다. 주변에 바라보는 시중이 없지 않을 텐데 황조(黃鳥)를 바라보며 처량하게 떠나간 여인을 그리워하고 있으니 말입니다. 몇 가지 상상 질문을 합니다.

질문: "얼마나 섭섭하십니까! 궁에 계신 화희 부인보다 지금 떠나간 치희 부인을 더 아끼셨나 봅니다."

유리왕: "서운하고 말고요~ 한쪽 가슴이 빈 듯하오. 누굴 더 사랑하는지 생각한 적 없이 둘 다 아끼는 여인들이오. 다만 치희가 떠나고 없으니 미안하고 안타까울 뿐이오."

질문: "사랑이란 하나면 되지 어찌하여 두 부인, 세 부인 여러 여인이 필요한지 이해하기 어렵습니다. 왕께서는 모두를 똑같이 사랑하는 것인가요? 아니면 각자 다른 의미가 있습니까?"

유리왕: "필요, 위안, 사랑, 다 맞는 말 같소. 여인이란 나름대로 귀함이 있는 법이오. 먼저 세상 떠난 왕비는 내가 미래를 모르고 암담하게 떠돌던 시절, 어머니를 봉양하며 고생한 조강지처요. 부인의 희생과 인내심 덕분에 오늘날 내가 왕이 된 것이오. 진심으로 고마운 부인이오."

질문: "보통 조강지처가 진정 귀하면 재혼하지 않기도 합니다만…."

유리왕: "일반 백성이라면 그럴 수 있소. 하지만 통치라는 게 정과 의리로만 되는 게 아니라 절대 세력이 필요하다오.. 화희는, 어수선한 정치와 신하들의 권력다툼을 잠재우는 대단한 집안의 여식이오. 지금 왕권을 지탱하는 것도 튼튼한 장인어른 덕분이라 소중하고 매우 든든한 왕비라오."

질문: "왕권을 유지하고 힘이 되는 화희 부인이면 됐지, 왜 치희 부인과 결혼했는지 궁금합니다."

유리왕: "그게 참 그렇소. 힘들 때, 고향 같고 어머니 품속 같고 누이 같은 편안함이오. 정무에 벗어나 고요한 풍경에 머물고 싶을 때가 있소. 치희는 정치와 권력이 뭔지 모르는 여리여리하고 순수한 여인이오. 그녀와 함께 있으면 한없이 편안한 마음이 드는 게 신기할 정도요. 멀리 타국에 나 하나만 바라보고 왔는데, 맘고생만 하다 떠나간 심정을 생각하니 눈물만 나는구려. 그만합시다."

제망매가(祭亡妹歌)

생사로(生死路)는
예 있으매 두렵고
'나는 간다' 말도
못다 이르고 가느닛고.
어느 가을 이른 바람에
이에 저에 떨어질 잎같이
한 가지에 나고

가는 곳 모르온저.

아으, 미타찰(彌陀刹)에 만날 나는

도(道) 닦아 기다리련다.

신라 경덕왕 때 월명 스님(月明師)이 죽은 누이동생의 제사를 지내면서 지은 추모시입니다. 삼국유사에 나와 있는 10구체 향가입니다. 태어나는 순서는 있지만 가는 순서는 없다고 하지요. 자신보다 어린 누이가 죽었습니다. 출가한 스님이니 그동안 부모 형제에 대한 도리가 미진할 수 있었겠지요. 일찍 부모 잃고 서로 의지하던 동생일 수 있지요. 전혀 예상치 못한 죽음일 수 있겠지요. 유난히 애착이 가는 누이동생일 수 있지요.

오라버니의 심경으로 바라봅니다.

'내가 이렇게 살아있는데, 나보다 어린 네가 저세상으로 떠나갔다는 말인가! 오라버니에게 어찌 인사 한마디 없이, 이리 떠났다는 말이냐! 너와 나는 한 가지에서 자란 나뭇잎처럼 한 부모 밑에서 자랐는데, 네가 가고 있는 길을 모르겠다. 아~ 이 노릇을 어찌하란 말이냐! 저 나라 부처님 세상에서 우리가 다시 만나기를 기원하면서, 나는 불가의 도를 닦으며 세월을 기다릴 수밖에 없지 않느냐!'

일찍이 혈육을 잃어 본 심경이기에 공감합니다. 제망매가 내용 그대로입니다. 천 년 세월의 강을 두고도 혈육의 정은 비슷한가 봅니다. 어찌할 수 없는 그리움과 아픔을 이렇게 문학을 통해 이해합니다. 그런 가짐이지만 그렇게 표현하지 못하는 심중에 공감을 불러냅니다. 세월이 흘러 가면서 회한의 살이 붙고 가지가 늘어나는 게 그리움이며 문장인가 봅니다.

형우제공이란 말을 생각합니다. 형은 동생을 아끼고 사랑하며, 동생은 형을 따르며 공경하라는 의미입니다. 가난한 시절의 많은 형제자매는 서로가 서로에 힘이 되고 우애가 되어 의지했습니다. 형제간 누군가 희생양이 되기도 하고, 누군가 형제의 희생 덕분에 성공하여 가정에 용기를 불러 주었습니다.

1983년 특별방송으로 시작한 '이산가족 찾기' 생방송을 떠올리면 참으로 실감하지 않습니까! 형제자매가 한 둘이거나 외동인 시대에 '제망매가'의 울림이, 울림이 아니라 문제 풀이용 해독으로 지나는 것 같아서 아쉽습니다. 혹여 재산과 이기에 다툼이 있는 가족이 있으면 제망매가의 이별곡을 다시 한번 감상하길 바랍니다.

화왕계

봄날을 집 안에 들여놓고 싶습니다. 고운 화분을 생각했지만 때때로 물을 주고 가꿀 자신이 없습니다. 모란이 피기까지는 아직 나의 봄을 기다릴 거라는 영랑 님의 시(詩)에 부응해 탐스럽고 화사한 모란꽃 그림을 드려 놓았습니다. 벌과 나비 없이 그저 아름답다는 화왕(花王)의 꽃말이 은혜와 수줍음, 부귀영화랍니다. 꽃 중에 왕 모란꽃의 꽃말이 수줍음이라니 뜻밖입니다.

설총이 지은 「화왕계」를 보면 따뜻한 봄입니다. 탐스러운 꽃을 피운 모란꽃 임금이 향기로운 동산에 푸른 휘장을 둘러치고 앉아 있습니다.

꽃 임금을 뵙고자 눈에 띄는 여러 가인(佳人)이 앞으로 나옵니다.

붉은 얼굴에 옥 같은 이와 신선하고 탐스러운 감색 나들이옷을 차려 입었습니다. 장미꽃입니다. 무희처럼 얌전 사뿐하게 걸어 나와 임금께 아룁니다.

"이 몸은 설백(雪白) 모래사장을 밟고, 거울같이 맑은 바다를 보며 자라났습니다. 봄비가 내리면 목욕하여 몸에 먼지를 씻고, 상쾌하고 맑은 바람 속에 유유자적 지냈습니다. 이름은 장미(薔薇)라 하옵니다. 전하의 꽃다운 침소에 그윽한 향기를 더하여 모시고자 찾아왔습니다. 전하께서는 이 몸을 받아 주실는지요?"

다음은 베옷에 가죽띠를 두르고 손에는 지팡이, 머리는 백발인 장부(丈夫)가 둔중한 걸음으로 나와 공손히 허리를 굽힙니다.

"이 몸은 서울 밖 한길 옆에서 사는 놈으로 이름은 백두옹(=할미꽃)이라 하옵니다. 저는 아래로 창망한 들판을 내려다보고 위로는 우뚝 솟은 산 경치를 의지하고 있습지요. 가만 보니 전하를 보살피는 신하들이 한결같이 고량진미와 향기로운 차와 술로 수라상을 받들어 전하를 흡족하게 합니다만, 저는 좋은 약을 풀어 전하의 몸에 있는 독을 제거하고 양기를 돕고자 합니다."

삼국통일을 이룬 직후 신문왕 시대는 아직 어수선합니다. 믿었던 장인어른이 난을 일으켜 간신히 진압했지만, 사랑하는 왕비를 퇴출해야 하는 아픔이 있습니다. 신문왕이 심란한 가짐을 설총과 담소하려 했다는 기록으로 봐서 설총이 임금 가까이 있었던 게 분명합니다. 설총은화왕계를 비유하며 간신의 전형인 요염한 장미와 우직한 충심의 전형인 백두옹을 대조합니다. 군주로서 미혹에 빠지지 말고 달변에 현혹되지 말며 아까운 인재를 말단에 두는 어리석음(愚)을 범해선 아니 된다는 충고입니다.

공무도하가(公無渡河歌)

고조선 뱃사공 곽리자고가 대동강변에서 배(船)를 손질하려고 새벽에 나왔는데, 어떤 사람이 후다다다~ 달립니다. 미치광이같이 하얀 머리를 풀어 헤친 사내가, 술병을 끼고 비틀거리며 강물에 뛰어들고 있습니다. 바로 뒤에, 한 여인이 울며불며 따라옵니다. 아내인가 봅니다. 안 된다고 제발 강에 들어가지 말라고 소리치며 뒤따라 달립니다. 사내는 아무리 말려도 무리하게 강에 들어갑니다. 그 사내 백수광부는 결국 물에 빠져 죽습니다.

公無渡河(공무도하)

公景渡河(공경도하)

墮河而死(타하이사)

當奈公河(당내공하)

'님이여 물을 건너지 마라 했는데 기어이 건너다 물에 빠져 죽고 말았으니 이를 어찌합니까!'

구슬피 울던 아내가 마침내 남편을 따라 물에 빠져 죽고 말았습니다. 이 모든 게 순식간에 일어난 일입니다. 뱃사공 곽리자고는 너무나 황망한 장면에 놀라서 일을 못 한 채 집에 돌아옵니다. 곽리자고는 자기

아내(여옥)에게 지금까지 일어난 일을 자세하게 말해 줍니다. 뱃사공의 아내 여옥(麗玉)은 사연을 가만히 듣더니, 평소 연주하던 공후인을 켜고 슬픈 곡조로 노래합니다. 얼마나 구슬픈지 이 내용을 알고, 이 가락을 듣고 울지 않은 이가 없었다고 합니다. 이웃에서 따라 부르고 또 부르고 해서 전해진 것이 현전하는 최고(最古) 기록문학 '공무도하가'입니다.

'공무도하가'는 중등 시절 처음 접했으나, 교육학을 하면서 재해석 되는 부분이 많은 문학작품입니다. 우선 제목이 '공후인'인가? '공무도하가'인가? 작자는 백수광부의 아내냐? 곽리자고의 부인 '여옥'이냐? 혹시 중국작품이냐? 고대 초기국가 고조선 작품이 확실한가? 백수광부는 하필이면 새 삶, 새 출발을 상징하는 새벽에 물에 빠져 죽었는가? 남편이 죽었는데 노래할 겨를이 있는가? 분분한 질의가 오갔던 작품입니다. 하지만 채록 지역의 특성을 고려할 때 고조선 설화에 가깝다는 설(設)입니다.

이 비극의 노랫말이 오늘, 『칼의 노래』, 『남한산성』의 작가 김훈 씨에 의해 새로운 모습으로 등장했습니다. 장편소설 『공무도하』는 어렵게 살아가는 서민들의 다양한 모습을 조각조각 몽타주한 소설이라 합니다. 앞으로 나가고자 하면서도 나아가지 못하고 같은 자리에서 거듭 넘어지는 우리 사회의 답답한 면면을 그렸다는 게 작자의 변(辯)입니다. 윤리보다는 생존이 우선인 사회 저변의 모습이랍니다. 그들과 세상 사이에 얽힌 관계들을 혐오하며 자의식을 거칠게 쏟아 낸 것을 후회하는 이들입니다. 백수광부처럼 강에 뛰어들고 싶지만 차마 빠지지 못하는 이들입니다. 그럼에도 그토록 좋다는 저 나라 천국이나 극락의 길을 쉽게 따르지 못하는 것은, 단 한 번밖에 없는 생의 소중함 때문입니다. 더불어 살아가야 하는 사랑하는 사람에 대한 못다 한 책임 때문입니다.

추야우중(秋夜雨中)

秋夜有苦吟(추야유고음)
細路少知音(세로소지음)
窓外三更雨(창외삼경우)
燈前萬里心(등전만리심)

가을밤에 오직 괴로이 읊나니
세상에 나를 알아주는 이 적구나!
깊은 밤 창밖에는 비가 내리고
등불 앞에 내 마음은 만 리를 달리네.

열두 살 어린 나이에 국비 유학생으로 당나라에 가서 공부하던 최치원은 17세, 그곳 진사 갑과에 합격한 천재입니다. 스무 살 약관에 율수현위라는 관직을 받아 벼슬살이를 시작합니다. 고을 사람들이래야 모두 당나라 사람들일 테니 최치원을 제대로 알아줄 리 만무입니다. 고국산천이 얼마나 그리웠을지 짐작합니다! 모국에 언어와 풍경, 부모 형제들에 대한 그리움이 고스란히 담겨 있는 지음시(知音詩)를 읽으며 천여 년 전 시인의 심경이 되어봅니다.

공자께서는 나를 알아주지 않아도 근심하지 않는다. 즉 '불환(不患)'이라고 하였습니다. 최치원이 이 말을 받아들이기에는 너무 어렸는가 봅니다. 예나 지금이나, 최치원이나 누구나 나를 알아주는 사람, 지기지우(知己知友)의 소중함은 매한가지입니다.

'나그네 집에 내리는 마지막 가을비, 추운 밤 창에 등불은 고요한데 슬픔 속에 앉아 스스로 가엾어하니 내 진실로 명상에 든 승려와 같구나' 자신의 호 고운(孤雲), 외로운 구름처럼 유난스레 가을밤을 힘들어합니다. 소통의 갈증 중, 외국에서 고향 사람을 만났나 봅니다. 얼마나 반가운 만남입니까! 낯선 곳이 낯설지 않습니다. 하고 싶은 말이 얼마며 듣고 싶은 말이 얼마나 많았을까요. 그것도 잠시,

'서로 만나 초산의 봄을 즐겼는데 다시 헤어지려니 눈물이 수건 가득 찼네. 바람 끝 쓸쓸히 바라보는 걸 이상하다 생각 마시오. 타관 땅 즉 이향(異鄕)에서 고향 사람 만나는 일이란 어려운 일인 것을!'

이별에 서운함을 넘어서 외롭기 짝이 없는 노릇입니다. 어언 간 당나라 생활을 접고 그리운 고국행에 이르렀습니다. 날개 달고 춤추듯이 날아올 것 같은데 그것도 아닙니다. 그동안 그곳에서 맺은 정인이 있었나 봅니다.

'광릉성 기슭에서 헤어진 고운 이마 바다 끝에서 서로 만날 줄 어찌 헤아렸을까! 관음보살이 슬퍼할까 두려워, 가는 길 감히 어린 가지 꺾지 못하네!'

당나라에서 머무는 동안 알고 지냈던 고운 여인과 힘겨운 이별임을 알 수 있습니다. 임지에서 간신히 마음 부여잡고 이별했는데, 그 여인이 바닷가 해문까지 쫓아온 것입니다. 마음 같아선 하룻밤이라도 더 끌어안고 지새우고 싶으련만 책임지지 못할 일입니다. 지켜보고 계실 관음보살에 의지하여 그녀를 보내야만 하는 심경입니다.

오랜만에 최치원의 고향 충남 청양에서 칠갑산 천장호를 찾았습니다. 충남의 알프스라는 별칭이 붙을 정도로 맑은 호수입니다. '명경지수' 맑은 물에 반영되는 산과 나무들이 그대로 그림이라~ 한참을 바라보다

천문대로 발길을 돌렸습니다. 고운 최치원 선생이 계십니다. 한때 황소의 난을 진압하고자 벽력같은 토황소격문을 내었지요. 그런 단단한 기백 이면엔 이루지 못할 사랑의 심연으로 외로웠던 분입니다. 심정의 세계란 게 그런 것인가 봅니다. 선생의 면면을 헤아리며 초가을 비가 내리는 깊은 밤 추야유고음(秋夜有苦吟)을 새깁니다.

균여 대사 향가(鄕歌)

향가를 표기하는 데 음을 빌려서 기록한 차자(借字)표기법을 향찰이라고 합니다. 나중에는 향찰을 설총이 사용한 이두라고 하는데 같은 차자표기법입니다. 우리가 처음으로 접하는 향가 대부분은 향찰로 전해옵니다.

그럼, 현존하는 우리 향가는 몇 수인가요? 중등 시험 문제로 자주 나옵니다.

『삼국유사』에 수록된 14수는 신라시대 향가이고, 『균여전』에 기록된 11수는 고려 초기 향가입니다. 고려 예종 때 '도이장가(悼二將歌)' 1수까지 총 26수가 있습니다. 만약 일연 스님이나 균여 대사의 기록이 없었다면 우리는 초기 향가 문학을 알 수 없을 것입니다. 이분들의 학문과 기록에 감사드리며 균여 대사의 행적을 찾아봅니다.

균여 대사(均如 大師 923~973)는 고려가 세워진 지 얼마 되지 않았을 때, 어수선한 나라의 기틀을 잡고자 국교 불교의 교풍을 바로잡으려 노력한 학승(學僧)입니다. 황해도 해주 출생입니다. 어머니가 60이 넘어 균여를 낳았는데 아기가 하도 못생겨서 길가에 버렸답니다. 이를 본 까마귀가 날아와 아기를 감싸 보호하더라는 탄생 설화가 있습니다. '신화'에 나오는 특이한 이야기처럼 균여 대사도 예사로운 인물이 아니라는 뒷받침입니다. 어떤 과정을 거쳐서 스님이 되었는지 상세한 내용은 모릅니다. 다만 고려 4대 혁신 군주 광종이 귀히 여겼다는 기록이 나옵니다.

균여 대사는 스님이라는 본분 이전에 시인이며 학자였나 봅니다. 흩어졌던 초기 불교 화엄종을 하나로 통합시키는 데 기여합니다. 그리고 방언으로 돌아다니던 향가를 모아 향찰로 기록하여 우리 향가 문학을 꽃피우게 합니다. 균여 대사의 향가 11수 작품은 불교계 전문내용으로 심도 있게 살펴볼 부분입니다. 이곳에는 김완진 교수님이 해독한 서문 '향가 해독법 연구'를 함께 보겠습니다.

사뇌가(詞腦歌)라는 말은 사람들이 살아가면서 놀고 즐기는 데 쓰이는 도구라 합니다. 향가를 일명 사뇌가라고 하는데, 10구체로 정제된 형식으로 주로 화랑이나 승려들이 작가층으로 봅니다.

대표작으로 충담사의 '찬기파랑가' 융천사의 '혜성가'가 있습니다. 이외에 '천수대비가', '처용가'도 있습니다. 작품을 이해하다 보면 불교라는 종교적 색채 이상의 문학적 요소를 느낍니다.

원왕가(願王歌)는 보살 수행의 기본 요체라 합니다. 모든 이치가 기본에서 출발합니다. 작은 일에 불의한 자가 큰일을 의롭게 할 수 있겠냐는 성서의 가르침과 상통합니다. 천 리 길도 한 걸음부터라고, 먼 길에 이르려면 가까운 걸음부터 시작해야 한다는 기본이 서문에 있습니다. 수행자라도 세속의 흐름과 이치를 알아야 일천한 바탕을 인도할 수 있음입니다.

"알기 쉬운 일을 바탕으로 심오함을 깨우치게 되는 법이라! 향가 11장을 지었으니 배우고 즐기고 깨우쳐서 부처님의 뜻에 부합하길 바란다"는 서문의 주된 내용입니다.

향가, 사뇌가의 속뜻을 풀어 보면, 오늘을 살아가는 처세술에 큰 교훈과 울림이 있음을 알 수 있습니다.

삼국유사

일연 스님(1206~1289)의 『삼국유사』는 불교 차원을 넘어서 역사 사료로 중요하고 국문학적으로도 귀중한 학문입니다. 스님의 시대는 원나라 지배 시기입니다. 무신 시대입니다. 왕권은 미약하고 백성들은 수탈과 궁핍에 힘겨운 세상입니다.

비록 지금은 힘들지만, 우리가 그리 허약한 민족이 아니라는 정기를 일깨우는 역사서입니다. 삼국유사를 김부식의 『삼국사기』와 나란히 놓고 배우지만 저술 과정이 사뭇 다릅니다.

『삼국사기』는 왕명에 의해 대대적으로 국가 재정을 도움받아 편찬되었고, 『삼국유사』는 일연스님의 자체적인 노력으로 어렵게 만들어진 책입니다.

환웅과 단군 이야기가 여기에 나옵니다. 환웅은 하나님의 아들만이 지닐 수 있는 '천부인'을 가지고 내려와 고조선을 건국했다는 선민의식입니다. 독자적 건국이념과 강력한 민족정기를 피력합니다. 고구려를 세운 주몽의 탄생 설화와 비범한 능력, 신라 박혁거세왕, 탈해왕, 김알지의 특별함을 그립니다. 주변 그 어느 국가와 비교해도 뒤떨어질 것 없는 우리 민족이란 말입니다.

신라 13대 미추왕의 혼백 이야기, 만고의 충신 박제상, 눌지왕, 지철

로왕, 진흥왕, 선덕여왕, 무열왕, 문무왕 등 역대 왕들의 일화와 치세가 나옵니다. 정치사뿐 아니라 만파식적, 연오랑과 세오녀의 아름다운 사랑 이야기, 서민들의 일상 이야기를 통해 그 시절 문화를 이해할 수 있습니다.

삼국사기

김부식(金富軾 1075~1151)은 묘청의 난을 진압한 개경파 중심인물입니다. 평범한 집안의 평범한 자제로 태어나 입신양명한 노력파며, 고려 최고 문벌귀족으로 성공한 일생으로 봅니다. 『삼국사기』는 고려 17대 임금 인종의 명을 받아 만든 역사책입니다.

일연 스님이 쓴 『삼국유사』와 마찬가지로 시국이 어지러울 때입니다. 몽골의 말발굽에 나라가 짓밟힐지라도 민족정기는 지켜야겠다는 지도층의 노력입니다. 우리가 배우는 한국사 시작점이 바로 『삼국사기』로 보면 되겠습니다.

삼국사기는 총 50권으로 방대합니다.

1~12권은 신라 본, 시조 박혁거세부터 마지막 경순왕까지

13~22권은 고구려 본, 시조 동명성왕부터 마지막 28대 보장왕까지

23~28권은 백제 본, 시조 온조왕부터 31대 의자왕까지

29~31권은 나라별 연표

32~40권은 삼국시대 나라별 행사

41~50권은 각 나라의 중요한 인물을 발췌해서 전기문으로 모았습니다.

삼국사기는 실제 역사를 옮긴 고전입니다. 우리 조상들의 실생활입니다. 수많은 외적의 침략을 막아낸 우리 조상들의 국난 극복 과정이 들어있습니다. 오늘날 우리가 이렇게 행복하게 살아갈 수 있는 배경을 배우기 위해 선현의 기록을 읽어야 하겠습니다. 고전에는 민족의 얼이 들어있고 흥망의 역사에서 조상의 지혜를 배울 수 있습니다. 좋은 점은 이어 나가고 실패한 점은 고쳐 나가면 됩니다. 우리도 언젠가는 후대의 이름에 선대가 되고 역사가 되는 것 아니겠습니까!

고전 속 이별의 정한

문학의 주제를 보면 대부분 사랑과 이별입니다. 이별의 정한입니다. 못다 한 사랑입니다. 잊을 수 없는 그리움입니다. 결국 우리가 살아가는 내용이 그렇다는 이야기입니다.

고려 시가에서 '가시리'가 등장합니다. 임을 떠나보내는 심경을 그린 일명 귀호곡(歸乎曲)이라 합니다. 원문 대신에 대강의 뜻을 적어봅니다.

'가시렵니까! 가시렵니까! 나를 두고 정말 가시렵니까! 가지 마시라고 붙잡고 싶지만, 혹시라도 화나거나 서운해하실까 봐 붙잡지 못합니다. 하지만 가시는 것처럼 바로 돌아오세요' 작가 미상이나 서정적 자아가 소심한 여인이란걸 알 수 있습니다.

'가시리'의 화자보다 좀 더 진취적이며 적극적인 화자가 등장하는 '서경별곡'이 있습니다. 역시 이별곡입니다. 서경은 지금 평양을 의미합니다. 대동강 부근에 사는 여인이 있는데 그녀가 사랑하는 사람이 떠나려고 합니다. 여인이 말합니다.

'서경이 살기가 아무리 좋다고 해도, 임이 떠나신다면 길쌈 베를 끊고 서라도 쫓아가겠습니다. 세상이 어떤 일이 있어도 임에 대한 사랑은 변치 않을 것이라 다짐합니다. 그리고 대동강 뱃사공에게 악담을 해댑니다. 뱃사공만 아니면 우리 임이 못 갈 텐데 지금 뱃사공이 미워집니다. 뱃사공아 네 마누라 바람난 줄도 모를 거'라는 최신 악담입니다.

이별곡 아리랑을 살펴봅니다.

'아리랑 아리랑 아라리요, 아리랑 고개로 넘어간다. 나를 버리고 가시는 임은 십 리도 못 가서 발병 난다' 우리나라 대표적인 민요입니다. 원망입니다. 임이 갈 수 없도록 발병이나 나라는 솔직한 심사입니다.

아리랑은 곧 한국인의 정서로 이입되어 일제 강점기에는 영화로 제작됩니다. 1926년 나운규 감독이 직접 등장한 무성영화입니다. 일제에 의해 탄압을 당하기도 한, 영화 아리랑은 한민족 정서적 집결을 이루었다고 봅니다. 외국에서 만나는 아리랑은, 애국가 못지않게 고국이 그리움과 정서를 불러낸답니다. 세월에 지역적 특색을 입혀서 지방마다 아리랑의 곡조와 내용이 다릅니다만 여전히 민족의 상징 곡입니다.

아리랑의 정서에 이어서 전 국민의 애송시 소월의 '진달래꽃'이 등장합니다. 소월의 본명은 김정식입니다. 소월의 뜻을 작은 달(小月)로 아는 이가 있는데, 하얀 달(素月)입니다. '진달래꽃' 주인공의 심상은 사무친 정과 한(情恨)으로 해석합니다. 결코 보낼 수 없는데, 내색하지 않고 꽃길을 만들어 드리는 것입니다. 죽어도 눈물을 흘리지 않을 테니 고이 가시라는 역설입니다.

가시리, 서경별곡, 아리랑의 이별을 보편적으로 본다면 소월의 '진달래꽃'은 도저히 보낼 수 없어 속울음을 삼키는 역설적 시어가 심금을 울립니다. 당 시대마다 그런 사랑이, 그런 이별과 아픔이, 형언할 수 없는 슬픔의 심상이 시어에 들어있습니다. 문학의 힘입니다. 본문을 만나면 좀 더 심도 있게 이해하길 바랍니다. 그리고 우리는 후대에 어떤 기록을 남길 것인지 함께 생각해 봅시다.

고려시대 유행가

　고려 속요는 대부분 작자 미상입니다. 남녀 간 사랑 묘사가 적나라합니다. 쌍화점 같은 경우는 지금 보기에도 민망합니다. 그러니 조선조 사대부 사이에서는 터부하고 금서 시 되다가 민간에 은연중 이어져 구비문학으로 남아있는 경우입니다.

　'만전춘별사(滿殿春別詞)'는 고려가요 중에 대표적 속요라 하겠습니다.

얼음 위에 댓잎 자리 펴서 임과 함께 얼어 죽을망정
얼음 위에 댓잎 자리 펴서 임과 나와 함께 얼어 죽을망정
정 둔 오늘 밤 더디게 새고 있으라 더디게 새고 있으라~

뒤척뒤척 외로운 침상에서 어찌 잠이 올까나
서쪽 창문을 열어보니 복숭아꽃이 피고 있네
복숭아꽃은 시름없어 봄바람을 비웃네
봄바람을 비웃네

넋이라도 임과 한 곳에
남의 일로 알았더니

넋이라도 임과 한 곳에
남의 일로 알았더니
어기시던 사람이 누구였습니까! 누구였습니까!

얼음 위에 있는 몇 개 대나무 잎을 보면서 그런 자리라도 임과 함께라면 좋다는 말입니다. 길고 긴 동지 밤 한허리 둘러내어 춘풍 이불 아래 서리서리 두었다가 어룬 님 오신 밤에 굽이굽이 펴리라던 조선 여인 황진이 심정이 이곳 1연에 나와 있습니다. '정 둔 밤이여 더디게 새라, 더디게 새라.' 하지만 창밖에 복숭아꽃은 이 마음 알 리 없이 비웃는 듯 피고 있다고 합니다.

'언제는 넋이라도 함께하자던 그 말을 어긴 사람이 누구냐? 누구냐?'고 재차 항의합니다. 오죽하면 '오리야 연약한 오리야 여울 두고 깊은 늪에 잠자러 오느냐'고 묻습니다. 4연까지는 여인의 하소연인데 5연에서는 남성 화자가 등장합니다.

'옥산 베고 누워 금수산 이불속에 각시를 안아 누워 가슴을 맞춥시다. 아 임이여 평생토록 여윌 줄 모르고 지내자'며 여인의 투정과 다짐을 받아 줍니다. 노골적이고 사실적이며 진실을 그린 춘화입니다.

남녀평등을 이룬 고려 사회 모습이며 여인들의 솔직 당돌한 면면을 짐작할 수 있습니다. 고려가요뿐 아닙니다. 사서삼경에 한 축을 이루는 시경에는 이보다 더한 구절이 있습니다.

국풍 중에서 '정풍(鄭風)'에 나오는 시문입니다.

당신이 나를 사랑한다면 치마를 걷고 진수라도 건너가리라.
당신이 이런 나를 사랑하지 않는다면 당신은 멍청한 사나이요.

심지어 광동(狂童)이라는 표현도 나옵니다. 미친 아이라는 말입니다. 이런 내용이 수록된 시경 300편을 두고 인(仁)의 정점이 공자께서 '사무사(思無邪)'라 평하십니다. '있는 그대로를 그려내다. 사악함 즉 거짓이 없다'라는 뜻입니다. 그렇다면 공자님께서 이 내용을 죄다 알고 계신다는 말입니다. 그간 내용이 민망하여 남모르게 읽곤 했는데 이제부터 밖에 내놓고 봐야겠습니다.

한국의 어머니상 신사임당

강원도의 명문가 평산신씨의 따님으로 율곡 선생의 어머니(申師任堂, 1504~1551)입니다. 남성 중심 사회에서 자기 수양과 개발로 시, 서, 화 분야에 자아 성취를 이루었다고 하겠습니다. 적극적인 내조로 남편을 바른길로 인도하고, 사랑과 훈육으로 자녀 교육을 하여 율곡 선생과 같은 대학자를 탄생시켰습니다.

현모양처의 명사인 신사임당은 친정도 명문가요 외가도 명문가입니다. 시집도 명문가입니다. 명문가라면, 시문이 높고 과거에 급제한 집안입니다. 경제력과 높은 지위가 있어야 합니다. 국가에 충성하는 인물이 있어야 하고 부모에게 효성이 지극해야 합니다. 아내를 아끼고 남편을 존중하며 주변에 교훈적인 모습으로 살아가는 집안을 일컬어 명문가라 합니다.

신사임당 집안이 그랬습니다. 신사임당 자신이 그랬습니다. 남편의 학문과 언행이 사임당에 비해서 조금 못 미치는 면이 있으나 아내의 내조로 흠결을 감출만했습니다.

강릉 김시습기념관에서 오죽헌까지 대략 2km 남짓 거리로 기억합니다. 신사임당이 살던 곳, 율곡 선생이 태어난 곳, 뜰 안에 검은색 대나무가 있어서 오죽이라는 이름을 붙인 곳 오죽헌(烏竹軒)은 우리의 보물 165호로 지정되었습니다. 이 집은 신사임당이 친정어머니로부터 받은 집이라고 합니다. 사임당의 친정어머니도 어머니의 친정집에서 물려받은 집이라고 합니다. 대대로 딸이 딸에게 물려준 흔하지 않은 내력입니다. 효성 지극한 신사임당이 어머니를 그리며 지은 한시가 있습니다.

∷ 대관령을 넘으며 친정을 바라보다

늙으신 어머님을 고향에 두고
외로이 서울로 가는 이 마음
돌아보니 북촌은 아득도 한데
흰 구름만 저문 산을 날아내리네.

신사임당은 이원수와 결혼 후에도 한동안 친정집에서 살았다고 합니다. 잘 정돈된 집안에서 자유로운 일상을 지냈다고 보입니다. 자녀를 7남매 두었는데 다섯째가 율곡 선생입니다. 20여 년 동안 6남매를 오죽헌에서 낳고 키우다가 시집으로 가는 길에 지은 한시입니다.

학문과 효성이 지극하고 덕행이 높았으며 시, 서, 화에 능숙했던 한국 여성의 표상입니다.

:: **사친**(思親)

산 첩첩 내 고향 천리이언만
자나 깨나 꿈속에서도 돌아가고파
한송정 가에는 외로이 뜬 달
경포대 앞에는 한 줄기 바람
갈매기는 모래 위를 모였다가 흩어지고
고깃배들은 바다 위를 오고 가는데
언제나 강릉길 다시 밟아가
색동옷 입고 앉아 바느질할꼬!

고향 집이 얼마나 그리운지, 친정어머니가 얼마나 그리운지, 어린 시절에 입었던 색동 옷이 얼마나 그리운지, 어머니의 안부는 얼마나 궁금하고 염려스러운지 심경이 시문 안에 가득히 들어있습니다.

신사임당은 48세의 짧은 일기로 세상을 떠났습니다. 오죽헌에는 멋진 율곡 소나무(松)가 있고 사임당의 글씨와 그림이 있습니다. 그리고 신사임당과 율곡 선생이 직접 가꾸고 돌본 율곡매가 있습니다. 천연기념물 484호로 지정된 율곡매를 보러 간 적이 있습니다. 남녘에 비해 조금 늦게 개화하니까 3월 끝자락 가는 게 좋겠습니다.

유지사

율곡 선생이 황해도 관찰사로 부임했을 때, 유지를 처음 봅니다. 12

살 때 관기가 되었습니다. 유난히 어리고 고운 자태라 기녀로 대하기보다 어린 누이처럼 여기며 말벗이나 나누던 아이입니다.

임기가 다 되어 선생이 황해도를 떠나고 십여 년 후, 한 번 더 만납니다. 명나라에서 오는 사신을 맞이하기 위해 우리 측 대표로 황해도에 갔던 것입니다. 그사이 유지가 많이 자랐습니다. 몰라볼 정도로 고운 자태로 자란 유지입니다. 유지는 평소 인품이 고결한 율곡 선생을 존경했습니다. 참으로 오랜만에 그토록 존경하는 분을 다시 만났습니다. 그립던 선생을 모시고 싶은 유지입니다. 선생도 역시 반가운 마음입니다. 여전히 유지를 존중하며 애틋한 마음을 나누었지요. 하지만 나랏일 일정을 마치고 다음 날 한양으로 출발합니다. 길이 멀어 밤고지마을에서 하룻밤을 묵어가게 되었습니다.

깊은 밤입니다. 갑자기 유지가 찾아옵니다. 언제 다시 만날지 모르는 선생을 뵙고자 수백 리 길을 걸어온 것입니다. 선생 입장에서 그 밤에 그대로 돌려보내기 어려운 노릇입니다. 선생은 유지를 머무는 방에 들입니다. 1583년 9월 28일입니다. 밤고지 강마을에서 유지에게 써준 그 편지가 '유지사'입니다.

내가 너를 처음 봤을 땐 아직 안 피어 맥맥히 서로 정만 통했다.
중매를 설 이가 가고 없이 계획이 어긋나 허공에 떨어졌구나.
이런저런 좋은 기약 다 놓치고서 허리띠 풀 날은 언제런가!
아~아 황혼에 와서야 만나다니 그래도 모습은 예전 그대로구나.
세월 지나감이여 그 언제런가! 슬프다 인생의 녹음이더니 나는 더욱
몸이 늙어 여색을 버려야 했고 세상 정욕 재같이 식어졌다네.
저 아름다운 여인이여 사랑의 눈초리를 돌리려는가,

내 마음 황주 땅에 수레 달릴 때 길은 굽이굽이 멀고 더디구나.
절간에서 수레가 머물고 강둑에서 말을 먹일 때 어찌 알았으랴.
어여쁜 이 멀리 따라와 내 방문을 두들길 줄을 짐작조차 못 했노라.
아득한 들가에 달은 어둡고 빈 숲에 호랑이 울음소리 들리는데 나
를 뒤밟아 온 것 무슨 뜻이냐 옛날의 명성을 그려서라네. 문을 닫는
건 인정 없는 일, 같이 눕는 건 옳지 않은 일, 가로막힌 병풍이야 걷
어치워도, 자리도 달리, 이불도 달리, 온정을 다 못 푸니 일은 틀어
져 촛불을 밝히고 밤 새우는 것, 하늘을 어이 속이리, 깊숙한 밤에
도 내려와 보시나니 혼인할 기약 잃어버리고, 몰래 하는 짓이야 차마
하리오.
동창이 밝도록 잠자지 않고 나뉘자니, 가슴엔 한만 가득, 하늘엔 바
람 불고, 바다엔 물결이 치고, 한 곡조 노래가 슬프기만 하구나! 아
~아 내 본심 깨끗하기도 하다. 가을물 위에 찬 달이로구나. 마음에
선악 싸움 구름같이 일 적에 그중에도 더러운 것이 색욕이거니, 사
나이 탐욕이야 본시부터 그른 것. 계집이 내는 탐욕 더욱 고약해 마
음을 거두어, 근원을 맑히고 밝은 근본으로 돌아갈지라. 내 생이 있
단 말 빈말이 아니라면, 가서 저세상 부용성, 연꽃 피는 나라에서 너
를 만나리!

편지의 내용을 이해하고 보니 마음이 아픕니다. 너무나 애절합니다.
책임지지 못할 상황이라 마음을 접고 돌아서지만, 다음 생에는 우리 다
시 만나자는 절절한 내용입니다. 유지는 율곡 선생의 도덕과 의로움에
감동했고, 선생도 이렇게 받아들이는 유지의 정신을 아름답게 여겨, 다
시 짧은 시 3수를 보냅니다.

유지야! 이쁘게도 태어났구나 선녀로구나!

우리가 10년을 서로 알아 왔는데 익숙한 모습, 나도 목석은 아니나 병들고 늙었기에 사절하는 거란다. 우리 헤어지면 정인처럼 서로 그리워하겠지. 이다음 세상엔 내가 네 뜻대로 따라가겠다.

가장 아름다운 사랑을 말한다면, 내가 좋아하는 사람이 나를 좋아하는 것이라는 말이 있습니다. 율곡 선생님은 당시 혼자 몸입니다. 자신을 그리도 흠모하는 아름다운 여인이, 산 넘고 물 건너 밤새 걸어 찾아왔습니다. 관기는 거주지 이탈이 불허되는 관물과 같은 존재인데도, 존경하는 마음 하나로 찾아온 여인입니다. 관기입니다. 이런 관기를 두고 끝까지 책임지지 못하니 취할 수 없다는 율곡 선생입니다. 그러나 그녀를 아끼는 마음을 솔직하게 고백합니다. 안타깝고 미안함이 절절하게 보입니다.

그냥 가라고 문을 닫아버리면 인(仁)을 상할 것이요, 그녀와 함께 잠자면 의(義)가 아니라는 심정을 밝히며 선생은 두 가지 다 지켰습니다.

맑은 근원을 찾아 바른 도리를 지킨 선생의 몸가짐이 존귀하면서 한편 애잔한 느낌입니다.

율곡 선생은 다음 해 세상을 떠났습니다. 선생의 소식을 들은 유지는 삼년상을 치른 후 머리를 깎고 산속에 들어갔다고 합니다. 그 후 얼마를 더 살았는지 생사는 전해지지 않습니다.

율곡 선생의 '유지사'를 읽고 나서 원본이 보고 싶었습니다. 어딘가에 이 편지글이 남아있겠지, 어쩌면 오죽헌에 있을지 모르겠다는 생각이 들었습니다.

작년에, 오죽헌을 찾았습니다. 원본은 이화여자대학교 도서관에 보관되어 있다고 합니다. 오죽헌에는 복사본이 진본처럼 전시되어 있습니다. 한자로 된 긴 편지라 전문을 다 읽을 수 없지만 '유지사'의 내용을 알고 보니, 당시 율곡 선생의 심정을 느낄 수 있었습니다.

과거급제 아홉 번 모두 장원급제한 율곡 선생을 구도장원공이라 합니다. 우리 겨레의 스승입니다. 이런 인품이 지금 우리 곁에 계신다면 얼마나 좋을까 생각합니다. 그립습니다.

허난설헌

'홍길동전 저자 허균의 누이'

상식이 딱 그 정도일 때 강릉 오죽헌을 지나 바로 뒤에 있는 허난설헌을 만났습니다. 초당두부의 탄생지 초당 허엽 선생의 따님이라는 사실을 알았습니다. 학자로서 명망이 높은 동지중추부사 아버지로부터 재능을 이어받은 자녀들입니다.

허균의 누이라 해서 누이동생인 줄 알았는데 6년 연상 누나입니다. 생가 앞에 신사임당과 비슷한 동상이 있습니다. 좋은 가문에 훌륭한 부모 아래 양육 받은 귀한 따님 허난설헌(許蘭雪軒. 1563~1589)의 일대기를 가늠하면서 정리된 이미지는 고독, 외로움, 안타까움, 안쓰러움, 아까운 인재, 한스러움까지 느낍니다.

신사임당 버금가는 한문학의 경지에 이른 허난설헌의 심경으로 들어가 봅니다. 본명은 허초희입니다. 문장가 아버지와 오라버니 아래 글공부를 했습니다. 뛰어난 재능에 보고 배움이 크니 자연스레 높아지는 시

문입니다. 지도하는 스승들도 탄복할 만한 문장인데 때가 되니, 출가해
야 합니다. 대략 15세경 출가한 것으로 유추합니다.

　예나 지금이나 남편을 잘 만나야 하는데 그렇지 못한 것 같습니다.
시부모 역시 문장 높은 며느리보다 집안 살림이나 하는 며느리를 원했
나 봅니다. 남편이란 자는 아내의 재능을 무시한 채 주색에 빠져 나돌기
나 합니다. 의지할 곳 없는 허난설헌입니다. 게다가 자녀 둘을 두지만 어
찌 된 일인지 일찍 잃고 맙니다.

:: 곡자(哭子)

지난해에는 사랑하는 딸을 여의고
올해에는 하나 남은 아들까지 잃었네.
두 무덤 나란히 마주 보고 서 있구나.
사시나무 가지에는 쓸쓸히 바람 불고
솔숲에선 도깨비불 반짝이는데
지전(紙錢)을 날리며 너의 혼을 부르고
너의 무덤 위에다 술잔을 붓노라.
너희들 남매의 가여운 혼이야
생전처럼 밤마다 정답게 놀고 있으리라.
비록 뱃속에도 아이가 있지만
어찌 제대로 자라기를 바라겠는가.
하염없이 황대의 노래(黃臺詞)를 부르며
피눈물 흘리며 슬퍼하는 소리 삼킨다.

죽은 자식을 향한 절절함을 따로 설명할 필요가 없습니다. 자식을 향한 그립고 아픈 마음, 남편을 향한 미움과 원망이 문장 속에 들어 있습니다.

> *어찌하여 나는 조선에서 태어났는가.*
> *어찌하여 나는 여인으로 태어났는가.*
> *어찌하여 나는 김성립과 결혼했단 말인가!*
> *내 원하는 것은 얼른 이 세상에서 남편과 이별하고*
> *죽어서 문장가인 두목지(杜牧之)를 따르리라.*

이런 결혼 생활인데 아버지 허엽이 경상감사를 마치고 돌아오던 중 객사하십니다. 허난설헌 18세 때 일입니다. 21살 때 큰오라버니가 귀양 갑니다. 26세에 그 오라버니가 죽었습니다.

1589년 27세에 자신이 쓴 글을 전부 태우라는 유언을 남기고 세상을 떠납니다. 그의 작품은 유언대로 불태워집니다. 그나마 남아있는 작품은 동생 허균이 친정에 보관된 것을 모아서 문집으로 만들어 놓은 것이라 합니다.

문집에는 시 210수, 부(賦) 1편, 산문 2편이 실려 있습니다. 교과서에 수록된 '규원가(閨怨歌)'처럼 원한과 눈물이 반복된 내용이 있고, 세도가들의 모순된 행태, 시대적인 문제의식도 냉철하게 그려져 있습니다. 자연과 풍경을 그려낸 심미적 표현들이 글 속으로 손길을 끌어당깁니다.

능력 있는 여자, 좋은 여자는 웬만한 남자를 만나도 다 맞춰서 잘 살아간다는 말이 무색합니다. 상대가 워낙 괴이한 경우는 어찌할 도리가 없던 시절이기에 안타깝습니다.

운초 김부용

충남 천안 광덕면에 광덕사(廣德寺)에는 우리나라에 최초로 들어온 호두나무가 있습니다. 천연기념물 398호입니다. 수령이 400여 년 되었다고 합니다. 나무의 키가 18m입니다, 원래 명칭은 호도(胡桃)인데 지금은 호두를 표준으로 삼고 있습니다.

여기서부터 호두나무가 보급되어 전국에 퍼졌고, 천안은 이 호두나무를 지역 명물화 시켜서 호두과자로 자리 잡았습니다.

광덕사에 갔으니 호두나무를 봐야지요. 마침, 뒷산에 부용의 묘가 있다는 푯말이 있습니다. 운초 김부용(1820~1869)의 시문을 언젠가 본적이 있습니다. 기녀로 350여 한시와 『운초집』이라는 문집을 남길 정도로 문장이 뛰어납니다. 이를 눈여겨본 평양감사 김이양의 첩실이 되었습니다. 요즘으로 보면 도지사의 여인이 된 것입니다. 모든 기녀의 소망을 운초 김부용이 이룬 셈입니다.

부용은 천상에서 금방 내려온 선녀처럼 곱다고 했습니다. 이렇게 이쁜 여인이 문장과 재주와 기예에 뛰어났으며 어떤 문사 선비와도 견줄만큼 시문에 능했다고 합니다. 그만큼 본인의 자부심도 대단했습니다. 황진이, 매창과 함께 조선 3대 명기로 이름났습니다.

부용은 기녀 생활을 하는 도중에 평양감사 김이양을 만났는데 처음엔 김이양이 부용의 수청을 거절했다고 합니다. 그도 그럴만하지요. 김이양이 아무리 평양감사라고 하지만 나이가 77세입니다. 부용은 15세입니다. 이 둘의 조합이 되겠습니까! 양심 있는 김이양이 그랬겠지요. 내 나이가 너무 많아 부용을 거둘 수 없으니 다른 인연을 만나라 했을 테지요. 그런데 오히려 부용이 적극적이었나 봅니다.

"세상에는 삼십객 노인이 있고, 팔십객 청춘이 있는 법입니다. 뜻이
같고 마음이 통한다면 나이가 무슨 상관입니까."

이 부분을 증명할 만한 부용의 상사곡(相思曲) 보탑시(寶塔詩)가 있습
니다. 시의 규칙을 변형시켜 자기 마음대로 탑 모양으로 지은 시입니다.

別
思
路遠
信遲
念在彼
身留玆
紗巾有淚
雁書無期
香閣鍾鳴夜
鍊亭月上時
依孤枕驚殘夢
望歸雲悵遠離
日待佳期愁屈指
晨開情札泣支爾
容貌樵悴把鏡下淚
歌聲鳴咽對人含悲
擊銀刀斷弱腸非難事
攝珠履送遠眸更多疑

헤어져

그립고

길은 멀고

소식 늦어

맘은 거기 있고

몸은 여기 있고

비단 수건은 눈물 젖고

반가운 소식 기약 없고

향각서 종소리 우는 이 밤

연광정에 달이 뜨는 이때

악몽에 놀라 외롭게 베개 껴안을 때

오는 구름을 보며 먼 이별 슬퍼하네

날마다 만날 날 그리며 근심스레 손꼽고

새벽엔 임의 글월 펼쳐보며 턱 괴고 우네

얼굴은 초췌해져 거울을 대하니 눈물이 주루룩

목소리는 울음 잠겨 사람 대하니 슬픔 머금은 듯

은장도로 쳐 장을 끊어 죽는 일은 어렵지 않으나

비단신 끌며 먼 눈길 보내오니 온갖 의심만 들끓고…

잠시 떠난 김이양이 소식이 없자 상사곡을 탑처럼 그리듯이 썼습니
다. 이렇게 내가 기다리는데 왜 안 오시냐 이 말입니다. 기다리다가 맨
날 웁니다. 나만 지금 속고 있는 겁니까! 나 은장도로 콱 죽어버릴까요!
협박합니다. 이 정도 편지를 받는다면 감동하지 않을 수 없겠습니다. 글
도 글이지만 그리움이 쌓여서 탑을 이룬다는 의미도 되겠습니다.

소원대로 부용은 김이양의 첩실이 됩니다. 작은 초당 아씨가 되어 김이양과 15년 정도 살았습니다. 다행스럽게 김이양이 오래 살았습니다. 그렇다 해도 부용은 30세 남짓 혼자 된 셈입니다. 아직 청상인데요. 홀로 된 후에 부용은 자신과 비슷한 여인들과 삼호정시회를 결성하여 시문을 나누고 교류하며 잘 지냈다고 합니다. 49세로 사망하기까지 초당마님으로 불리며 정절을 지켰다 합니다.

황진이(黃眞伊)

생몰연대가 분명하지 않습니다만, 조선 중종 재위(1506년~1544년) 개성 송도지방 기생이라 기록되었습니다. 외모가 아름답고 목소리가 곱고 청아해서 노래를 잘 불렀다고 합니다. 특히 시문이 출중해서 양반 선비들과 멋진 교류를 나눈 흔적이 곳곳에 있습니다.

박연폭포와 서화담 선생과 자신을 송도삼절이라 스스로 정할 정도로 재능과 자존감이 높은 기생으로 짐작합니다. 황진이에 대한 소설은 남북한에서 다르게 창작되어 교과에 나오고 있습니다. 황진이의 시조 몇 수를 보겠습니다.

산은 옛 산이로데 물은 옛 물이 아니더라
주야로 흐르니 옛 물이 있을소냐
인걸도 이와 같아야 가고 아니 오노매라

평시조입니다. 단시조입니다. 글자 수를 맞춘 정형시입니다. 겉으로 볼 수 있는 외형률이라고 합니다. 이 시는 왠지 애틋하고 슬픈 느낌입니다. 산은 옛 모습 그대로인데 흘러간 물은 다시 오지 않습니다. 한 번 떠나간 인연도 다시 오기 어렵습니다. 그런 줄 알면서 기다립니다. 그리운 사람을 기다리는 연정은 예나 지금이나 다를 것 없습니다.

동짓달 기나긴 밤 한 허리를 베어내어
춘풍 이불 아래 서리서리 넣었다가
정든 임 오신 날 밤에 굽이굽이 펴리라.

황진이의 대표작인 동짓달 기나긴 밤입니다. 이 시조를 작성한 시점은 동짓달이 분명합니다. 홀로 있는 겨울밤이 길고 외로운 게 분명합니다. 기다림의 시간을 잘라서 잘 두었다가, 임이 오시는 봄날 그 짧은 봄밤에 이어 붙이고 싶다는 말입니다. 좋은 임과 함께 긴 시간을 함께하고 지내고 싶다는 진솔한 마음입니다.

어져 내 일이야 그리울 줄 몰랐던가
있으라 하면 임이 구태여 갔겠냐만
보내고 그리는 정을 나도 몰라하노라

오랜만에 임을 만났습니다. 임도 갈 뜻이 없을지 모르는데, 바쁘시면 가시라고 보냈습니다. 굳이 보냈습니다. 홀로 가만히 앉아 생각하니 자신이 바보 같습니다. 가지 말라고 붙잡으면 아니 갈 임인데, 왜 가라고 했는지 모르겠습니다. 그러고 나서 이렇게 그리워하는지, 자기 맘과 행동이 맘에 들지 않습니다.

우리도 가끔 마음과 다른 행동을 하고 후회하는 경우가 있지 않습니까! 저 나라한 표현이 어려운 시대에 황진이의 시조는 있는 그대로 마음을 그려낸 점이 솔직합니다.

청산리 벽계수야 수이 감을 자랑 마라
일도창해하면 돌아오기 어렵나니
명월이 만공산하니 쉬어간들 어떠랴

이름난 기생으로 누구든지 한번 만나고 싶어 하는 황진이의 명성입니다. 그러나 아무나 쉽게 만나주지 않는 도도한 황진이입니다. 그런데요, 이런 황진이를 거들떠보지 않는 벽계수라는 왕족 선비가 등장합니다. 황진이가 기분 나쁩니다.

어디 두고 보자, 달 밝은 밤 산길을 지나가는 벽계수를 향해서 노래합니다. '벽계수라는 양반 들어 보소, 한 번 흘러간 물은 다시 오기 어려우니 빨리 흘러간다고 자랑할 것 없지 않습니까! 지금 달도 밝고 풍경도 아름다운데 좀 천천히 쉬어 가는 게 어떠냐?'는 중의적 표현입니다. 벽계수는 흐르는 맑은 물도 되고 그냥 지나가는 벽계수라는 인물도 됩니다. 명월은 밝은 달빛도 의미하면서 황진이 자신을 말하는 것입니다.

:: **상사몽**(相思夢)

相思相見只憑夢(상사상견지빙몽)
儂訪歡時歡訪儂(농방환시환방농)
願使遙遙他夜夢(원사요요타야몽)

一時同作路中逢(일시동작로중몽)

서로 그리워 만나는 건 다만 꿈에 의지할 뿐

내가 임 찾으러 갈 때 임은 날 찾아왔네

바라노니 아득한 다른 날 꿈에

동시에 일어나 길에서 만나지기를…

지극한 마음과 간절한 그리움입니다. 보고 싶은데 볼 수 없는 임, 꿈에서라도 만나고자 합니다. 하필 자신이 찾으러 간 순간에 임도 날 찾아오는 바람에 서로 만나지 못했다는 말입니다. 그러니 다음에는 서로 오가느라 엇갈림 없도록 동시에 일어나 중간쯤 만나자는 재회의 소망입니다.

누구를 이토록 그리워했을까! 그 후 이들의 만남은 이루어졌을까!

황진이의 일생에 있어서 만남에서 오는 행복한 기운은 어디에서도 찾아보기 어렵습니다. 시문마다 이별의 아픔이 엿보입니다. 그리움과 상실의 흔적에서 사랑의 실체가 무엇인지 궁금해집니다.

'상사몽'은 칠언절구 한시입니다. 일곱 글자씩 네 줄이라는 뜻입니다. 여덟 줄이면 칠언 율시라고 합니다. 다섯 글자씩 네 줄이면 오언절구가 됩니다. 여덟 줄이면 오언 율시가 됩니다. 한시는 운자도 맞추고 뜻과 운율을 맞추는 작업이므로 보통 글공부로는 어렵습니다.

황진이의 시조와 한시는 몇 편 전해지지 않습니다. 당시 정서로 볼 때 기생의 글이고 남녀상열지사로 저급하다고 여긴 까닭인지 모릅니다. 하지만 오늘에 시선으로 볼 때 황진이의 시문은 매우 진정성 있는 사랑의 본질을 잘 표현한 문학으로 평가되고 있습니다. 황진이와 관련된 시 한 수 보겠습니다.

> 청초 우거진 골에 자는가 누웠는가
> 홍안은 어디에 두고 백골만 묻혔는가
> 잔 잡아 권할 이 없으니 그를 슬퍼하노라

백호 임제(1549~1587), 세조의 왕위 찬탈을 풍자한 「원생몽유록」의 저자입니다. 그가 평안도사로 부임지를 가는 도중에 황진이의 묘소를 지나가게 되었던가 봅니다. 임제는 관복을 입을 채 황진이의 묘에 술잔을 부어 주며, 시 한 수를 읊었습니다. 원래 시문을 즐겨 700여 수 작시가 있다고 합니다. 아무튼 이 시가 당시로는 큰 파장을 일으켰던 모양입니다. 품위유지에 문제가 되어 바로 파직당합니다.

황진이의 아버지는 양반이고 어머니는 기생 진현금입니다. 어머니가 기생 출신이니 재주가 출중해도 양반가의 여식으로 살아가기 어려웠습니다. 일찍이 앞집 총각이 황진이를 향한 상사병으로 죽고 난 후 기생의 길로 접어듭니다. 수많은 인연이 있습니다. 높은 벼슬아치 소세양, 왕족 풍류남 벽계수, 선전관 이사종과의 동거, 삼십 년 생불 지족선사 파괴 시험, 화담 선생과의 교학 등 단순한 기생으로 살다 간 것이 아니라 남성 중심의 모순된 시대에 저항한 진보적인 여성이라 하겠습니다.

자기가 죽어도 곡하지 말고 비단옷 입히지 말고, 관도 짜지 말고 옛 동문 밖에다 버려 세상 여자들로 하여금 거울삼도록 하라는 유언을 남겼다고 합니다. 친지들은 그녀의 유언을 따르지 않고 북한 장단군에 묘를 썼습니다. 북한에서도 2005년부터 관광객을 위해 황진이 묘소를 잘 정돈했다 합니다.

매창

이매창(梅窓, 1573~?)은 조선 선조 때 부안 기생입니다. 율곡 선생의 누이인 이매창(1529~1592)과 동명이인입니다. 신사임당의 큰따님이고 율곡 선생의 누이인 이매창과 부안 기생 매창은 태생부터 다릅니다. 삶의 여정도 매우 다릅니다. 여기서는 부안 기생 매창에 대해서 이야기하겠습니다.

기생 매창의 본명은 이향금(香今)입니다. 계유년에 태어나 계랑이라고도 합니다. 부안현 관비인 어머니와 아전 이양종의 딸로 태어나 그대로 관비로 자란 듯합니다. 일찍 어머니를 잃었으나 아버지로부터 글공부를 배우고 가무와 거문고연주에 뛰어났다고 합니다.

미모에 노래 잘하고 시문에도 척척 문답이니 당대 선비며 문사들이 모두 매창을 좋아했을 법합니다. 당시 유명 인사인 허균과 이귀, 유희경 등과 교류가 깊었다고 그려집니다. 일설에는 송도 기생 황진이와 쌍벽을 이루었다고 합니다. 이를 증명하듯이 황진이는 송도삼절에 들어가고 매창은 유희경 직소폭포와 함께 부안 삼절에 들어갑니다. 시조와 한시 58편이 전해집니다.

기생 신분으로 여러 사람과 교류가 있겠지만 매창이 유일하게 사랑한 사람은 유희경입니다. 1592년 임진 난 일어나던 해, 스무 살 매창과 오십이 다 된 유희경이 만났습니다. 나이와 신분 고하를 떠나 시문에서 합이 척척 맞지 않았을까 짐작합니다. 유희경은 높은 신분은 아니지만 문장으로 이름이 높은 사람입니다.

훗날 다시 만났지만 유희경은 서울 본가에 부인과 가족이 있으며 잠시 만난 기생과의 인연을 길게 이어갈 입장이 못 되었던 것입니다. 이렇게 헤어진 두 사람은 서로가 못 잊어 그리워하는 시조가 있습니다. 한시가 여럿 있습니다. 매창의 시 '이화우 흩날릴 제'는 고등 교과에 수록되어 수능 단골 문제로 등장합니다.

이화우 흩날릴 제 울며 잡고 이별한 임
추풍낙엽에 저도 날 생각는가
천리에 외로운 꿈만 오락가락 하노메

부안의 명기 매창의 시집(詩集) 중에 가장 잘 알려진 작품입니다. 당시 최고의 문인이었던 유희경과 사랑을 했고, 풍운아 허균과는 죽을 때까지 우정을 나눈 사이입니다.

매창의 정인(情人) 유희경은 본래 천민 출신으로 고위 관직에 오른 입지적인 인물입니다. 신분과 서열이 엄격했던 조선 사회에 유희경은 '남언경', '박순'이라는 스승을 만나 재능을 인정받고 학문을 배웠습니다. 그러던 중 임진왜란이 일어나자 의병을 일으켜 싸우는데 그 공로를 인정받아 면천됩니다. 그리하여 생전에 종2품 '가의대부'에 오르고 죽어서는 '한성부윤'까지 올랐다 하니, 노력 앞에서는 그 어떤 신분의 굴레도 벗어던질 수 있음을 알 수 있습니다. 1590년 부안에 내려온 40대의 시인 유희경과 열여덟 매창은 서로를 한눈에 알아보고 누가 먼저라 할 것 없이 사랑에 빠집니다. 두 사람의 만남과 사랑은 강렬했지만, 언제까지나 함께할 수 없는 처지인지라 만난 지 겨우 한 달 남짓, 유희경이 한양으로 돌아가야만 했습니다.

그리운 임이여~! '봄날이 추워 얇디얇은 옷을 꿰매는데, 창가에 햇빛이 비치고 있습니다. 머리 숙여 손길 가는 대로 맡기다 보니, 구슬 같은 눈물이 실과 바늘을 젖어 들게 합니다.' 정인을 향한 매창의 마음입니다.

한양의 유희경 역시 매창을 잊을 수 없었습니다.

'그리운 매창! 그대의 집은 부안에 있고, 나에 집은 한양에 있어, 그리움이 사무쳐도 서로 볼 수 없네. 오동나무에 비 내릴 때마다 애끓는 마음일세.' 서로가 그리운데 만날 수 없는 세월 사이 풍운아 허균이 매창 앞에 등장합니다. 허균이 처음 본 매창은 한낱 기생입니다. 그러나 시문에 밝았으며 노래와 거문고에 능하고, 무엇보다 기생임에도 절개가 높아 색을 좋아하지 않아 오래도록 우정을 이어갈 수 있었다고 말합니다.

세상과 화합하지 못한 상처투성이의 천재 시인 허균과 우정을 나누던 어느 날, 꿈에 그리던 유희경이 15년 만에 찾아옵니다. 짧은 만남 기나긴 기다림 끝에 재회를 이루었지만, 유희경은 매창에게 영원한 이별을 고하고 돌아섭니다. 매창에게는 이해할 수 없는 일입니다. 허균과의 교류를 잘못 알고 물러선 것일까요! 유일한 사랑 유희경을 못 잊어 가슴 앓이하는 매창에게, 허균은 10년 동안 우정을 나누며 불법과 참선의 세계를 안내합니다.

1610년 서른여덟 되던 해 봄, 부안의 한적한 바닷가에 움집을 빌려 홀로 살아갑니다. 매창은 시름시름 앓다가 여름 어느 날, 쓸쓸한 죽음을 맞습니다. 허균은 가엾게 떠나간 지기를 향하여 절절한 애도의 시를 바칩니다. 유희경은 88세까지 살았다는데 그 후의 소식이 없습니다. 부안 출신의 시인 '신석정' 님은 매창과 유희경, 직소폭포를 가리켜 '부안삼절'이라고 불렀습니다. 나는 유희경이 마음에 들지 않습니다.

평생 남의 밥 얻어먹기는 일을 배우기 부끄러워
매화 가지 비치는 달그림자를 사랑했지.
세상 사람들 고요히 살려는 나의 뜻을
마음대로 손가락질하며 들고 나는구나!

매창은 어머니 신분 따라 기녀가 되었으나 오로지 한 남자를 바라보며 사랑을 주고받고자 했습니다. 헌헌장부에 시문 유려한 40살 유희경을 만나 운명을 걸었습니다. 처음 본 순간 선녀가 하강한 듯 말로만 듣던 자태에 놀라움을 금치 못한다면서 매창을 향해 기막힌 시문을 지어주던 유희경입니다. 한 달여 꿈같은 밀어를 속삭이다 본가로 떠난 후 감감무소식이니, 무정하기 짝이 없습니다.

18세 매창이 첫사랑 유희경과 이별 후 수절하려는 마음가짐이지만 하는 일이 기생이니 만나는 손들이 모두 그녀를 함부로 대합니다. 매창은 화내는 일 없습니다. 서러워 울지도 않습니다. 언제고 찾아오실 임 유희경을 생각하면 어떤 고난도 극복하리라! 슬그머니 자리를 뜨는 경우가 다반사고, 말귀 알아듣는 한량에겐 시를 지어 마음을 표현합니다. 창을 하고 시를 짓고 거문고를 타고 노래하고 춤추며 예쁜 미소를 짓는 기녀로, 겉으론 화려하고 즐거움을 가장하나 매창의 심경은 자괴감과 그리움입니다. 오라는 임은 소식 없고 이 사내 저 사내 뭇 사내들 희롱뿐이라.

그녀 생애를 글로 접하다 부안 매창공원을 찾았습니다. 이른 봄날입니다. 그녀를 닮은 열여덟 매화꽃은 가득 피었고 곳곳 시비가 있긴 한데 왜 그리 쓸쓸한지 모르겠습니다. 그녀를 만나거든 저 나라에서라도 원하는 임을 만나 행복하라는 전언은 하지 않았습니다. 유희경 그 무책임하고 무정한 사내는 만나지 않기를 독자의 서운한 바라는 마음입니다.

:: **춘사**(春思)

삼월이라 동녘바람이 불어
곳곳마다 꽃이 져 흩날리네
상사곡 뜨며 임 그리워 노래해도
강남으로 가신님은 돌아오시질 않아라.

마음속 그리운 정 말로는 다 할 길 없어
밤새 생각다 보니 머리카락이 반이나 세었구나
신첩의 괴로워하는 이 심정 아시려거든
금가락지 헐거워진 이 손가락은 보옵소서.

한 조각 꽃구름이 이는 꿈에서
깨어나니 만감이 교차하네
임과 다시 만날 누대는 어디런고

날은 저물어 어둑한데 수심만 쌓여간다.

매창이 유희경은 그리워하는 내용입니다. 벚꽃비를 맞아보면 느낌을
알겠지만 봄날 배 꽃비를 맞으면서 울며 이별한 두 사람이랍니다. 여름
이 지나 늦가을 추풍낙엽 지절인데 이때까지 나를 잊지 않고 생각하고
있느냐? 그리움과 외로움으로 꿈길만 오락가락한다는 애뜻함입니다. 이
런 매창의 글이 전해졌는지, 마음이 전해졌는지, 유희경의 답가입니다.

그리움 사무쳐도 서로 못 보고
오동에 비 뿌릴 젠 애가 끊겨라.

진정으로 그리운 사람은 만나야 한답니다. 그리운 사람을 만나지 못
하면 심령에 그늘지어 내내 시들시들하다 스러진다는 말이 떠오릅니다.
그리움이 사무쳐 애가 끊는다고 했습니다. 그런 심정을 가슴에 담고 남
은 생을 지냈을 두 사람을 생각하니 안타깝기만 합니다. 유희경이 떠난
후 홀로 마음에 없는 교류를 이어가는 매창의 한시를 보겠습니다.

술 취한 손님에게~
술 취한 손님이 나의 비단 적삼을 끌어당긴다.
예의 없는 거친 사람은 정말 싫다. 민망해서 팔을 빼니 그 서슬에 비
단 적삼이 찢어지고 만다. 찢어진 옷이야 다시 꿰매면 그만이지만 찢
긴 마음은 어찌 다시 꿰매랴. 사랑하는 마음마저 덩달아 끊어질까
두렵구나. 아~아~ 임이시어, 아무리 길가의 버들이고 담장 너머 핀
꽃이라지만 함부로 꺾는 무례는 싫다.

사람의 일생을 평가하려면 관뚜껑을 덮고 나서 말해야 한다지요. 전반부는 어찌 살았든지 인생의 후반부에 한 남자에게 정절을 지키면 정절녀라 할 수 있다 합니다. 젊은 날 아무리 반듯하게 살았다 해도 인생의 끝부분에 혼탁 혼란한 삶을 살았다면 품행이나 정숙을 말할 수 없습니다.

두향의 사랑

낙동강 상류 퇴계에 양진암을 세우고 사색과 학문 생활에 몰두하던 퇴계 선생이 단양군수로 부임한 때는 48세가 되던 해입니다. 을사사화로 혼미했던 중앙 정계를 벗어났다가, 다시 단양군수로 부임하여 자연에 머물며 벼슬 생활을 하던 차, 관기 '두향'을 만납니다.

퇴계 선생은 이미 사랑하는 아내를 2년 전에 잃었습니다. 이어 아들을 잃은 시기입니다. 형언할 수 없는 심정이었을 것입니다. 외로운 마음에 관기와의 연정을 유추할 수 있으나 엄격한 도학자이기에 사연은 구체적으로 알려진 바 없습니다. 다만 선생이 한 여인을 통해서 마음의 상처를 위로받은 정도라 할까! 두향과의 시간은 불과 9개월 남짓이기 때문입니다. 퇴계 선생의 형님이 충청감사로 부임하자 풍기 군수로 이임하게 됩니다. 당시 형제가 한 고을에 벼슬을 하지 않는 관례가 있기 때문이다.

두향의 입장에서는 생전 처음 뵙는 훌륭한 인품의 정인인데 정들자마자 이임입니다. 바로 옆 고을로 옮기는 것이지만 관기는 소속 고을을 벗어나지 못하는 국법(國法)이 야속합니다. 두향은 퇴계 선생을 잊지 못해 평생 수절하며 그리움으로 나날을 보냅니다. 그러던 중 퇴계 선생이 죽었다는 소식을 듣고 강선대(降仙臺) 기슭에 묻어 달라는 말을 남기고 스스로 목숨을 끊었다고 합니다. 후에 충주댐이 생기면서 물에 잠기게 되자 퇴계 후손들이 두향의 묘소를 찾아내어 옥수봉 맞은편 제비봉 기슭에 이장하였습니다. 퇴계 선생의 후손들은 해마다 퇴계 선생의 제향이 끝난 후 두향지묘(杜香之墓)에 가서 제사를 지낸다고 합니다. 영조 때 문인 이광려(李匡呂)는 이런 두향의 절개를 기려 시 한 수를 남깁니다.

외로운 무덤이 국도변에 있어
흩어진 모래에 붉은 꽃이 비추네
두향의 이름이 사라질 때면
강선대 바위도 없어지리라.

남한강 충주댐 여행길에 바라보니, 산은 옛 산이고 물도 강물도 옛 강물이라는 말을 생각했습니다. 변했다면 인심만 변했을 것입니다. 강선대는 옛 모습 그대로 우뚝 솟아 있으니 두향의 이름자도 영원할 듯합니다. 채근담에서 인생은 후반부를 보라고 했습니다. 색이든 금전이든 노년에 탐심은 추합니다. 일생을 기생으로 지냈다 해도 나중에 한 지아비를 따르면 화류 생활이 묻혀진다고 하지요. 누구든지 마지막 모습이 바로 그 사람이라는 말입니다.

규방문학(閨房文學)

조선시대 양반 부녀자들의 이야기입니다. 조선 후기로 들어서면서 칠거지악이니 삼종지도를 내세워 여성들의 지위를 격하시키는 가운데, 언문이 등장하면서 일부 계층에서 일기 형식의 마음글을 내어놓습니다.

일기를 세분하면 다양합니다. 대상을 구체적으로 그림 그리듯 묘사하는 묘사 일기(描寫), 사건의 흐름을 그려내는 서사 일기(敍事), 사물이나 대상을 설명하는 설명 일기(說明)처럼 서술에 따라 구분합니다. 요즘은 장소나 대상에 따라 가정 일기, 요양 일기, 여행 일기, 독서 일기, 관찰 일기, 영업 일기, 사무 일기, 육아 일기, 판매 일기, 운동 일기가 있습니다.

의유당 남씨가 쓴 『동명일기』는 여행 일기입니다. 혜경궁홍씨의 『한중록』은 서사 일기입니다. 일기가 축적되면 개인적인 기록일뿐 아니라 역사적 문학적 문헌으로서 가치를 지니게 됩니다.

「규중칠우쟁론기」, 조침문은 규중 수필 문학을 대표하는 창조적인 기록문학입니다.

『동명일기』는 '의유당 관북 유람 일기'라고도 합니다. 조선 영조 때 함흥 판관으로 부임하는 남편을 따라가는, 부인의 여행 기록입니다. 함흥 만세교 낙민루, 북창루 귀경대를 돌아보며 누각과 풍경을 상세하게 묘사합니다. 특히 귀경대에서 해돋이와 달맞이를 보러 가고 오는 여정에서 설렘과 안타까움, 감탄이 함께합니다.

북산루 북루를 보니 육십 보는 될 것 같다. 동남편에 무덤이 어찌나 누누한지 마치 별이 박힌 듯하여 슬퍼 눈물이 났다.

지나가는 풍물패의 모습이라든지 기생의 춤사위, 낚시배 등을 묘사하는데 문장력이 때때로 재미있고 문체가 수려하며 세련되었다는 평가입니다.

『한중록(閑中錄)』은 아시다시피 정조대왕의 어머니 혜경궁홍씨의 내간체 일기입니다. 남편 사도세자의 행적과 궁중 생활에 불안과 두려움이 고스란히 들어 있는 한스러운 회고록입니다. 『인현왕후전』과 함께 대표적인 궁중 문학이며 역사서입니다.

조침문(弔針文)은 조선 순조 때 유씨 부인이 지은 수필입니다. 27년 동안 아끼며 사용하던 바늘이 부러집니다. 아깝고 놀라운 심경으로 부러진 바늘에 대한 제문을 쓰는데 마치 사람을 대하듯 의인화했다는 점이 재치 있습니다.

작자 미상 「규중칠우쟁론기(閨中七友爭論記)」를 요약합니다.

바느질하는 과정에서 사용되는 물건들이 서로 자신의 공(功)이 크다며 다투는 가전체 문학입니다. 이 작품을 수필로 보는가, 소설로 보는가는 문학사적 사료로 구분하는데 소설에 가깝다고 봅니다.

주인공 주 부인이 바느질하다가 잠이 듭니다. 그사이에 바느질 도구인 자(척부인), 가위(교두각시), 바늘(세요각시) 실(청홍각시), 인두(인화낭자), 다리미(울낭자), 골무(감투할미)가 등장합니다.

각자 자기가 없으면 바느질이 될 수 없다며 공치사를 하며 목소리를 높입니다. 하도 시끄러워 잠에서 깬 주 부인이 모두 쫓아내려는데 감투할미가 용서를 빌어 참는다는 내용입니다.

분업 속 협업입니다. 협동에는 모두가 필요합니다. 각 분야 누구도 없어서는 아니 됩니다. 그런 줄 알면서도 유난히 자기를 돋보이기 위해 상대를 헐뜯는 못난 과정을 통해, 시대상을 풍자합니다. 세상에서 가장 못난 언행이 가장 가까운 사람은 비난하고 조롱하는 일입니다. 글 분량은 짧지만 밀도 있는 구성과 작중 명칭을 알맞게 묘사하며 글솜씨도 탁월하다는 평가입니다.

백저행(白紵行)

皎皎白紵白如雪 云是家人在時物 家人辛勤爲郞　要　未了人先歿舊
重開老姆泣 誰其代　婢手拙 全幅已經刀尺裁 數行尙留針線跡朝來試
拂空房裏　疑更見君顔色 憶昔君在窓前縫 安知不見今朝着物微猶爲
吾所惜 此後那從君手得 誰能傳語黃泉下 爲說穩稱郞身無　隙

황천의 임께 내 말 전해주오. 희디흰 모시 베 백설처럼 새하얀데 아내가 생전에 간직한 물건이라고 말하네. 집사람이 낭군을 위해 고생스럽게 마련해서 바느질 미처 못 마치고 임이 먼저 운명했네. 할멈이 상자 열고 꺼내 눈물 닦으면서 "뉘라서 아씨의 바느질 솜씨 대신할꼬" 모시 베 온 필에 재단은 진작 끝나고 바늘로 시친 자국 드문드문 상기도 남아있네. 아침에 빈방에서 시험 삼아 입어보니 당신의 얼굴 어렴풋이 다시 본 듯하구려. 옛적 그대가 창 앞에 바느질할 때 생각하니 어이 알았으리. 내 그 옷 입는 걸 못 볼 줄을 모시옷 하찮으나 나에겐 더없이 소중하니 차후에 어떻게 당신의 솜씨 얻어 입으리오. 누구 황천에 가서 내 말을 전해주오.
"이 모시옷 낭군 몸에 빈틈없이 꼭 맞는다네."

정조시대 영의정을 지낸 채제공(蔡濟恭)이 임지에 있는 동안 아내가 세상을 떠났습니다. 장례를 치른 후 이른 봄, 아내가 살아생전에 마지막으로 지어 준 모시옷을 입어보니 몸에 꼭 맞네요. 아내 손길이 느껴집니다. 아내가 그립습니다. "그립소. 보고 싶소/옛적 그대가 창 앞에 바느질할 때 생각하니/어이 알았으리오 내 그 옷 입는 걸 못 볼 줄/누구 황천에 가서 내 말을 전해주오, 이 모시옷 낭군 몸에 꼭 맞는다고//" 글에서 전해지는 마음이 내 맘인 양 아립니다.

　가정의 달에 맞춰 TV에도 얼핏 비치는 장면입니다. 조강지처 사별후 가슴 울리는 도망시(悼亡詩) 몇 편입니다. 추사 선생, 소동파와 함께 채제공의 아내에 대한 그리움이 심금을 울리는 까닭은, 흔하지 않은 내용이기 때문입니다. 세상에 일부 속물들은 아내가 죽으면 뒷간에서 웃는다고도 합니다. 거기까지는 아니라도 여인들의 정절에 비해, 대체로 슬픔의 기간이 짧아 보입니다. 사별 후 바로 재혼 삼혼하여 조강지처 제삿날조차 까마득히 모르는 인사들이 있으니, 이분들의 지극한 마음이 면면히 이어지는 것입니다.

　조금만 계산에 맞지 않으면 횡하니 돌아서는 아내며, 남편이며, 연인이며, 친구라는 이름들에 귀감이 되겠습니다.

못다 한 말 한마디

　조선 중기 '백광훈'은 타관 땅 벼슬살이 중 단오를 맞이합니다. 마을 사람들이 그네 뛰고 씨름하면서 뛰노는 모습을 보며 어린 딸 댕기 머리가 생각나 목이 멘다는 편지에 아비의 다정이 묻어 있습니다. 다산 선생의 기나긴 유배 시절은 가족에 대한 염려와 자식 교육이 모두 편지로 이루어집니다. 현실을 비관하지는 않을까! 생계는 무엇으로 연명하는가! 폐족이라 여기고 글공부를 하지 않으면 어쩌나! 구절마다 교훈과 염려로 가득합니다. 김수항은 사약을 받으며 아내에게 마지막 글을 남깁니다. 혹시라도 자신을 따라올까 봐 염려합니다. '어린 자식들을 위해 참고 견뎌야 한다. 만약 그렇지 못하면 내세에 만나지 않겠다'는 준엄한 당부입니다. 아내는 남편의 뜻을 받아 평생 자식들 양육과 교육에 힘쓰다 마지막 가는 길엔 남편의 편지를 가슴에 안고 관속에 들어갑니다.

고생만 하다 죽은 아내의 영전에 바쳐진 무심한 남편의 눈물이 뚝뚝 떨어지는 제문도 있습니다. 죽은 누이에 한 안쓰러움, 스승과 제자 사이의 이별, 각별했던 친구의 무덤에 앉아 술잔을 부으며 되뇌는 독백 등 수많은 내용 가운데 가장 아픈 것은 뭐니 뭐니 해도 어린 아들을 먼저 보낸 아비의 편지입니다. 제대로 먹이고 입히지 못한 못난 아비가 아들을 차가운 땅에 묻어두고 간신히 마련한 옷 한 벌과 쌀밥 한 그릇을 놓고 영혼을 위로하는 장면은 사무치다 못해 뼈가 녹아드는 아픔이 보입니다.

김소월(1902~1935)의 시는 정한(情恨)이라는 민족시의 전형입니다. 유난히 꽃을 소재로 한 가슴의 시인으로 생명의 원리를 시학으로 그려냅니다. 특히 산산이 부서진 이름을 부르는 「초혼」은 사랑을 잃은 지극한 슬픔을 대변합니다. 심중에 남아있는 말 한마디를 마저 하지 못한 심정입니다. 사노라면 어느 특별한 날, 그리운 얼굴이 있습니다. 그의 영혼을 불러낼 수 있다면, 좋겠다는 생각이 간절할 때가 있습니다. 그가 못다 한 말이 있다면 듣고 싶을 때가 있습니다. 내 가슴에 있는 차마 못다 한 말을 전하고 싶을 때가 있습니다. 이별을 당해 본 가슴은 압니다.

한 치 앞을 모르는 게 인생사라, 영원한 이별 앞에 놀란 가슴을 부여잡으며 아픈 심경을 그리는 초혼가는 기막힌 허무요, 절절한 후회입니다. 남은 인연을 헤아립니다. 만날 수 있을 때 만나고 나눌 수 있을 때 고운 심정을 나눠야겠습니다. 너와 나의 마지막 순간을 생각하면 이 순간도 아까운 시간입니다.

학(鶴)

천년 맺힌 시름을/출렁이는 물살도 없이/고운 강물 흐르듯/학이 난다./천년을 보던 눈이/천년을 파닥거리던 날개가/또 한 번 천애에 맞부딪노라.

서정주 님이 그려낸 「학춤」입니다. 학(鶴)이 기분이 좋을 때 춤을 추면 너울너울 춤사위가 크고, 새끼들이 잘못되어 슬프거나 화가 날 때는 낮게 낮게 날갯죽지 가라앉는 춤을 춘다고 합니다. 사랑하는 짝을 위해서 춤을 출 때는 뚜뚜루룩~ 두루룩~ 소리를 내며 춤을 춥니다. 수컷이 먼저 높은 소리로 선창하면 암컷이 뒤이어 낮은 소리로 화답합니다. 학과 두루미는 동의라 합니다. 두루미의 모양새를 보면 하얀 두루마기를 입은 선비 모습과 같아 두루미라는 설(說)도 있습니다.

천년학은 청학(靑鶴)이라 하며, 날개가 여덟이고 다리는 하나에다 사람과 같은 얼굴이라는데 청학이 울면 천하가 태평성대가 된다는, 상상의 새라고 합니다. 전엔 푸른 소나무에 앉아 있는 학이 청학인 줄 알았습니다. 그러나 사실 학은 소나무에 잘 앉지 않고 황새나 왜가리가 소나무에 즐겨 앉는다고 합니다. 그동안 소나무를 찾아다니는 왜가리며 황새를 학으로 알았으니 한참 오해한 것입니다. 이렇게 황새와 학을 구분한 지 얼마 되지 않았습니다. 모두 비슷한 생김새라 생김새로 구분하는 것은 아직도 애매하지만, 그들이 지닌 성향은 구분할 수 있다는 말입니다. 설원에 춤추는 학에 반해 황새나 왜가리는 여름 철새라는 것도 특징입니다.

백운거사 이규보의 「유아무와 인생지한(有我無蛙 人生之恨)」에서는 황새의 양심을 비뚤게 묘사합니다. 까마귀와 꾀꼬리와 목소리 겨루기에서 까마귀로부터 개구리 한 마리를 얻어먹는 황새입니다. 개구리를 뇌물로 받아먹고는, 까마귀 소리가 장대하고 우렁찬 장부의 기상이라며 꾀꼬리보다 낫다는 판결을 내립니다.

우리 교육과정에는 이런 내용을 실어, 뇌물로 인한 잘못된 판결을 내린 황새와 같은 병리 현상에 경각심을 가르치고 있습니다. 혹자는 황새의 역할을 학(鶴)으로 오인하는 경우도 있는데 이는 학의 명예를 모독하는 일입니다.

'어부지리'에서도 황새는 분에 넘치는 조개를 먹기 위해 안간힘을 쓰다 동시에 잡히는 존재로 전해 옵니다. 황새나 왜가리가 춤을 추는 것은 오로지 번식기에 짝을 짓기 위한 과시행동이라 합니다. 그래서 고고한 학춤은 있어도 왜가리춤이나 황새춤이라는 말은 드문가 봅니다.

죽(竹)

:: 죽시(竹詩) – 김삿갓(金炳淵)(金笠 詩)

此竹彼竹化去竹(차죽피죽화거죽)
이대로 저대로 되어가는 대로

風打之竹浪打竹(풍타지죽랑타죽)
바람 부는 대로 파도 치는 대로

飯飯粥粥生化竹(반반죽죽생화죽)
밥이면 밥 죽이면 죽 나오는 대로

是是非非付彼竹(시시비비부피죽)
옳고 그름 따지지 말고 그저 그런대로

賓客接待家勢竹(빈객접대가세죽)
귀한 손님 접대는 집안 형편대로

市井賣買歲月竹(시정매매세월죽)
물건 사고파는 것은 시세대로

萬事不如吾心竹(만사불여오심죽)

만사가 다 내 마음대로 되지 못하니

然然然世過然竹(연연연세과연죽)
그렇고 그런 세상 그런대로 살아가세

    이대로 저대로 되어가는 대로, 바람 부는 대로 물결치는 대로, 밥이면 밥, 죽이면 죽, 이대로 살아가고, 옳으면 옳고 그르면 그르고 저대로 맡기리라. '대나무' 하면 생각나는 김삿갓의 「죽시(竹詩)」입니다.
    대나무와 관련된 다른 시가 언뜻 떠오르지 않는 탓이기도 하고, 하는 일이 마음에 차지 않을 때면 「죽시」가 절로 흘러나옵니다. 세상만사가 내 마음대로 하는 것만 못하니 연연연세과연죽(然然然世過然竹)이 입에 착착 붙습니다. 그렇고 그런 세상 그런대로 지내세.
    「죽시」에서 죽(竹)은 대나무의 의미로 사용되지 않았습니다. 죽(竹) 자의 뜻인 '대나무'에서 대 자를 가져와 사용한 김삿갓만의 재치 있는 시입니다. 김삿갓의 매력은 음운(音韻)과 의미(意味)를 구분하여 기상천외한 내용을 발설하는 데 있습니다. 그런 내용을 그런 방식으로 표현 함으로써 자신의 답답함을 해소했던 것 같습니다. 이를 본받아 어떤 경우 심한 말을 할 수 없을 때나 마음이 풀리지 않을 때, 시조로 대신합니다. 이 중에 가장 많이 애송하는 시조가 김삿갓의 시입니다.

    옛글에는 송죽(松竹)이 함께 울울하여 풍월주인이 되었는데 어찌하여 대나무는 사군자에 들고 소나무는 들지 못하였나! 금강송이 철갑을 두른 듯 하늘을 향해 우뚝 서 있는 모습은 늠름한 장군의 기상이라 합니다. 세상사 마음에 두지 않고 보이는 대로 뒤틀리는 대로 꼬이고 또 꼬이고도 푸른 솔잎을 무성히 피우고 있는 소나무를 보면 예술의 극치라는 말을 떠올립니다. 그러나 소나무는 자기 주변에 잡다한 것들을 용납하지 않으려는지 뿌리를 깊게 내리고 속을 단단히 채우는 결벽이 있습니다. 대나무는 뿌리를 얼기설기 내리되 다른 것들이 서식하도록 나눔의 공간을 남겨 둡니다.

우후(雨後)죽순이라고, 비 온 뒤 대나무 순은 보름쯤이면 어른과 흡사해집니다. 그 뒤로는 더 몸을 키우지도 않고 그대로 80여 년을 삽니다. 사는 동안 대나무는 단단해지고 또 단단해지나 자기 속을 채우지 않는 견고한 고집을 이룹니다. 일이 거침없을 때 파죽지세라 합니다. 일편단심에는 대쪽 정신이 함께합니다. 때에 따라 화살이 되고 죽창이 되기도 합니다. 화평 시절엔 피리가 되고 통소가 되어 고즈넉한 달밤에 신비를 더하는 게 대나무입니다. 80 생애, 단 한 번 하얗게 눈물겨운 꽃등을 켜고 생을 마친다는 대나무입니다. 그래서 천년 소나무는 이런 대나무에게 사군자의 자리를 양보했나 봅니다.

'푸른 강 물굽이 푸른 대숲 우거지다. 헌칠한 사람 있어 뼈와 상아로 다듬은 듯, 옥과 돌로 다듬은 듯 엄하고 너그럽고, 환하고 의젓한 몸 헌칠한 그 사람, 끝내 잊지 못할 그 사람이어라!'

사서삼경 중에 시경(詩經)에서 대나무를 이렇게 노래합니다. 늘 푸른 다년생 식물인 대나무는 명칭이 여럿입니다. 초황, 녹경 등 대나무를 예찬하는 의미를 가진 이름 가운데 개인적으로 '청허자'와 '은록대부', '취수가인'의 뜻이 더욱 좋습니다. 속을 비운 맑은 나무 청허자(淸虛子), 은녹색의 귀족 은록대부(銀綠大夫), 푸른 옷소매를 지닌 아름다운 이를 은유하는 취수가인(翠袖佳人)은 지조와 기개를 상징합니다.

사시사철 늘 푸른 대나무는 권력의 횡포나 이민족의 침입으로 피폐

해진 세상을 홀연히 벗어나 무소유로 은은히 살아가는 이에게 절실한 자기표현이자 자부심의 대리물입니다.

예산 수덕사 방향으로 가다 보면 추사 김정희 선생 고택이 있습니다. 고택을 지키는 듯 곁에 서 있는 백송이 참으로 멋집니다. 한번 지나는 길에 보시기 바랍니다. 고택 주렴에 오무종죽 오무예소 반일정좌 반일독서(五畝種竹 五畝藝蔬, 半日靜座 半日讀書)라는 글귀가 있습니다. 다섯이랑은 대나무를 심고 다섯 이랑은 채소를 가꾸며, 반나절은 고요히 앉고 반나절은 책을 읽는다는 내용입니다. 역시 독서를 중시합니다. 앞서가는 분들의 일대기에 공통점은 많은 독서량입니다. 정신적 가치가 높다는 점입니다.

이 글이 하도 좋아 수첩에 메모하여 가끔 꺼내 보곤 합니다. 구절마다 마음이 맑고 그윽하여 복잡다단한 세상살이를 일거에 해결할 것 같은 고요하며 청아한 사유를 청복(淸福)이라 합니다. 맑은 복입니다. 다산 선생은 사람들이 추구하는 복을 열복(熱福)과 청복(淸福)으로 나누어 말합니다. 소위 돈 많이 벌고 명예로운 자리에 앉아보고, 예쁜 여인을 취하여, 많은 사람 앞에 군림하며 한세상을 살아보겠다는 게 열복입니다. 요행이 열복을 누린다 해도 대부분 중간에 좌절하거나 자자손손 대를 이어가기는 어렵다고 조언합니다. 오히려 형편이 뒤집히면 몸과 마음이 추해지며 지탄의 대상이 되는 것을 목격합니다.

조선 중기 송익필은 부족해도 만족하면 늘 남음이 있고, 족한데도 부족하다고 하면 언제나 부족하다고 했습니다. 자족을 말합니다. 부족과 만족은 모두 자신에게 달렸으니 지족(知足)의 삶이 곧 청복이라는 예찬입니다. 다산 선생도 높은 지위에서 떵떵거리는 열복보다 소박하게 한 세상 살아가며 면학과 나눔의 정신을 실행하지 않습니까! 요즘 세상에 물진과 무관할 수는 없으나 평생 조심하며 살아온 삶이 뒤늦게 탐심으로 추해져서는 아니 된다는 것을 청허자(淸虛子)를 보면서 공부합니다.

독소(獨笑)

> 有粟無人食 多男必患飢, 達官必憃愚 才者無所施
> 家室少完福 至道常陵遲, 翁嗇子每宕 婦慧郎必痴
> 月滿頻値雲 花開風誤之, 物物盡如此 獨笑無人知

> 양식이 생기면 같이 먹을 사람이 없고, 자식이 많은 집은 늘 배고파서 걱정이다. 높은 벼슬아치는 대부분 멍청이고, 재주꾼들은 재주를 베풀 데가 없다. 온전하게 만복을 다 갖춘 집은 많지 않고, 지극한 도리는 언제나 더디다. 구두쇠 아비에겐 방탕한 자식이 있고, 아내가 똑똑하면 신랑이 바보인 경우가 있다. 보름달은 번번이 구름에 가리고, 꽃이 피면 바람이 불어 떨어뜨린다. 사물마다 모두 이와 같으니 홀로 웃는 웃음을 아는 이 없다. (다산 정약용)

모처럼 세차했는데 비가 내린다든지, 밤새워 공부했는데 그 부분에서 시험이 나오지 않아 헛고생했을 때, 이렇게 일이 뜻대로 풀리지 않는 경우를 일컬어 '머피의 법칙'이라고 합니다. 한동안 머피 시리즈는 유행어가 되기도 했지요. 하나 가만히 들여다보면 머피의 법칙은 충분히 예견된 경우입니다. 일기 예보가 아주 잘 맞지는 않지만 그래도 참고하면

섣불리 세차하지 않을 것입니다. 시험공부도 범위를 잘 집어서 공부하면 대부분 그 부분에서 출제하기 때문에 전부가 허당일 수 없음입니다.

다산 선생은 지방 목민관 시절 백성들의 곤궁한 생활을 보면서 체험에서 오는 실사구시의 목민심서를 저술합니다. 높은 벼슬아치는 허황된 웃음으로 무능을 감추고 재주가 많은 젊은이들이 기회를 얻지 못하는 모습을 개탄하는데 지금이나 별 다를 바 없습니다. 시대는 흘러가도 사람 사는 모양새는 비슷한가 봅니다.

다산 선생의 '독소(獨笑)'를 따라 웃으며 머피의 법칙을 읽습니다. 그러나 사소한 일상은 머피의 법칙보다 그에 대응하는 샐리의 법칙이 앞섭니다. 실제로 머피 박사의 저서 중 『인생은 기적을 일으킨다』, 『자면서 성공한다』를 보면 매사 긍정을 지향합니다. 평소 생각이 잠재의식이 되고 이런 요소들 속에 행위가 이어지며 행 불행의 원천이 된다는 것입니다. 잠재의식은 결코 늙는 법이 없습니다. 시간과 공간을 초월하지도 않고 끝나는 일도 없습니다. 다윈이나 칸트의 빛나는 업적은 모두 60세 이후에 이루어졌다며 인생에서 가장 생산적인 나이는 65세 이후라고 머피 박사는 말합니다. 벌써 4월 중순입니다. 세월을 가늠하면서 이 부분을 읽으니 힘이 납니다.

수상(隨想)한

고전 산책

제2장

충절의 시문학

단심가

시문은 충효가 우선입니다. 임금에 대한 충심을 쏟아낸 시를 보면 우국충정의 절절한 내용도 있고, 받잡기 민망한 내용도 있습니다. 제일 먼저 충절시 일 번 '단심가'부터 보겠습니다.

이 몸이 죽고 죽어 일백 번 고쳐 죽어
백골이 진토 되어 넋이라도 있고 없고
임 향한 일편단심이야 가실 줄이 있으랴 (정몽주)

일편단심(一片丹心)은 한 조각 붉은 마음입니다. 절대로 변치 않는 충의를 대변하는 정몽주의 '단심가'입니다. 이미 고려 왕조가 기울어진 것을 바로잡을 수 없는 안타까운 현실입니다. 한목숨 부지하고자 새 왕조에 협조할 마음은 추호도 없습니다. 바로 죽임을 당할 줄을 알면서 읊은 충심입니다.

까마귀 싸우는 골에 백로(白鷺)야 가지 마라.
성낸 까마귀 흰빛을 시샘하니
맑은 강에 깨끗이 씻은 몸 더럽힐까 하노라.

비록 나라의 흥망이 눈앞에서 혼란스럽지만 내 아들은 지조와 절개를 잃지 말라는 정몽주 선생의 어머니 시조입니다. 일신의 영달을 위한 탐욕자들, 변절자들, 이들 부정한 세력과 가까이하지 말고 끝끝내 의로움을 지키라는 어머니 마음입니다. 예나 지금이나 훌륭한 인품 뒤에는 어머니의 바른 정신과 매운 교육이 뒷받침되고 있습니다. 선생의 높은 학문과 도덕 기반은 어머니의 정신이라 하겠습니다.

포은 선생은 불사이군(不事二君)을 천명한 단심가를 부른 후, 예상한 그대로 선죽교에서 이방원이 보낸 자객 조영규의 철퇴를 맞고 쓰러집니다. 향년 60세.

'그래야만 했을까! 꼭 그래야만 했을까! 한때 자별했던 사이라면서, 존경하는 학자라고 말하면서, 자기 쪽에 줄을 서지 않는다는 이유로 그리도 잔인하게 죽여야만 했을까!'

비정한 역사의 뒤안길을 들여다보면서 느끼는 심경입니다. 정몽주 선생이 쓰러진 장소 선죽교에는 지금도 핏자국이 남아있다고 하는데 직접 볼 수 없어 아쉽습니다. 다행히 서울 마포구에 포은로가 있고 용인시 수지구에도 포은대로가 있습니다. 포은아트홀이 있어 정기적으로 문학예술 행사를 하면서 포은 선생의 정신을 이어가고 있습니다. 용인시 처인구 모현면에 포은 선생의 묘소가 잘 조성되어 있습니다.

하여가

이런들 엇더며 져런들 엇더료
만수산 드렁츩이 얼거진들 엇더리
우리도 이치 얼거져 백년까지 누리리라.

아버지 이성계가 조선을 건국하는 데 앞장선 태종 이방원이 지은 시입니다. 새 나라를 건국하는 데 인재가 필요합니다. 더구나 포은 정몽주처럼 훌륭한 인재가 건국에 앞장서 준다면 얼마나 좋겠습니까! 고려의 명망 있는 선비들이 인정하는 모습이 필요합니다. 정치적 갈림길에서 갈팡질팡하는 무리에게 판단의 메시지가 되지요. 백성들에게도 조선 건국의 타당성을 입증하게 될 테니, 인재 영입은 아주 중요한 문제입니다.

그러니 고려 말 삼은 중 한 분인 포은 정몽주에게 말합니다. 이왕지사 세상이 바뀌는데 이러면 어떻고 저러면 어떠냐! 우리 함께 손잡고 일하자고 회유하는 것입니다. 하지만 정몽주는 단칼로 잘라 말하는 것 아니겠습니까! 포은 선생의 '단심가'는 바로 '하여가'에 대한 답시가 되겠습니다.

'하여가'를 보면, 아버지 이성계의 역성혁명을 위해 인재를 모시려는 자식으로서 이방원의 마음을 이해할 것 같습니다. 이방원의 입장에서는 살겠다고 따라오는 이들보다 죽으면 죽었지 충심을 버릴 수 없다는 인재들이 더욱 아까울 법합니다. 조선이 건국된 후에도 끝까지 벼슬길에 나가지 않은 두문동 태학생 72현이 있었다고 합니다. 나라의 흥망사에는 그 당시의 충신과 역신의 대결에서 한 바탕 피바람 광풍이 휘돌기 마련입니다. 그리고 역사는 승자의 시각에서 기록되므로 패자는 말이 없다 합니다.

패자는 정말 할 말이 없을까요? 부끄러움에 할 말을 못 할 뿐일까요? 말할 기회가 없어서일까요? 비분강개한 심상으로 말하기 싫어서 입을 다물고 있을까요? 말을 잘못했다가 더 큰 봉변을 당할까 두려워서 뒤안길로 숨어들었을까요? 사람도 같지 않은 사악한 반대편 저들과 말을 섞기 싫어서일까요? 이런 모든 복합적인 상황과 관련된 것일까요!

다음은 목은 이색 선생의 시조 한 편을 보겠습니다.

백설이 잦아진 골에 구름이 머흐레라

반가운 매화는 어느 곳에 피었는고

석양에 홀로 서 있어 갈 곳 몰라 하노라. (이색)

고려 말 역사적 전환기에 서 있는 지식인의 마음입니다.

목은 이색 선생은 한시 6,000여 수, 산문 240여 편의 문장을 남긴 대표적인 성리학자요 나라의 스승입니다. 성균관에서 때마다 과거시험을 주재하고 수백 명의 제자를 길러낸 분입니다. 제자 중에는 야은 길재 포은 정몽주처럼 스승을 따라 고려의 충심을 이어간 제자도 있고, 조선 건국 쪽으로 향방을 튼 정도전 권근 같은 이도 제자도 있습니다.

'백설이 잦아진 골'은, 나라의 대세는 기울고 내 마음은 갈 곳이 없다는 우국충정의 대표적인 시입니다. 1395년 태조 이성계는 목은 선생의 인품을 아껴 한산백에 봉하며 출사를 바랐지만 거절했습니다. 망국의 백성임을 자청하며 해골을 땅에 묻겠다는 강경함을 보입니다. 포은 선생의 단심가와 같은 의지입니다. 목은 선생은 신륵사를 가던 도중에 이방원이 보낸 독주를 마시고 급사를 선택합니다.

문집에는 제자의 성취가 기쁘기 한량없어 지은 시가 많습니다. 자랑스러운 문중의 이야기를 담은 글이 있습니다. 자연과 산천의 아름다움을 노래한 시어들이 가득합니다. 평화로운 시대를 살았더라면 목은 선생의 문집은 더욱더 아름답고 고결한 시문으로 가득할 것이라는 짐작입니다. 충남 서천에 목은 선생의 집안과 일대기를 전하는 문헌서원이 있습니다. 위대한 학자의 가풍과 일생의 면면을 자세히 보고 배울 수 있습니다.

회고가

> 오백 년 도읍지를 필마로 도라드니
> 산천을 의구하되 인걸은 간듸없다.
> 어즈버 태평연월이 꿈이런가 하노라 *(길재)*

야은 길재의 회고가입니다. 몰락한 왕조, 오랜만에 고려의 옛 궁터를 그리워 찾았지만 옛 정취가 하나도 없습니다. 젊은 시절 열정으로 나랏일을 했지만 다 사라지고 꿈결처럼 기억만 애처롭습니다.

야은 길재 선생도 삼은의 한 분입니다. 인품과 학식이 뛰어난 세 분 (목은 이색, 포은 정몽주, 야은 길재)을 일컬어 삼은(三隱)이라 했습니다. 나라의 스승이라는 뜻입니다.

야은 길재 선생은 공민왕 2년 경북 구미의 가난한 선비 집안에서 태어나 어렵게 살았습니다. 열심히 학문에 힘써 벼슬길에 올랐지만 나라가 아주 어수선합니다. 얼마든지 부와 명예를 얻을 수 있는 길이 있지만 옳지 않은 길이라 여겨 낙향합니다.

길재 선생을 일컬어 '한미한 유자'라고 불렀다고 합니다. 훗날 이방원이 길재 선생의 생활을 전해 듣고 쌀과 콩을 백 섬씩 보냈지만 받지 않고 그대로 돌려보냈다고 합니다. 서운함 속에서도 감동을 받은 태종 이방원은 모든 공직 대신들에게 길재 선생의 바른 정신을 본받으라고 했습니다.

조선 조정은 길재 선생에게 '태상박사'라는 직위를 주고 불러 내지만 끝까지 거절합니다. 선생은 고향에서 후진을 양성하다 세상을 마감합니다. 세상을 하직하기 전, 개경고려 궁터를 찾았던가 봅니다. 허름한 차

림에 삿갓을 쓰고 여윈 말 한 필, 느릿한 걸음으로 말없이 주변을 돌아
보는 노스승의 모습이 연상됩니다.

> 흥망이 유수하니 만월도 추초로다
> 오백 년 왕업이 목적에 부쳐시니
> 석양에 지나는 객이 눈물겨워 하노라. *(원천석)*

한 나라가 망하고 흥하는 것이 모두 운수에 달려 있는가 봅니다. 옛
고려 궁터 만월대가 잡초로 가득 덮여 있습니다. 산천도 잡초요 화려했
던 궁궐도 잡초요, 고려 오백 년 왕조의 업적도 잡초가 되었습니다. 옛
일을 생각하며 찾아온 또 한 분의 늙은 신하가 옛 궁터에 우두커니 서
있습니다. 해는 지고 목동의 피리 소리 들리니 지나가는 객이 서러운 눈
물을 흘립니다. 서러운 나그네가 바로 원천석 선생입니다. 선생의 다른
시 한 수 보겠습니다.

> 눈 맞아 휘어진 대나무를 누가 굽었다고 하였는가
> 굽힐 절개라면 눈 속에서 푸르겠는가
> 아마도 한겨울 추위에 홀로 절개를 지키는 것은 너뿐인가 하노라

글은 그 사람을 나타내는 가장 중요한 핵심입니다. 시조의 내용이 곧
작가의 삶을 반영하는 것이라 하겠습니다. 눈맞아 휘어진 대나무는 원
천석 선생 자신의 모습입니다. 시절이 어수선하여 입지를 반듯하게 하지
는 못하지만 곧은 정신만은 분명하다는 말입니다. 망국의 하늘 아래 홀
로 절개를 지키겠다는 원천석 선생은 이방원의 어릴 적 스승입니다. 제

자가 망국을 주도합니다. 고려가 망해 가자 고향 원주로 내려가 두문불출합니다. 옳지 않은 부귀영화보다 가치로운 이름자를 선택합니다. 이방원이 왕으로 즉위한 뒤에 스승을 찾았지만 끝까지 만나지 않았다고 합니다. 길재의 회고가와 원천석의 회고가도 망국의 슬픔을 잘 표현한 시어입니다.

다정가(多情歌)

이화(梨花)에 월백(月白)하고 은한(銀漢)은 삼경(三更)인 제
일지춘심(一枝春心)을 자규(子規)야 알랴마는
다정(多情)도 병(病)인 양 하여 잠 못 들어 하노라. *(이조년)*

배꽃이 환하게 핀 봄날입니다. 삼경이면 새벽 3시쯤 됩니다. 둥근 달이 떠 있습니다. 세상 만물이 잠든 시간입니다. 그런데 잠들지 못합니다. 뭔가 답답하고 서러운 마음이라 밖에 나왔겠지요. 배꽃이 달빛에 새하얗게 빛을 발합니다. 실제로 달밤에 배꽃을 본 적 있습니다. 정말로 눈부시게 하얗게 보입니다. 어찌 보면 신비한 느낌도 듭니다. 작가의 다정한 마음을 아는지 두견새 울음소리가 구슬프게 들립니다. 애상(愛想)과 우수에 잠들지 못하는 밤입니다.

다정가를 지은 이조년 선생(李兆年, 1269~1343)도 고려 말에 어려운 시국을 살다 간 정치인입니다. 외우내환으로 나라의 존망을 예견한 학자의 시름입니다. 예문관 대제학을 역임했으니 정치인보다 학자에 가깝다고 하겠습니다. 이화(梨花)와 일지춘심(一枝春心)은 충성스러운 본인의 마

음이고, 깊은 밤 삼경은 간신배를 뜻하고, 구슬프게 우는 자규는 고려의 임금을 의미한다고 배웠습니다.

다정가는 사랑하는 사람을 그리워하는 연정으로 이해하는 경우가 있습니다. 그리움에 잠 못 드는 심경으로 달밤에 눈부시도록 하얗게 핀 배꽃을 바라본다면 어떨까요. 배꽃 주변을 빙빙 돌며 밤을 지새우는 심경을 가늠합니다.

중의적 표현은 해석하기 나름입니다. 관심을 주고받는 관계에 따라 존재의 형태가 달라질 수 있습니다. 믿음의 견고성에 따라 그리움의 주체가 임금일 수 있고 사랑하는 그대일 수 있습니다. 정감에 따라, 필요에 따라 그대라는 대상은 햇빛일 수 있고, 공기일 수 있고, 바람일 수 있습니다. 시문의 멋과 맛이 이러합니다.

절명시(絶命詩)

> 이 몸이 죽어가서 무엇이 될꼬 하니
> 봉래산 제일봉에 낙락장송 되었다가
> 백설이 만건곤할 제 독야청청하리라. (성삼문)

봉래산은 금강산의 겨울 명칭입니다. 한겨울 온 세상이 하얀 눈으로 덮였을 때, 나 홀로 푸르게 꼿꼿하게 서 있겠다는 정신을 말합니다. 성삼문(1418~1456)의 절명시입니다. 조선 세조 때 수양대군이 단종의 왕위를 빼앗자 단종 복위를 모의하다 들통났습니다. 괘씸하긴 하나 인재가 아까워 수양대군이 돌아오라고 회유했지만 끝까지 단종에 충심을 지키겠다는 결기로 대응합니다.

　북을 울려 사람 목숨 재촉하는데
　머리 돌려 바라보니 해는 지려 하는구나
　저승길에는 주막이 하나도 없다는데
　오늘 밤은 어느 집에서 묵어갈까!

　성삼문이 처형장으로 끌려가면서 지은 시입니다. 천륜과 도덕을 잃은 정치에 항거하다 처형 전에 지은 시라는데, 이 내용을 누가 어떻게 받아 적었는지 전해오는 과정이 궁금하기도 합니다. 성삼문의 아버지 성승도 사육신과 함께 달군 인두로 살을 지지는 낙형을 당한 뒤 부자가 함께 거열형을 당했습니다. 거열형(車裂形)이란 팔다리 사지를 찢어 죽이는 형벌입니다. 충남 홍성에 생가와 사당이 있고 묘소는 논산에 모셔져 있습니다. 서울 노량진에 사육신공원이 조성되어 유형문화재 성역으로 보존되어 있습니다.

　까마귀 눈비 맞아 검은 듯 희노매라
　야광명월이야 밤인들 어두우랴
　임 향한 일편단심이야 고칠 줄이 이시랴 (박팽년)

　간신배가 아무리 충신인 척하지만 결국 간신은 간신입니다. 시커먼 까마귀가 눈비 맞아서 얼핏 허옇게 보이지만 까마귀는 까마귀일 뿐 결코 백로가 될 수 없다는 비유입니다. 나라가 간신과 폭군에 의해 한밤중처럼 암울하고 답답하지만, 바른 마음을 지닌 충심을 믿습니다. 밝은 달은 한밤중에도 영원히 밝게 비추듯이 자신의 마음이 야광명월이라는 의미입니다.

순천박씨 박팽년(1417~1456)의 충절시입니다. 성삼문과 함께 집현전 학사였고 단종 복위 실패로 처형당한 사육신입니다. 멸문당한 사육신 가운데 유일하게 박팽년 후손만 남았다고 합니다. 박팽년과 아버지, 박팽년의 형제4 박팽년의 아들3 등 남자 9명이 극형을 당했습니다. 마침, 박팽년의 둘째 자부가 임신을 했는데 아들을 낳으면 죽임을 당할 것이고 딸을 낳으면 관비가 될 운명이었답니다.

둘째 며느리가 해산하고 보니 아들이라, 마침 여종이 딸을 낳아 바꿔치기를 해서 목숨을 부지했다고 전해집니다. 사육신 중에 유일하게 직계 후손이 남아 대를 이은 경우입니다. 충북 충주시 신청리에 박팽년 후손이 살고 있고 종가와 사당이 있습니다.

역사는 이긴 자의 말이 맞는 듯합니다. 하지만 더 많은 세월이 지나고 나면, 바른 정신을 추앙합니다. 빼앗긴 자는 나쁘고 빼앗은 자가 옳다는 것이 아니라 사필귀정입니다. 옳고 그름도 기록으로 알게 됩니다. 우리가 배우고 있는 시문학도 기록입니다. 문학이 그 시대를 말해 주는 것입니다.

다음은 벽랑 유응부의 시입니다. 사육신 중에서 유일하게 무장입니다. 궁술에 뛰어난 무신이면서도 유학에 조예가 깊었습니다. 단종 복위 거사 계획을 미루지 말고 즉시 하자고 주장했던 분입니다. 신중을 기하느라 거사를 미루다 발각되자 너무나 원통해하면서 이 시를 지었다고 합니다.

간밤에 부던 바람에 눈서리 치단 말가
낙락장송이 다 기울어 가노매라
하물며 못다 핀 꽃이야 닐러 무엇 하리오

간밤에 불던 바람과 눈서리는 계유정난을 말합니다. 충효와 도덕 정치를 근본으로 하는 유교 국가에서 어린 조카의 왕위를 빼앗는 삼촌이라니 어불성설입니다. 태평천하 세종대왕 때 충신들의 푸른 절개가 모두 쓰러져 갑니다. 이렇게 시문이 높고 의로운 충신들이 하루아침에 쓰러져 가는데, 자기처럼 배움이 부족한 무신이 무슨 말을 하겠느냐며 체념입니다.

언제나 그랬듯이 거사에는 밀고자가 있고, 밀고자는 측근이나 가장 믿었던 이의 배신입니다. 바로 직전까지 푸른 눈빛으로 함께하자던 동지 김질의 밀고로 모든 게 수포가 됩니다.

기골이 장대한 무인이지만 시문에 밝았습니다. 세종 문종의 총애를 받고 단종 즉위 시 의주 목사 평안도 절제사 등 2품 재상요직에 중용되었어도 늘 청빈했다고 전해집니다. 재직 중에도 초가집에서 살았으며 밥상에 고기를 올리지 못하도록 했고 채소와 나물 몇 가지로 반찬 삼았다고 합니다.

◇◇◇◇◇◇◇◇◇◇◇◇◇
단장가

천만리 머나먼 길 고운님 여의옵고
내 마음 둘 곳 없어 냇가에 앉았으니
저 물도 내 안 같아 울며 밤길 예는구나. (왕방연)

단종 복위가 실패로 돌아간 뒤, 1457년 단종을 사사하기 위해 사약을 가지고 간 의금부도사가 왕방연입니다. 의금부도사, 금부도사라고도 하지요. 일반사건은 지반 포도청이나 형조에서 담당하고 처리하지만, 고위직 사안과 왕권에 관련된 특별한 사건은 의금부에서 담당하였습니다. 판의금부사는 종1품이니 판서급입니다. 의금부의 최종 목표는 왕권 보호입니다. 왕권에 연관된 사안이라면 교도관이 되어 죄인을 잡아 오고, 죄인의 옥사 관리와 점검, 때에 따라 추국하여 자백을 받아냅니다.

왕방연도 한때 단종을 모시던 신하입니다. 삶을 지탱하기 위해 보직하고 있으나 옳지 않은 일인 줄 누구보다 알고 있습니다. 서슬 시퍼런 세조의 명으로 단종의 사약을 가지고 영월까지 가기는 했으나 막상 단종 앞에는 나아가지 못한 채 어찌할 바를 몰라 머뭇거립니다. 자기 손에 의해 안타까운 죽음을 목도하는 심경이 오죽했을까 짐작합니다.

한양에서 영월 유배지 청령포까지 거리를 천만리라고 표현합니다.

사약을 드리고 돌아오는 아득한 걸음 깊은 밤 굽이치는 여울의 언덕 위에 앉아 슬퍼하면서 지은 노래입니다. 단장가(斷腸歌), 창자가 끊어지는 아픔입니다. 마음자리를 둘 곳 없어 깊은 밤 여울의 언덕에 앉아서 하염없이 울었답니다.

자규사(子規詞)

달 밝은 밤에 두견새 울어
시름겨운 사람 다락에 기대였소
네 울음소리 하도 슬퍼 내 듣기 괴롭구나

네 소리 없었던들 내 시름 잊으련만

이 세상 괴로운 이들에게 이르노니

여 춘삼월엔 자규루에 오르지 마오. (단종)

두견새가 웁니다. 두견새 울음소리에 시름이 더욱 깊어지는 단종의 마음입니다. 두견새의 다른 이름은, 촉나라에서 억울하게 쫓겨난 왕이 죽어서라도 촉나라에 돌아가고 싶어 운다는 귀촉도입니다.

배고파 죽은 억울한 며느리의 넋을 닮은 소쩍새입니다.

달빛 부서지는 진달래꽃잎 사이에 애틋한 울음소리 잦아들 때, 그 빛깔은 소쩍새의 핏빛이라는 극한의 서러움입니다. 이렇듯 소쩍새 울음소리는 서러운 가슴에 파고들고, 즐거운 마음에는 종달새 소리가 들린다는 이야기가 있습니다.

사연을 알고 나면 더욱 자세히 보인다는 말이 있습니다. 영월 여행길에 청령포 맑은 물빛에서 열일곱 앳된 단종의 외로움을 보았습니다. 행복했던 궁궐 그 시절이 얼마나 그리웠을까! 자신을 그리워할 어린 중전은 어찌 살고 있을까! 날마다 얼마나 외로웠을까! 밤마다 얼마나 두려웠을까! 흐르는 강물은 수많은 사연을 간직한 채 여전히 흐르고 있습니다.

단종의 시신이 강물에 얼어붙어 있는 것을 밤중에 몰래 수습한 사람이 있습니다. 세상 사람들은 후환이 두려워 꼼짝 못 하고 있을 때, 영월 호장 엄흥도는, 야밤에 단종의 장례를 모시고 가족들과 함께 어디론가 은신해 버렸습니다.

매월당 김시습 문학

생이지지(生而知之)라는 말이 있습니다. 태어나면서부터 저절로 알아지는 본능을 말하기도 하고, 남다른 천재성을 지닌 사람에게도 인용되는 말입니다. 기록에 의하면 매월당 김시습(1435~1493)은 첫돌에 글을 익혔다고 합니다. 생이지지입니다. 세 살 때부터 시문을 짓고 5세 신동으로 당대 문장가들과 시문을 주고받았다고 합니다.

영민하다는 소문이 자자하여 세종께서 확인차 불러 시험하고 비단 50필을 하사한 이야기도 유명한 일화입니다.

벼슬에 나가기 전, 스무 살 무렵 계유정난이 일어납니다. 계유정난은 기점으로 벼슬길을 등지고 풍찬노숙하며 세상을 떠돌기 시작합니다. 부도덕한 왕권과 고개 숙이고 들어가는 정치 모리배들을 바라보며 어찌할 바 모르는 마음입니다. 시류와 타협하지 못한 불운한 천재로 전해지는 인물입니다. 단종 복위에 가담하여 처참히 처형된 사육신 시신을 수습한 이는 매월당 김시습입니다.

:: 아생(我生)

백 년 뒤 나의 무덤에 비석을 세울 때,
꿈속에 살다 죽은 늙은이라 써 준다면,
거의 내 마음을 알았다 할 것이니,
천년 뒤에 이 내 회포 알아나 주었으면…

매월당이 임종 무렵에 지은 시입니다. 평생 원대한 포부를 품고 민생을 위해 살았지만 결국은 자기 이상을 실현하지 못한 채 일생을 마친 분입니다. 천부적 재능이 뛰어났음에도 고결한 성품으로 현실정치와 타협하지 못했습니다. 아니, 하고 싶지 않았습니다. 그러나 후세 사가들은 그분의 굳센 지조를 높이 평가합니다. 천년까지 갈 것도 없습니다. 오백여 년이 지난 지금도 충의와 곧은 성정이 매화 향기보다 더 향기롭게 퍼지고 있습니다.

부여 무량사 대웅전 뒤로 돌아가면 산신각이 있고 청한당(淸閒堂)이 있습니다. 청한당은 선방 겸 손님들이 유숙할 수도 있는 단아하고 예쁜 공간입니다. 돌 층층 계단 위에 올려 지은 집인데 툇마루가 아주 인상적입니다. 무량사에 전해 오는 이야기 중에 매월당 김시습 선생이 산신이 되었다는 설이 있습니다. 영산전에 보물 1497호 선생의 영정이 모셔져 있고 절 밖 승탑 가운데 매월당의 사리탑이 있습니다. 이곳이 마지막 거주라는 게 확실합니다.

매월당 본관은 강릉입니다. 탄탄대로 학문의 길을 걷는 도중 수양대군의 왕위 찬탈 소식을 듣고 통곡한 다음부터 모든 책을 불살랐습니다. 스물두 살의 시대입니다. 사육신이 처형되자 시신을 수습해 주고 광기 어린 방랑객이 되었습니다. 십여 년 동안 김삿갓 비슷하게 방랑하다 경주 남산 금오산 용장사에서 서실(書室)을 짓고 정착했습니다. 그때 저술한 책이 『금오신화』입니다. 『금오신화』를 보면 꿈과 이상세계, 이룰 수 없는 사랑을 이루는 이야기들이 몽유도원도처럼 보입니다. 그 외 시와 문장은 유, 불, 선 사상이 높은 차원이라는 문학계의 평론입니다.

경포 바다에서 오죽헌 선교장 방향으로 들어가는 삼거리 길, 400년 전통의 한옥집에 '초당두부' 간판이 보입니다. 그 길로 조금 가다 보면 매월당 김시습의 기념관이 있습니다.

100여 칸 넘는 선교장 위용에 비해, 집 한 칸 없이 일생을 떠돌다 삶을 다한 매월당 김시습입니다. 당대는 천지간 차이로 보겠지만 후대는 재물로 평가하지 않는다는 것을 깨닫습니다.

김시습의 시문은 넓고 깊으며 방대하고 비범함에 비해서 전해지는 양은 적습니다. 고등 교과에 수록된 『금오신화』는 우리나라 최초의 한문소설로 「만복사저포기」, 「이생규장전」, 「취유부벽정기」, 「남염부주기」, 총 다섯 편입니다. 매월당의 문집은 시집 15권을 포함해서 23권의 저서를 남깁니다. 우리나라 최초의 한문 소설 『금오신화』는 선생이 34세 때 구미 금오산(金鳥山) 용장사에서 머물면서 쓴 판타지적 단편소설입니다. 『금오신화』를 요약합니다.

:: 만복사저포기

『금오신화』 중에서 첫 번째 이야기입니다. 전라도 남원 땅에 양생이라는 노총각이 살았습니다. 양생(梁生)이라는 말은 양씨 성을 가진 글공부하는 이, 선비로 이해하면 되겠습니다. 양생은 부모님을 여의고 만복사라는 절 근처에 방 하나를 얻어 외롭게 살아갑니다(전북 남원시 왕정동 537-7번지에 실제로 만복사지가 있습니다).

그 절에서는 가끔 저포 놀이를 합니다. 하루는 저포를 던지며 노는 15~16세 되는 예쁜 처녀가 눈앞에 있는 것입니다. 가만히 들어 보니 처녀는 외로운 신세를 한탄하며 부처님께 소원을 빌고 있습니다. 소원인즉 알맞은 배필을 얻게 해 달라는 사연입니다. 양생도 역시 예쁜 배필을 소원하던 입장입니다. 양생은 그 처녀가 맘에 쏙 들어 서로 사귀기로 언약합니다.

다시 만나기로 한 약속 장소에 갔는데 이게 웬일입니까! 꽃상여가 지나갑니다. 어느 양반집 딸이 죽었다는 겁니다. 자초지종을 알고 보니, 양생이 만난 예쁜 아가씨가 바로 죽은 그 집 딸이었던 것입니다. 하지만 약속 장소에 그 처녀가 나타났습니다. 죽었지만 죽은 것 같지 않은 그 아가씨와 함께 제삿밥을 나누어 먹고 양생은 홀로 돌아옵니다. 어느 날 밤 처녀 혼령이 꿈에 나타나 자기는 다시 남자로 태어났으니까 그리워하지 말고 불도를 닦아 윤회를 벗어나라고 합니다. 판타지 소설이 맞습니다. 결국 양생은 지리산으로 들어가 약초를 캐며 혼자 살아갑니다.

:: 이생규장전

이 제목은 이씨 성을 가진 선비가 담장을 엿본다는 뜻입니다.

송도에 사는 이생은 아직 학생이라 학당에 다닙니다. 학당에 다니는 목표가 과거시험 급제라 열심히 공부합니다. 학당 가는 길에 최랑이라는 예쁜 처녀가 사는 집이 있습니다. 우연히 최랑을 한 번 본 순간부터 이생은 공부를 안 합니다. 이뻤던 모양입니다. 이생은 공부를 접고 최랑의 집 근처만 맴돌다 아예 담장을 넘어 비밀리 만납니다. 이때 서로 주고받는 연애시가 아주 수준 높고 재미있습니다.

이생의 부모님이 화가 안 나겠습니까! 하라는 공부는 안 하고 연애질이니 아들의 학업을 위해서 울주, 지금 울산에 있는 농장으로 보내버립니다. 좋아하는 총각을 만나지 못하자 최씨네 딸 최랑도 난리 난리를 부리는 바람에 두 사람이 다시 만나 혼인을 하게 됩니다. 잘되었습니다. 이생이 과거에 급제하지요. 겹경사입니다.

소설 중반부에 홍건적 난이 발생하면서 이생의 가족과 최랑 집안 식구가 모두 죽임을 당합니다. 기가 막힌 이생 앞에 죽은 최랑의 혼령이 나타납니다. 죽은 사람이라도 만날 수 있으니 다행입니다. 이생과 최랑은 못다 한 사랑을 나누며 수년간 살아갑니다. 늘 그렇듯이 영혼과의 사랑은 일정 기간이 지나면 떠나야 하지요. 이승의 인연을 다한 최랑이 때가 되었다고 하직하며 사라집니다. 이생은 최랑의 뼈를 찾아 묻어준 뒤에 그리움병을 얻어 따라갑니다.

만복사에서 저포놀이를 하던 양생이나, 최씨네 담장을 넘나들던 이생의 공통점은 모두 사랑과 영혼입니다. 죽음조차도 갈라놓지 못하는 영혼과의 사랑, 자유로운 사랑에 취해있는 이생과 양생은 김시습의 심상 일부가 들어있을 것 같은 짐작입니다.

:: **취유부벽정기**

개성상인 홍생이 등장합니다. 여기저기 돌아다니는 홍생이 대동강 부벽루에 올라 나라의 흥망을 탄식합니다. 이 시를 듣고 있던 아름다운 처녀가 홍생의 글재주를 칭찬하면 음식을 대접합니다. 홍생도 기뻐하며 두 사람이 화답하며 누구신지 서로의 신분을 물어봅니다. 이 예쁜 처녀는 위만에게 나라를 빼앗긴 기자의 딸인데 죽어서 천상의 선녀가 되었다고 합니다. 천상에서 잠깐 내려왔다가 홍생을 만난 것이랍니다. 홍생이 집에 돌아온 뒤로 기씨 선녀를 못 잊어 병들어 죽었다는 쓸쓸한 결말입니다. 판타지 소설입니다.

김시습 선생의 '감회(感懷)' 시 한 수 보겠습니다.

일마다 뜻대로 되지 않아서

시름 속에 취했다가 다시 깨노라

새가 날아가듯 이 내 몸은 덧없고

그 많던 계획도 마른 풀잎처럼 떠 버렸네

글공부를 뱃속에 너무 채우지 말게

재주와 이름은 헛되이 몸만 괴롭힌다네

베개 높이 베고서 잠잘 생각이나 하리니

꿈에나 순임금을 만나 말을 나눠 보리라.

부도덕한 정치 현실이 기막힙니다. 열심히 공부해서 학문을 드높인들 무엇합니까! 인륜이 무너지고 정의가 실종하고 불의가 춤추는 세상입니다. 바로잡고 싶지만 홀로 어찌할 수 없는 심정입니다.

잠이나 자자. 꿈속에서 성군의 대명사 순임금이나 만났으면 좋겠다는 내용입니다.

:: **용궁부연록**(龍宮赴宴錄)

주인공은 한생입니다. 글공부를 열심히 해서 시문이 뛰어난 한생(韓 生)이 용궁잔치에 다녀온 이야기입니다. 앞에 나온 이야기들처럼 현실성 없는 몽유소설입니다.

표연 지역에 한씨 성을 가진 선비가 용왕이 보낸 사자를 따라서 용궁 으로 들어갑니다. 푸른색 옷을 입은 동자[靑衣童子]가 안내합니다. 휘황 찬란한 전각을 지나고 지나 용왕님을 만납니다. 용왕이 한생에게 초대 한 이유를 말합니다. 용왕 딸이 결혼하는데 새로 지은 집 가회각(佳會

閣)의 상량문을 부탁하기 위해서라 합니다.

글솜씨 좋은 한생이 선뜻 상량문을 지어 올립니다. 용왕도 기분이
좋아 한생을 위해 잔치를 벌입니다. 음식은 물론 훌륭하고, 세상에 제일
아름다운 미녀 10명이 와서 노래하며 춤을 춥니다. 미녀뿐만 아니라 수
려하게 생긴 총각 10명이 와서 미녀들의 노래에 화답합니다. 용왕도 옥
피리를 불며 수룡음을 읊습니다. 곽개사가 나와서 팔풍무를 춥니다. 현
선생이 나와서 구공무를 추며 노래를 부릅니다. 숲속의 도깨비도 나와
온갖 기이한 괴물들도 즐겁게 춤을 춥니다. 조장신, 낙하신, 벽란신, 세
신(神)도 초대되어 각각 시를 지어 올립니다. 한생도 좋아라 20수 시를
지어 올립니다. 잘 먹고 마시고 시문도 충분히 주고받았으니, 용궁 구경
을 더 합니다. 용궁의 여러 누각을 구경하고 용왕의 선물을 받고 돌아
오는 한생의 이야기입니다.

용궁 잔치에 다녀온 한생의 이야기를 통해 인생의 무상함을 그려낸
작품입니다. 한생처럼, 김시습 자신도 제대로 된 궁궐에 초대받고 싶습
니다. 인정받고도 남을 수 있는 인물이라는 점입니다. 이런 자신이 돌아
갈 곳 없는 처지가 안타깝습니다.

:: **남염부주지**(南閻浮州)

남염부주는 남쪽에 세게 타오르는 불인데 항상 공중에 더 있다는 의
미로 지옥을 말합니다. 주인공으로 박생(朴生)이 등장합니다. 박생이 꿈
속에 들어와 염부주의 왕과 대화를 나눕니다.

박생은 경주에 사는 선비입니다. 입신양명을 꿈꾸며 열심히 공부하지

만 번번히 낙방합니다. 실망스럽습니다. 과거에 낙방은 하지만 늘 글공부를 합니다. 바른길이 아니면 쳐다보지 않는 강직하고 인품이라 주변의 칭송을 받는 사람입니다.

어느 날 꿈에 저승사자를 만나 염부주(炎浮洲)라는 별나라에 갑니다. 가서 그곳의 왕과 좌담을 주고받습니다. 우리에게 익숙한 염라대왕이지요. 박생과 염왕은 유교, 불교, 미신, 우주, 정치경제 등등 다양한 주제로 담론을 벌입니다. 길고 긴 대화 끝에 박생의 논리가 맞다며 염왕이 칭찬합니다. 염왕은 자기의 뒤를 이어 왕위를 주겠다며 선위문(禪位文)까지 써 줍니다.

꿈에서 깨어난 박생은 가정 살림살이를 깨끗하게 정리하고 지내다 얼마 후 병이 듭니다. 죽기 전까지 의원 무당의 도움을 받지 않고 그대로 죽음을 맞이합니다.

김시습의 토론 대상이 염라대왕인 셈입니다. 현생에 이야기를 나눌만한 사람이 없다는 말입니다. 조카를 죽이고 충신을 죽이고 왕위를 찬탈한 세조의 정치를 비판합니다. 그 아래 고개 숙이며 빌붙어 사는 대신들을 조롱합니다. 가엾은 민생을 향한 애절함입니다. 유학을 제외한 모든 미신을 불신합니다. 천당이니 지옥이니 귀신이나 별세계도 믿지 않습니다. 여기저기 썩어가고 그릇된 세상사를 나누고 비판할 대상이 없습니다. 오죽하면 지옥에 염라를 만나서 왕정의 문제점과 바람직한 통치를 말하겠습니까! 금오신화 5편 중에서 작가의 심상이 명확하게 보이는 염라국 이야기라 생각합니다.

:: 동봉오가

권모와 술수가 범람하는 세상에 지조 있는 선비가 설 자리 없으니, 한평생 바람 따라 떠도는 인생 저물녘입니다. 매월당은 얼마 남지 않은 목숨을 예견하는지 1485년 쉰한 살 되던 해 '동봉오가'를 남깁니다.

'나 어린 시절 학문에 뜻을 세웠다.

얹짢은 선비 노릇 바라지 않았다.

하루아침 나랏일이 뒤집히니 갈팡질팡이라~

아득한 저 하늘을 나 몰라라 하네.

마디 많은 꼬부랑 지팡이 짚고,

북으로 남으로 수심 가득한 창자를 어디에 묻으랴!

날 저물고 지쳐도 갈 길은 멀다.

어찌해야 날개 펼치고 구만리 창공을 날아올라 보느냐!

오세 신동 일필휘지 용사비등 하였으나

염원을 못 이루고 불우한 신세 되었구나!

내 어머님 일찍이 공맹 가르쳐

나랏일 크게 하라 하셨으나

학문도 쓸모없이 산수갑산 떠돌 줄 그 누가 알았을까.

저 산골 까마귀도 반포를 부르는데! .

구름 개인 하늘은 씻은 듯 맑은데

우수수 부는 바람 마른 풀 할퀴누나.

외로운 마음으로 쉼에 잠긴 채 창공을 바라보니

장구한 하늘 아래 싸라기 같은 내 신세.

고독을 못내 괴로워하면서
남들과 어울리지 못한 세월~
아~ 애간장 끊는 이 노래 넋 없이 어디로 돌아갈거나!'

한 많은 세상에 애상곡이라고 하면 될까요! 간절함을 더하여 진혼곡
을 울려드려야 할까요! 동녘 산봉우리에 홀로 서서 지나는 구름 바라보
며 우두커니 서 있는 그 분의 모습을 그려봅니다. 어린 날부터 천재로
이름하던 자신인데, 나라를 위해 큰일을 하고 싶었는데 한평생을 돌아
보니 비정상입니다. 수심 가득한 창자를 어디에 묻을까 단말마(斷末魔)
입니다. 미물도 마지막 울음소리는 구슬프다는데 호걸의 비분강개야 오
죽할까요! 어두운 세월도 흐르기 마련, 일월은 변함없이 빛을 발한답니
다, 강직한 이 지성은 '백세의 스승'이라 말합니다. 자자손손 영원한 존
경입니다.

:: 원생몽유록

원자허(元子虛)라는 선비가 있습니다. 시문이 높으나 성정이 대쪽이라
세상살이와 타협하지 못하는 은거 선비입니다.

벼슬이 없으니까 당연히 가난할 수밖에 없습니다. 낮에는 내 집 남의
집 일 구분 없이 일을 하고, 저물면 집에 돌아와 책을 읽습니다. 주경야
독이라 하지요. 등잔불을 켤 형편이 못 되니 벽을 뚫어 이웃집 등불 빛
을 얻어 읽습니다. 더러는 반딧불을 주머니에 넣어 책을 읽습니다. 이런
장면을 형설지공이라 하지요. 빈한하나 자긍심으로 살아가는 원선비는
특히 지나간 역사책을 즐겨 읽습니다. 나라가 흔들릴 즈음엔 매국 인간

에 대한 울분으로 홀로 비분강개하다 탄식하며 눈물을 흘리기도 합니다.

팔월 어느 날입니다. 달빛을 따라 책을 뒤적이다 심신이 피곤했던지 책상에 의지하여 스르르 잠이 들었습니다. 날개가 돋친 듯 별안간 몸이 가벼워지더니 아득한 위로 너울너울 날아갑니다. 가다가 한 곳 머무르는데 강 언덕 위라~ 물빛은 깊고 바람은 갈잎을 울립니다. 왠지 쓸쓸하고 수심에 겨워 시 한 수 읊는데 어디선가 아름다운 사내가 나타나는 것입니다. 그이를 따라가니 귀인이 난간에 의지하고 앉아 있으며, 대부의 복장을 한 풍채 늠름한 호걸 다섯 명이 호위하고 있습니다. 꽃다운 지조들이 심중 원한이며 회한을 푸는 자리입니다. 난간에 앉아 계시던 임금이 먼저 노래 한가락을 부릅니다.

"강물이 울어 엘 제 쉬일 줄 모르누나! 기나긴 나의 시름 이 물에 비길까나, 예닐곱 신하만이 죽음으로 따르누나…"

임금의 노래가 끝나자 다섯 사람이 각기 한 구절씩 심정을 읊으며 호곡합니다. 통곡한다는 뜻입니다. 원자허가 이런 꿈을 꾸었노라며 지기인 매월거사(梅月居士)에게 전합니다. 듣는 이 역시 '통분이로다. 대저 임금이 어둡고 신하가 혼잔하면 망해도 당연하나, 어질고 총명한 임금에 충의로운 신하가 있는데도 패망한 까닭은 대세가 그렇고 시세가 그런 모양일세!' 이 세상사가 망조라는 말입니다.

「원생몽유록」은 김시습 「금오신화」 이후로 등장하는 백호 임제의 몽유록계 소설입니다. 수양대군의 왕위 찬탈로 직설이 어려운 세상이니 심정을 꿈으로 꺼내는 것입니다. 사육신이 단종을 모시고 있는 저 나라 꿈을 꾸었다는데 어쩌겠습니까! 이렇게라도 심중을 나타낼 수 있으니 문학의 힘이 참으로 다양하게 표출됩니다.

문득 백호 서생과 매월당의 치부 관계가 궁금합니다. 치부이 아니라면 같은 사상을 지녔거나 흠모하고 있는 관계로 보입니다. 고전을 접하다 보면 임제 선생도 만나고 싶은 선인 중 한 분입니다. 정의로움을 느끼기 때문입니다. 일개 기녀인 한우와의 정담이며, 저 나라 황진이를 그리는 시 한 수로 파직당한 심경을 비롯해 이런저런 대화를 나누고 싶습니다. 왠지 호방한 품성에 일심 불변일 듯합니다. 시대를 망라하고 호방한 품성과 유유자적에 대한 선망입니다. 이렇게 옛 선인 중에도 특별히 만나고 싶은 분이 있습니다.

호기가(豪氣歌)

녹이상제(綠耳霜蹄) 살찌게 먹여 시냇물에 씻겨 타고
용천설악(龍泉雪鍔) 들게 갈아 둘러메고
장부의 위국충절(爲國忠節) 세워 볼까 하노라. *(최영)*

완전하게 이해하지 못해도 호기로움이 느껴지는 대장부의 시심입니다. 푸를 녹(綠), 귀 이(耳), 서리 상(霜), 발굽 제(蹄), 녹이상제는 최고의 준마를 상징합니다. 용천설악은 최고로 빛나는 장검입니다. 늠름한 준마를 맑은 시냇물로 깨끗이 씻겨서 타고, 명검의 날은 더욱 날카롭게 갈아서 어깨에 척 둘러멘 장군의 포부와 기세 기운이 느껴집니다.

고려 말 팔도 도통사 최영 장군(1316~1388)의 시조입니다. 수없이 많은 왜구와 홍건적을 물리친 장군의 위국충절이 직설적으로 표현된 평시조입니다. 견금여석(見金如石) '황금 보기를 돌같이 하라'는 좌우명을 남길 정도로 청렴결백한 무인입니다. 한때 문하시중, 지금의 국무총리급까지 올랐던 정치가였지만 스무 살 가까이 어린 후임 변방의 장군 이성계에게 밀려 죽임을 당합니다.

'만일 내가 단 한 번이라도 사사로이 부정을 저질렀다면 무덤에 풀이 날 것이요. 청렴했다면 풀이 자라지 않을 것이라'는 유언을 남겼습니다. 장군의 묘는 경기도 고양시 덕양구 대자산에 모셔졌는데, 실제로 풀이 나지 않는 붉은 무덤 적분(赤墳)이었다고 합니다. 1970년대 후손들이 장군의 묘역 정리를 다시 한 후에 봉분에서 풀이 자랐다고 합니다. 봉분에서 풀이 자라지 않을 만큼 억울한 죽음입니다.

이성계와 최영은 목숨을 다하여 나라를 지킨 무장들입니다. 전장에서는 서로를 보위하며 협동하던 전우애가 이렇게 변절할 줄 몰랐습니다. 충심은 지극했으나, 이성계에 비해서 역사의 변곡점을 읽는 데 한발 늦었다고 할까요. 충남 홍성 장군의 탄생지에 사당이 있습니다. 당대는 억울한 죽임을 당했지만 역사는 정신적 가치를 높이 평가합니다.

걸사의 특행(傑士의 特行)

"대설이 만공산할 제 흑소가 돗(검은 소가죽) 떨쳐 입고 백우장전 화살을 메고 철총 말 빗겨 타고 장산 골짜기로 달려드니, 장풍이 우루루루~~~ 만목이 진동하며 크나큰 돼지 놀라 닫거늘 적발시 활을 당기어… 우왓… 하하하! 말에서 후다닥~ 내려 칼을 빼어 이놈을 잡는다~~ 아

~하~~~ 고목을 베어 불을 놓아 기다란 꼬챙이에 고기를 구우면, 기름과 피가 지글지글 끓으면서 뚝…뚝… 떨어지는데 걸상에 걸터앉아 저어 먹으며, 커다란 은대접에 술을 가득히 붓는단 말이지. 얼큰히 취할 적에 하늘을 쳐다보면 저~ 골짜기 구름이 눈이 되어 취한 얼굴 위에 비단처럼 펄~펄~ 스친다네… 어떠하오? 자네 이런 맛을 아시는가?"

'글을 읽어 무엇을 하겠는가! 벼슬을 해서 무엇 하겠는가. 서책을 우려낸 단순한 학문인 것을, 살아가는 데 무슨 보탬이 되랴! 하기 좋은 말로 과거에 급제해 봤자 공리공론이나 늘어갈 뿐이지. 인품은 약해지고 무능만 늘어나더라! 각 시대를 통해 무슨 정변이니 무슨 사화에 걸려 죽어 나가는 게 학자요 벼슬아치가 아니던가! 고려 초엽처럼 글 잘하는 선비도 활을 쏘고 말을 달릴 줄 알아야겠다. 신라 화랑들처럼 기능을 연마하고 모험과 박람으로 공부를 삼는 문무일체의 시대가 그립구나!'

시대의 쾌남 호걸인 금호(錦湖) 임형수 선생이 도학자 퇴계 선생 앞에서 한바탕 울분을 토합니다. 백날 그 서재 안에서 무릎을 꿇고 읽는 글이란걸 무엇에 쓴단 말이오! 와~ 하~하~하하하~~ 그러지 말고 내 노래나 들어 보시지요. 날마다 퇴계 선생 글방이 드렁드렁 울리도록 노래를 내놓기 일쑤입니다.

금호 임형수(1514~1547)는 부제학에 제주목사를 역임한 문인입니다. 하지만 선생은 시문이 높으며 무사로도 이름을 높았습니다. 회령관 관으로 있을 때, 오랑캐들이 '임형수' 이름자만 들어도 엎드려 복종할 정도로 무예가 대단했다고 합니다. 인맥으로 봐도 퇴계 선생과, 하서 김윤후 선생이 그를 동량지재라 일컬었다니 선생의 가치로움을 짐작할 수 있겠습니다. 다만 조정이 특출한 인재를 알아주지 않고 정미사화의 참변 속으로 몰아갔으니 참으로 안타까운 일입니다.

어느새 더위가 가까이 다가왔습니다. 장마 소식도 들립니다. 음습한 기운을 호기로운 글에 씻어 봅니다. 대설이 만공산일 제 흑소 가죽옷을 입고 적토마 빌려 타고 온 산하를 바람처럼 휘돌아다니던 선생의 호쾌한 글을 만나니, 정신이 번쩍 듭니다.

여수장우중문(與隨將于仲文)

그대의 신기한 책략은 하늘의 이치를 다했고
오묘한 계획은 땅의 이치를 다했노라.
전쟁에 이겨 이미 승리한 공이 높으니
만족함을 알고 돌아가기를 바라노라! (을지문덕)

'우중문 씨, 그대는 지혜롭고 훌륭합니다. 이런 사실은 하늘이 알고 땅이 알고 세상이 다 알고 있으니까, 이 정도에서 만족하고 돌아가시지요. 안 그러면 이번엔 나한테 아주 혼날 텐데. 괜찮겠소? 나중에 후회하지 말고 잘 생각하고 경거망동하지 마시오.'

대강 이런 식으로 해석해 봅니다. 우선 문장 구성이 훌륭합니다. 구성도 훌륭하거니와 내용도 기막힙니다. 상대방의 입장을 띄워 주면서 은근한 협박도 보이는 기선 제압입니다.

전장에서 기선 제압 최고봉은 삼국지에서 발견됩니다. 삼국지를 보면 어제의 동지가 금방 오늘은 적이 되고, 어제의 적이 금방 오늘의 동지가 되는 현상이 부지기수입니다. 광활한 벌판에서 각자가 주장하는 수백만

대군을 뒤에 좌~악 전열하고 양측 장군이 말을 타고 나옵니다. 쩌렁쩌렁 울리는 목소리로 전쟁의 당위성을 선포합니다.

'그동안 피를 나눈 형제처럼 너를 섭섭지 않게 대접했거늘 이리 배반하고 칼을 들이대다니 천하에 의리 없는 인간쓰레기다. 지금이라도 뉘우치고 무릎을 꿇는다면 목숨은 지켜 주겠다.'

'내 언제 너 같은 인간에 은혜를 입었다는 말인가! 너는 위로는 천자를 배반하고 아래로는 백성을 속이고 인륜을 저버린 인면수심이라 이참에 내 단연코 용서치 않겠다.'

이런 식으로 설전을 하고 난 후, 양측을 대표하는 명장이 나와서 번개처럼 내달리며 일대일 단합 결투를 하면, 천지가 요동하는 함성이 터지다가 전면전이 됩니다. 천지가 진동하는 난투가 요동치더라도 관우. 장비처럼 끝까지 함께한 도원결의가 있고, 제갈공명 같은 천하제일의 충신도 있습니다. 세상사 의리와 변절 속에 모사가 난무한 삼국지에서 인생사를 배우고 인물사를 배웁니다.

「여수장우중문시」는 을지문덕은 장군의 작시입니다. 역사적으로 장군의 시문은 흔치 않습니다. 을지문덕의 가문은 을파소 재상 가문이라는 설도 있으나 확실하지 않습니다. 을지문덕이 태어났을 때, 을지문덕의 아버지가 한 도인에게 작명을 부탁했습니다. 도인은 '문덕'이라 지어주며 말하기를, 이 아이는 훗날 고구려의 운명을 좌우하게 될 아이니까, 문덕이라 이름하고, 자라면 무예를 가르치라 했습니다. 도인의 예언대로 을지문덕은 살수대첩의 영웅으로 고구려를 구했습니다. 하지만 을지문덕의 엄청난 활약에도 불구하고 실재한 기록은 없다고 합니다.

고구려 영양왕 때 살수에서 수나라 대군을 몰살시킨 후, 종전 후 기록이 없습니다. 하여, 언제 태어났는지, 언제 사망했는지 알 수 없습니다. 오히려 중국 수나라 역사서에서 을지문덕의 이름자가 나온다니 실존 역사에 아쉬운 부분입니다.

장군이 수나라 장군 우중문에게 보냈다는 이 시는 참으로 기세등등하고 호쾌하여 보고 또 봐도 자랑스러운 역사서입니다. 612년, 113만 대군으로 출발한 수양제 군사가, 우여곡절 살수까지 30만 5천 명만이 도달합니다. 특수군 별동대입니다. 고구려군의 병력은 자세하지 않지만 수나라군보다 부족한 건 사실입니다. 군사 수는 많지만 먼 거리 장기전에서 피로에 지친 수나라 군졸을 간파한 을지문덕 장군은 항복을 위장한 편지를 보냅니다.

수나라가 군대를 물리고 돌아간다고 약속하면
우리 고구려는 왕과 함께 항복하겠다.

우중문이 아주 바보는 아니었는지 이 내용을 믿지 않고 진격합니다. 진격과 퇴각을 거듭하던 끝에 마지막 장면은 살수, 지금의 청천강에서 전멸하다시피 했다는 점입니다. 우중문은 패전의 책임으로 감옥에 갇혔다가 이듬해 화병으로 죽었습니다. 수백만 병사를 잃고 국력은 고갈되고 도탄에 빠진 수나라는 멸망의 수순을 밟게 됩니다. 무리한 원정으로 대제국을 말아먹은 수양제는 자기 근위병들에 의해 죽임을 당하는 비극입니다.

그러기에 을지문덕 장군 말을 듣지 왜 그랬냐고 우중문에게 묻고 싶습니다. 전쟁을 한두 번 해 본 것도 아닐 텐데. 그래 고구려가 그리도 몰캉하게 보였다는 말인가! 심경을 묻고 답변을 듣고 싶습니다.

고경명 장군

　임란 때 금산전투에서 아들과 함께 순절한 의병장입니다(1533~1592).
장군의 시문이 있어 살펴봅니다.

> 보거든 슬믜거나, 못 보거든 잇치거나
> 네 나지 말거나, 내 너를 모르거나
> 차라리 내 몬져 스러져, 네 그리게 하리라.

　네가 내 눈앞에 보이거든 그냥 싫어지거나 미워지는 게 낫겠다.
　이렇게 너를 못 보고 살 것 같으면 기억에서 잊히면 낫겠다.
　처음부터 네가 태어나지 말든지, 내가 너를 알지 못했으면 낫겠다.
　차라리 내가 먼저 죽을까! 내가 죽어버리면 그제야 네가 나를 그리워
할까! 그렇게 할까!
　불갑사 뒷산 소나무 숲을 붉게 물들이는 상사화 물결을 보는 느낌이
랄까! 누구를 그리는 애절함일까! 참으로 알 듯 모를 듯한 가슴 아린 시
조입니다. 더구나 장군의 마음이라니 더욱 안타까운 심정입니다. 도대체
누구입니까! 차마 말하지 못하는 어느 아리따운 정인입니까! 임진란에
피로 물드는 이 나라 강토를 향한 안타까움입니까! 뜻밖에 만난 장군의
시어에 잠시 놀랐습니다. 연민의 정에 극치를 이루는 이 느낌이 가시기
전에 시 한 수를 다시 봅니다. 역시 장군의 심상입니다.

청사검 둘러메고 흰 사슴 눌러 타고,
부상(扶桑)이 서 있는 동쪽 바다 지는 해에
산과 물로 둘러싸인 좋은 경치 돌아드니
신선 궁궐 쇠종 맑은소리 구름밖에 들리더라.

청사검은 청룡도를 말합니다. 관운장의 상징처럼 멋진 청룡언월도 닮은 검을 어깨에 척 하니 둘러메고 싶다는 말씀입니다. 여기엔 적토마가 어울릴 법한데 하얀 사슴을 타고 싶다고 하십니다. 빠름을 지향하는 게 아니군요. 깨끗함, 순결한, 어여쁜 사슴과 함께 강산을 둘러 보고 싶습니다. 부상이 서 있는 동쪽 바다라 하셨습니다. 동해는 해가 뜨는 곳입니다. 부상은 뽕나무를 닮은 신비로운 나무(神木)라는 해석입니다.

해 뜨는 풍경부터 해 질 무렵까지 산수 아름다운 경치를 돌아다닙니다. 누구와 함께라는 내용은 없지만, 누구와 함께이길 바라는 독자의 마음입니다. 물든 노을이 기막히게 아름답겠죠! 저~ 멀리 구름 밖 신선의 궁궐에서 옥으로 만든 종소리가 들립니다. 그렇게 소풍을 하셨다는 말씀인지요. 그렇게 소풍을 하고 싶다는 말씀인지요. 하~ 거룩한 삶으로 마감하셨기에 아름다운 동행을 하셨으리라 믿습니다.

김덕령 장군

춘산에 불이 나니 못다 핀 꽃 다 붙는다.
저 뫼 저 불은 끌 물이 있거니와
내 몸에 내 없는 불나니 끌 물 없어 하노라.

임진왜란 때 홍의 곽재우 장군과 함께 게릴라식 전투로 왜적을 벌벌 떨게 한 의병장입니다(1567~1596). 사재를 털어 의병을 모았습니다. 삼 형제 모두 나라를 위해 전장에 나갑니다. 호랑이를 맨손으로 때려잡을 정도로 용맹한 분이랍니다. 장군의 활약상과 전공이 알려지지 않은 까닭은 너무나 억울하게, 일찍 처형당했기 때문입니다.

당시 조정에 불만을 가진 이몽학이 반란을 일으킵니다. 안 그래도 어수선한 난리 통에 난리가 또 일어난 것입니다. 반란은 권율 장군이 진압합니다. 잡혀 온 이몽학이 혼자 죽기 억울했던지 여러 사람을 반란 가담자로 물고 늘어집니다. 이때 김덕령 장군의 이름이 나옵니다. 명망 있는 의병장이 내란에 가담했다면 명분이 있을 줄 알았나 봅니다. 암튼 의중이 못됐습니다.

영명한 군주 선조 임금은 정말 몰랐을까요. 김덕령 장군을 친히 문초하여 죽임을 명합니다. 나라를 위해 재산을 털어 몸과 마음을 바친 결과치고는 지나치게 기막힙니다. 이렇게 29세에 죽임을 당한 김덕령 장군의 억울함은 전설이 됩니다.

봄날 아름다운 우리 산하를 침범한 왜놈은 물리칠 수 있지만, 자신도 모르는 사이 몸에 불이 붙었는데, 무슨 재주로 불을 끌 수 있겠나, 어떤 진실도 통하지 않을 현실에서 환장할 노릇입니다. 하늘에 천도가 있다면 이럴 수 있을까요! 이처럼 짧은 시 한 수에 기막힌 역사 한 페이지를 배웁니다.

고전문학은 과거의 이야기를 듣는 일입니다. 글을 통해 작중 인물의 마음을 이해하고 후학이 느낌을 답하는 작용입니다.

광주에서는 전설적 영웅의 억울함을 추모하기 위한 사당 충장사를 지어 그 정신을 모시고 있습니다. 광주 시내 중심가에 충장로도 김덕령 장군의 애국정신을 본받자는 명칭입니다.

　담양 가사문학관 부근 조선 양반 정자가 모여있는 곳에 취가정(醉歌亭)이 있습니다. 술에 취해 노래한다는 뜻입니다. 부근에 있는 다른 정자들의 고상한 현판에 비해서 정자 명칭이 낯설다는 생각이 들었습니다. 사연이 있었습니다. 어느 날 충장공 김덕령 장군이 만취한 모습으로 권필의 꿈에 나타나 한 맺힌 취시가(醉時歌)를 불렀다는 것입니다. 권필은 김덕령 장군과 동시대 문인입니다. 얼마나 억울하면 벗의 꿈에서까지 그리 보일까 싶습니다. 이를 안타까이 여겨 훗날 장군의 후손 광산김씨들이 '취가정' 정자를 세웠다고 전해옵니다.

조헌 장군

[왜놈들의 잔악한 행위는 짐승보다 더욱 심하다. 조선의 남녀노소를 가리지 않고 거침없이 살육한다. 가옥과 식량을 모두 불태운다. 세상 사람은 물론이고 귀신까지 증오하는 도적이라, 화살이 이 원수들과 함께해 그것들이 제 고향 땅에 돌아가지 못하게 하리라! 우리가 뜻을 굳게 먹는다면 귀신이 감동하고 백성들이 나서서 일을 이루려고만 한다면 천지 만물도 도우리라.]

　중봉(重峯) 조헌(1544~1592)이 의병을 모집할 때 선포한 격문 일부입니다. 조헌은 행동하는 문신입니다. 임진왜란이 일어나자 충북 옥천에서 의병을 일으킵니다. 전쟁이 일어나기 전에, 전쟁을 대비해야 한다는 상소를 자주 올렸습니다. 상소를 올릴 때, 자신의 상소를 들어 주든지 그렇지 못하면 들고 간 도끼로 죽여달라는 의미로 도끼를 곁에 두고 상소를 올렸다는 일화입니다. 얼마나 절박한 결기가 있었는지 짐작되는 내용입니다. 일명 지부상소(持斧上疏) 도끼상소라 하는데 이를 두고 시시비비가 나오는 것도 애석합니다.

임란이 발발하자 관군은 맥을 못 추고 곳곳에 의병은 충의만 가득할 뿐 패전으로 우왕좌왕합니다. 전라도 고경명 의병장이 금산 전투에서 전사합니다. 조헌은 1,600명 의병을 모집해서 청주전투를 이기고 2차 금산 전투에서 이들 조극관과 함께 전사합니다. 이 전투에서 조헌과 함께 전사한 700여 유골을 모아 큰 무덤 하나로 합장했습니다. 칠백의총(七百義塚)입니다.

울분과 충의로 휘달렸을 장군의 성정과 일상이 느껴집니다. 끝내 나라를 위해 목숨을 바친 중봉 조헌 장군의 또 다른 음색을 들어 봅니다.

지당(池塘)에 비 뿌리고 양류(揚柳)에 내 낀 제
사공은 어디 가고 빈 배만 매였는고
석양(夕陽)에 짝 잃은 갈매기만 오락가락하노라.

푸르게 흘러가는 물결 속에
낚시 넣고 낚시터에 앉았으니
저녁노을 비치는 맑은 강에 빗소리 더욱 좋다
버들에 옥색 비늘 물고기를 꿰들고
살구꽃 피는 마을 찾아가리라.

평화로운 산수화 한 편입니다. 어디서나 흔히 볼 수 있는 정다운 마을이 보입니다. 평화로운 시절에 기품 있는 문인의 소박한 정서입니다. 이런 심상을 헤아리며 시문을 다시 보니 애잔합니다.

'나는 어릴 적부터 중봉 조헌 선생의 됨됨이를 사모하여 비록 뒷시대에 살고 있지만, 가능하다면 그분의 마부가 되고 싶다.'

200여 년 후대를 살았던 박제가의 기록입니다. 실제 생활에 필요한 학문 이용후생을 주장한 실학자의 저서 '북학'의 서문에서 닮고 싶은 인물로 조헌을 꼽았습니다. 자수성가한 학자요. 충의를 지행일체를 보여준 실천적 용기에 고개 숙입니다. 이렇게 고전은 수백 년 전 올곧게 살다 간 선비와 학자들의 생각을 오늘날 우리에게 전달하는 가교역할을 합니다.

충무공 이순신

'충무공(忠武公)'은 무장으로서 최고 높은 시호입니다. 충무공 시호를 받은 무장들을 살펴보니, 고려시대에 세 분, 조선시대에는 아홉 분이 계십니다. 놀랐습니다. 충무공 하면 이순신 장군으로만 알고 있었기 때문입니다.

조선시대 충무공은 이순신 장군 외 조영무, 이준, 남이 장군도 충무공이네요. 진주성대첩의 김시민 장군, 이수일, 정충신, 구인후, 김응하 장군입니다.

수년 전 선문대학교 고종원 교수님의 주선으로, 조선시대 충무공 후손들이 모여 선대의 공로와 교훈을 새기는 자리가 있었습니다.

시대마다 공헌도가 있고 절차에 따라 시호를 받았겠지만, 우리에게 깊이 각인된 분은 아무래도 이순신 장군입니다.

이순신 장군의 생애는 위인전에서 상세히 그려지고, 영화 연극의 주인공이며 장차 닮고 싶은 위인 중 1순위입니다. 장군께서 남긴 기록 중에서 시조 몇 수를 보며 당시 심경을 헤아려 봅니다.

:: **한산도가**(閑山島歌)

閑山島 月明夜 上戍樓(한산도 월명야 상수루)

撫大刀 深愁時(무대도 심수시)

何處 一聲羌笛 更添愁(하처 일성강적 갱첨수)

한산(閑山)섬 달 밝은 밤 수루(戍樓)에 올라서서

큰 칼 옆에 차고 깊은 시름 하는 차에

어디서 강적(羌笛) 가락은 더욱 애를 끊나니

한순간도 편안할 수 없는 전시입니다. 달 밝은 밤입니다. 적군의 동태를 살피기 위해 성 위에 지은 망루를 수루(戍樓)라고 합니다. 장군께서 그 수루에 올라갔습니다.

달밤의 시야를 헤아립니다. 보이는 만큼 본다는 말이 있습니다. 당장 다가올 전장 상황과 나라의 앞날을 헤아릴 심정을 헤아립니다. 보이지 않아도 본다는 말이 있습니다. 큰 칼을 차고 서서 끝 모를 상념에 머무르는데, 구슬픈 피리 소리가 들립니다.

'어디선가 일성호가는 남의 애를 끊나니!'

어디서 들려오는지 모릅니다. 멀리서 들리는 피리[羌笛] 소리가 밤하늘을 가릅니다. 같은 음율도 시 공간에 따라 다르게 들리지 않습니까! 장군의 심중에는 단장의 슬픔으로 들리는 피리 소리입니다.

시 한 수에 당시 상황을 짐작할 수 있습니다. 장면이 그려집니다. 마음이 보입니다. 위대한 성웅의 고뇌와 아린 심상을 짐작합니다. 진중에서 지은 진중음(陣中吟)을 보겠습니다.

天步西門遠(천보서문원)
임금의 발걸음은 서쪽 문으로 멀어지고
君儲北地危(군저북지위)
왕자들은 북쪽 땅에서 위험에 처했으니
孤臣憂國日(고신우국일)
외로운 신하는 나라를 걱정하는 날이요
壯士樹勳時(장사수훈시)
장수들은 공훈을 세워야 하는 때이로다.
誓海魚龍動(서해어용동)
바다에 맹세하니 고기와 용이 감동하고
盟山草木知(맹산초목지)
산천에 맹세하니 풀과 나무도 알아주네.
讐夷如盡滅(수이여진멸)
만일 오랑캐를 모조리 멸할 수만 있다면
雖死不爲辭(수사불위사)
비록 죽는다 해도 결코 사양하지 않겠노라.

二百年宗社(이백년종사)

이백 년 종묘사직[宗社]이,

寧期一夕危(영기일석위)

하루 저녁에 위기에 처할 줄 어찌 예상했겠는가.

登舟擊楫日(등주격즙일)

배에 올라 상앗대[楫] 두드리며 맹세하는 날이요,

拔劍倚天時(발검의천시)

하늘 향해 칼 뽑을 때로다.

虜命豈能久(노명기능구)

놈들의 운명이 어찌 오래가겠느냐.

軍情亦可知(군정역가지)

적군의 정세도 짐작하거니

慨然吟短句(개연음단구)

비분강개 짧은 시 구절 읊어 보지만

非是喜文辭(비시희문사)

글을 즐겨 하는 것은 아닌 거라네.

水國秋風夜(수국추풍야)

물나라에 가을바람 서늘한 밤

愀然獨坐危(초연독좌위)

쓸쓸히 홀로 앉아 생각하노니

太平復何日(태평복하일)

어느께나 이 나라 편안하리오.

大亂屬玆時(대란속자시)

지금은 난리를 겪고 있다네.

業是天人貶(업시천인폄)

공적은 사람마다 낮춰 보련만

名猶四海知(명유사해지)

이름은 부질없이 세상이 아네.

邊優如可定(변우여가정)

변방의 근심을 평정한 뒤엔

應賦去來辭(응부거래사)

도연명 귀거래사[去來辭] 나도 읊으리.

다섯 자씩 여덟 줄로 된, 오언 율시 연시조로 우국충정이 주제입니다.

임금 행차가 피난 중입니다. 왕자님은 위태롭게 분주하실 텐데, 어쩌다가 이백 년 사직이 이 지경에 이르렀는가! 이 나라 우리 백성을 위해 무엇을 할 것인가! 신하로서 장부로서 구국을 다짐합니다. 산과 바다에 공훈을 세우리라 맹세합니다. 생명을 다해서 원수를 섬멸하겠다는 다짐입니다.

진중음 마지막 응부거래사(應賦去來辭)를 해석하는데 마음이 울컥합니다. 왜적을 물리치고 전쟁이 끝나고 나면, 고향에 돌아가 도연명의 귀거래사를 읊고 싶다는 소망을 이루지 못했기 때문입니다.

평소 글쓰기를 즐기는 편은 아니지만, 때마다 비분강개함을 어찌할 길 없어서 글로 남긴다는 어록입니다. 생애 전반이 놀라울 인내심은, 그럼에도 불구하고~입니다.

충심을 의심받고 모진 고문에 온몸이 부서졌는데도 불구하고~ 어머님이 돌아가셨는데도 불구하고~ 아들이 처참하게 도륙당했는데도 불구하고~ 온갖 시기와 모략에도 불구하고~ 전장의 열악한 조건에도 불구하고~ 유비무환으로 전쟁에서 승리합니다. 끝내 고향에서 소박한 삶을 이루지 못하시고, 전장에서 생을 다하신 성웅의 전설입니다.

가노라 삼각산아

가노라 삼각산아 다시 보자 한강수야
고국산천을 떠나고자 하랴마는
시절이 하 수상하니 올 동 말 동 하여라.

김상헌(1570~1652)은 병자호란 시 척화파를 대변하던 인물입니다. 풍전등화의 나라 사정을 모르는 바 아니나, 항복할 때 항복할지라도, 한번 붙어나 보고 항복하자는 강경파 주장입니다. 그럴만한 연유를 따라가 보면, 이미 큰형 김상용이 봉림대군을 호위하다 청나라군에 포위되자 자폭한 내력이 있습니다.

병자호란을 배경으로 한 영화와 책이 많습니다. 영화에는 김상헌이 척화를 주장하다 청나라에 잡혀가 죽은 것으로 나오지만, 실제는 기사회생 돌아왔다고 합니다. '가노라 삼각산아~'는 청나라로 압송될 무렵입니다. 三角山은 북한산을 말합니다. 수도 한양을 말합니다. 나라를 말합니다. 어쩌다가 나라는 싸움 한 번 제대로 못 하고 왈가왈부 공론만 하다 무너집니다. 임진년 왜란 때와 달리 의병도 불길처럼 타오르지 않습니다. 대국이라 믿었던 명나라는 무너지는 모양입니다. 나라님은 삼전

도에서 오랑캐에 굴욕적인 항복을 합니다. 이 꼴 저 꼴 볼 수 없어 낙향하여 곡기를 끊어 봅니다.

결국 청나라에 불충했다 하여 압송되는 몸입니다. 다시는 돌아올 것 같지 않은 망국의 신하로서 얼마나 착잡했을지 짐작됩니다.

김상헌은 세상사 흐름을 모르고 의기만 드높았다는 일부 평가도 있으나, 결국 존경의 생애로 정리합니다.

지성은 금석에 맹서했고 대의는 일월처럼 걸렸네. 천지가 굽어보고 귀신도 알고 있네. 옛것에 합하기를 바라다가 오늘날 도리에 어그러졌구나. 아, 백 년 후에나 사람들이 내 마음 알겠구나!

조선 후기 예학의 스승 우암 송시열이 김상헌의 심경을 담아 이렇게 묘비명을 썼습니다.

이렇게 시 한 수에 선열의 심경이 들어 있습니다. 개인의 심경 속에 가족사가 있고 역사의 숨결이 있습니다. 우리 후학은 무엇을 느끼고 무엇을 다짐해야 할지 답변할 차례입니다.

출사표

사나이는 자신은 인정하고 알아주는 이에게 목숨을 건다는 말이 있습니다. 말 그대로 『삼국지』에서 촉한 제갈공명은 자신을 알아주고 인정하는 유비에 진충보국의 생애를 바칩니다.

이들이 삼고초려로 처음 만났을 때, 아무 데도 오갈 곳 없는 유비를 주군으로 모신 까닭은, 오로지 서로 간 인정과 믿음입니다. 촉한이 성립하자마자 공명은 오나라 손권과 연맹하여 그 유명한 적벽대전을 승리로 이끌지 않습니까!

이를 기반으로 촉의 입지가 세워지며 민생을 안정시키고 차근차근 치국에 들어갑니다. 그러나 대업으로 가는 길목에서 관운장이 죽고 장비도 죽습니다. 유비는 생사고락을 함께 하자고 결의했던 아우들에 대한 그리움과 풀어주지 못한 원한이 사무칩니다. 한실 중흥을 이루지 못한 채 눈을 감은 유비를 생각하면, 공명은 입맛도 없고 잠도 오지 않습니다. 세월은 덧없이 흘러가고 아까운 인재는 줄어듭니다. 연약한 후주 유선은 전쟁이 무섭다고 아무것도 하지 말라고 합니다. 공명도 늙어 가는 몸이지만 이대로 있을 수 없습니다. 북벌을 해야 합니다. 제갈량은 선공을 떠나기 위해 '출사표'를 올립니다. 혹시 『삼국지』를 다 읽지 못했더라도 출사표는 알기 바랍니다.

어찌하여 촉한이 한실 중흥의 대업을 이뤄야 하는지, 한 고조부터 선대 황제의 여정을 열거합니다. 후주 유선에게 할 수 없다는 생각을 미리부터 하지 마시라고 진언합니다. 누구누구는 훌륭한 인재니 그 들의 등용과 정치적 상벌 문제를 확실히 해야 하는 점을 적습니다. 나라를 지키려면 정벌을 하지 않더라도 방어는 해야 합니다. 방비할 노력이면 선공도 가한 법입니다. 적수에 비해 어려운 실정입니다. 물자도 부족합니다. 여러 가지 여건이 불리하나 가만히 있을 수 없습니다. 목숨 다하는 순간까지 대업을 위해 출정하려 하니 허락해 달라는 요지입니다. 사실은 말려도 가겠다는 굳은 의지입니다.

출사표를 쓰던 당시는 물론이고 후세인들도 문장이 어찌나 비감한지 이를 이해하는 이들은 눈물을 흘리지 않은 이가 없다고 합니다. 언행일

치입니다. 결국 제갈량은 진중에서 눈을 감습니다. 생전 우국충정이며 사후까지 진충보국을 다했습니다. 지혜와 청렴으로 일관한 제갈공명은 만고충신의 표본입니다. 당대 후대, 세세연년 모든 통치자들이 함께하고 싶은 충신의 모델입니다. 성도 남쪽에 제갈량과 그의 주군 유비를 모신 '무후사(武候祠)'가 있습니다. 오늘날에도 많은 사람이 업적을 기리고 추모하고 있는 무후사의 글과 사진을 보니 마음이 먼저 그곳에 달려갑니다.

며칠 전, 어떤 이로부터 자기와 잘 아는 분이 4월 국회의원 보궐선거에 출사표를 던졌다는 전화를 받았습니다. 시골 지역에 7~8명이 출마하여 한 표가 귀한 실정이라, 넌지시 밀어달라는 부탁입니다. 그 지역이 고향이긴 한데 아는 사람이 별로 없습니다. 안다 하더라도 이번 선거에 출마한 당사자를 모릅니다. 누구를 찍으라 말라 말할 수 있는 내용이 아닙니다.

정계나 어느 선거에 나가고자 다짐이나 마음을 굳혔다는 의미로 흔히 출사표를 던진다고 합니다. 어디다 던졌다는 말인지 모르겠습니다. 지역 주민에게 던졌다고 해도 말이 안 됩니다. '출사표'는 던지는 게 아니라 목숨 걸고 바치는 충성의 맹세입니다. 제갈량이 목숨을 걸고 쓴 출사표를 황제께 던졌다고 하면 말이 되겠습니까!

충신과 어진 신하

당나라 태종 이세민은 패륜의 극을 보이며 황좌를 차지한 사람입니다. 애당초 세자인 형을 주살하고 동생도 죽이고 제수를 자기 후궁으로 들였으니 인륜 도덕과는 거리가 먼 인물입니다. 당 태종은 무력으로 왕좌에 올랐으나, 귀맛 좋게 말하는 인물보다 바른말을 하는 신하가 필요하다는 것을 알았던 모양입니다.

자신을 보좌할 강직한 이를 찾는데 바로 위징(魏徵)이라는 인물입니다. 위징은 당 태종의 형인 세자를 보필했던 사람으로 당 태종에겐 위험한 인물인데도 그의 의로움에 반하여 언관 대부로 등용합니다.

위징이 당 태종을 향하여 말합니다.

"저를 오라고 하시어 오긴 했으나 저는 충신보다 어진 신하가 되기를 원합니다."

당 태종이 "충신이 어진 신하고 어진 신하가 충신이지 무엇이 다른가?" 묻습니다.

이에 대하여 위징은, 요순시대 임금과 신하가 서로 화락하며 천하를 태평성대로 다스린 것은 어진 군주의 면면이 있었기 때문에 어진 신하가 나온 것입니다. 반대로 광폭한 걸왕 주왕 시에 임금을 간(諫)하다 죽임을 당한 설, 후직과 고도 같은 이들은 그 시대 만고의 충신입니다. 이처럼 잘못하는 임금에게 바른말 하다 죽임을 당하는 충신이 되게 하지 말고, 요순 같은 어진 임금이 되려고 애쓴다면 자신도 어진 신하가 되겠다는 간언입니다.

당 태종은 매사 직언을 일삼는 위징을 죽을 때까지 곁에 두고 정치를 했습니다. 그가 패륜의 그늘을 벗어나 성군반열에 오를 수 있었던 것이 위징의 직언을 수용했기 때문이라는 게 후세 평입니다.

'다시 도약하는 대한민국, 함께 잘사는 국민의 나라'를 국정 목표로 20대 정부가 들어섰습니다. 지역을 균형 있게 발전시켜 국민을 통합하겠답니다. 일 잘하는 정부, 역동적인 혁신 성장, 생산적 맞춤 복지, 기초 과학에서 원천기술을 개발하는 선도자로서 발돋움하겠다고 약속했습니다. 자유민주주의 가치를 수호하고, 국방력을 강화하겠다고 약속했습니다. 골고루 맘에 드는 정책입니다. 정말이지 됨됨에 알맞은 일자리를 적재적소에 맞춰 부디 놀고 있는 젊음을 더 이상 보지 않았으면 싶습니다.

무항산(無恒産) 무항심(無恒心)이라 했습니다. 일자리가 있어 먹고 사는 문제를 해결해야지요. 열심히 일하는 사람이 살만한 사회가 되어야 하지 않습니까! 부디 차별 없는 세상에 민심이 훈훈하길 바랍니다. 그러자면 인사가 만사려니, 부디 위징 같은 직언이 있어야 하겠습니다. 황희 정승이며 맹사성 같은 어진 신하가 나오길 바랍니다. 그런 군주가 되길 바랍니다.

◇◇◇◇◇◇◇◇◇◇◇◇◇◇◇◇

오두(五蠹)

지식이 풍부하고 모습 준수한 이가 말솜씨까지 빼어납니다. 이런 이가 엇나가면 주변이 매우 소란해집니다. 법과 정치의 구석구석을 파헤쳐 오류를 끄집어내기 분주합니다. 소재가 없으면 유언비어를 만들어서라도 민심을 어지럽힙니다. 외국의 힘을 빌려서 사사로운 이익을 취하느라 국가 이익을 버리게 하는 대외 논객(論客) 언론인도 벌레(蟲)입니다. 시대의 협객이라며 의로움을 내세우고 무리 지어 데모를 주동하는 이들이 오히려 법을 준수하지 않습니다. 고하 막론, 일부 공직자들이 청탁에 연루되고 뇌물로 사재를 축적하며, 일선에서 수고한 이들의 공적을 가로챕니다. 오로지 돈벌이를 위해 좋지 않은 물건을 만들어 교묘히 판매하고 이익을 취한 후 도망칩니다. 물건을 한꺼번에 사 두었다 때를 기다려 매매하여 농부의 피땀을 가로채는 거간 상인들도 벌레에 속합니다.

어설픈 학자, 사기적 언론인, 나라 법을 우습게 아는 압력단체 조직들, 매관매직 유리한 공직자, 서민을 밟고 돈 버는 일부 기업인을 말합니다. 한비자는 나라를 좀먹게 하는 다섯 가지 부류를 오두(五蠹)라 명명합니다. 임금께서 이상의 다섯 가지 좀벌레를 제거하지 않는다면 나라가 어지러울 것이라고 조언합니다. 청렴하고 꼿꼿한 전문지식인을 발굴하지 않는다면 정치가 위태로울 것이라 간언합니다. 이들이 살아 춤추는 한, 국토가 깎이고 조정이 멸하고 나라가 완전히 망하는 게 당연하지, 결코 이상한 일이 아니라고 하였습니다. 춘추전국시대 이야기입니다.

우리의 현실과 비교해 봅니다. 지금 나라가 언제 어찌 될지 모르겠다고 말하는 이들이 있습니다. 일부에선 그 전에 정치가 낫다고 합니다. 아니다 못하다고 합니다. 아니다 법을 바꾸자고 합니다. 아니다 사람을 바꾸자고 합니다. 뭐라도 바꾸자는 말들이 요란합니다. 이럴 때일수록 지도자는 법치를 확고히 하고 청렴한 인재를 양성 발굴해야지, 그렇지 않으면 나라가 망하는 게 당연하다는 요지입니다. 한비자를 읽으며 그 시대를 배우고 지금에 대입하노라면 부분 일맥상통입니다. 을사오적이 나라를 말아먹는 데 앞장섰습니다. 김지하의 '오적'도 오두와 마찬가지입니다, 해학으로 가득 찬 판소리계 사설시조와 비슷합니다. 한번 찾아서 읽어 보십시오. 어느 나라나 흥망사에는 비리 권력이 좀도둑처럼 야금야금 파먹더라는 사실입니다. 이런 좀도둑들이 발붙이지 못하게 하려면 깨어있는 민중 의식이 꼭 필요하다고 봅니다.

화동론

子曰 君子 和而不同 小人 同而不和

(자왈 군자 화이부동 소인 동이불화)

공자께서 말하시기를 '군자는 화목하되 뇌동하지 않고, 소인은 동일한데도 화목하지 못한다' 군자들의 사귐은 물과 같이 맑고 애써 무슨 모임으로 엮지 않아도 누구든 화기롭게 지낸다는 의미입니다.

공존이며 평화를 지향하려면 자기와 다른 가치를 존중하되 이해하고 베푸는 관용의 의미입니다. 내 입맛대로 구분보다 다양성을 인정하기에 굳이 모임이고 떠나고 절차가 복잡하지 않습니다. 오시면 오시고 가시면 가시는 것입니다. 바라는 게 없으니 거리낌도 없습니다. 획일적 가치가 아니라 모임 이상 모든 이를 위한 평화로움의 추구입니다. 화(和)는 곧 덕(德)이라 덕불고(德不孤)를 자주 들여다봐야 합니다. 이 뜻이 깊고 좋아 벽에 걸어두고 상기하며 때마다 화두로 삼습니다.

동(同)은 입맛이 맞는 모임입니다. 숫자도 많고 이름도 많습니다. 어둠의 조직에는 맹약증표로 단지 혈서까지 강행합니다. 행하고는 이해타산이 맞지 않으면 한순간 돌아서고 맙니다. 이탈을 못 하도록 무시무시한 보복도 감행합니다. 이합집산이 주는 울림이 씁쓸하고 두렵습니다. 개인 간 사귐도 비슷한 예화입니다. 어느 자리에서 몇 마디 말을 섞다 말고 의형제를 만들고 의자매를 삼습니다.

왜 진작 만나지 못했던가 안타까움을 다지는 이들입니다. 죽음이 갈라놓기까지 연을 이어 가리라 맹세하던 이들입니다. 그러다가 몇 차례 의견이 맞지 않으면 바로 돌아서 불화를 드러냅니다.

동(同)은 모임에 들어서는 이들의 이로움입니다. 모임에 내가 이익이 되어야 하는 이들입니다. 주도자는 빈자일등보다 부가 우선입니다. 미안할 것 없이 동가홍상(同價紅裳)입니다. 재자가인(才子佳人)이 좋습니다.

내부적으로 가치가 떨어지거나 손익계산에 맞지 않으면 떨쳐 나옵니다. 나오려면 그냥 소리 없이 나오면 낫겠습니다. 그동안 본인이 남긴 노력과 공로를 반복하지 않으면 조금 낫겠습니다. 비열의 거리에 패자의 몰골이지만 최소한 미덕이라도 지키려면 말입니다.

배신을 긍정하는 이는 드물지만, 심지어 간계에 능한 '조조'도 배신을 가장 경계합니다. 적군이지만 충직한 인물을 죽이지 않고 포용하려 수고하는 장면은 긍정입니다. 반면에 자기 주군을 배반하고 찾아온 인물은 이익만 취하고 바로 버립니다. 배신의 끝은 비열한 이도 싫어하는 비열함입니다.

내 입에 달면 먹고, 입에 쓰면 바로 뱉어내는 감탄고토에 능한 이의 결과는 비참합니다. 이익을 찾아 능숙한 걸음걸이는 동이불화(同而不和)의 전형입니다. 혹자는 철새라고도 하는데 철새 입장에선 모욕입니다. 이들에게 공존은 무엇이며, 봉사라는 커다란 구호는 또 누구를 위한 몸짓일까요!

관자(管子)

'1년의 계획은 곡식을 심는 것보다 더 중요한 것이 없으며, 10년의 계획은 나무를 심는 것보다 더 중요한 것이 없으며, 일생의 계획은 사람을

교육하는 것보다 더 중요한 것이 없다.'

익히 알려진 말입니다. 관중은 사람 하나를 심어 백을 얻어야 한다고 하였습니다. 교육의 행위는 교정과 도덕 질서의 회복을 주요한 목적으로 삼아야 하며 건전한 사상을 꿈꾸게 하는 기본적 조치라고 말합니다.

교육은 백성의 생활 양식을 조성하는 주요한 기술입니다. 여기서 말하는 기술은, 단순히 공학적 기술을 의미하는 것이 아니라, 삶을 다루는 물리적 여건과 정신적 환경 모두를 일컫습니다. 관자(管子)가 보여 주는 교육적 특색은 도덕(道德)과 의리(義理)의 강조입니다. 제나라 환공도 관중의 의견을 받아들여 효제경로(孝悌敬老)를 가장 기본적인 도덕으로 요구했습니다. 몸소 효제를 실천하고 모든 백성의 모범이 되는 모습을 교육적으로 보여 줌으로써 세상을 올바르게 이끌려고 노력하였습니다. 제후의 신하가 3년 동안 잘한다는 소리를 듣지 못하면 징벌해야 했습니다. 아마 3년 정도면 그 사람의 능력이 드러나는가 봅니다.

우리 선량들에게도 이 대목을 적용하면 좋겠습니다. 군주에게 과실이 있는데 대부가 간하지 않으면 징벌해야 합니다. 훌륭한 군주는 바른 신하가 필요하기 때문입니다. 선비와 일반 서민이 잘하면, 이를 알아주고, 마땅한 자리에 천거하는 일도 대부의 일입니다. 어질고 효성스러운 이에게 상을 내려 본보기가 되게 해야 합니다. 정상적인 자가 효제를 실천하지 않으면 징벌을 내려야 합니다. 관중은 민중의 세부적인 삶의 자세와 제후들의 역할을 하나하나 집어 가며 환공에게 간했고 환공은 매사 그의 뜻을 따랐습니다.

관중은 이러한 전 국민 윤리교육과 함께 사농공상(士農工商) 네 부류를 철저하게 역할 구분 하였습니다. 한 마디로 공직자는 그 자리값을 하자는 내용입니다. 특히 선비[士]라 불리는 사람들은 의리, 효도, 공경,

자애를 기본으로 말합니다. 아침저녁 이 일에 종사하는 선생들은 실천으로 교육하여야 합니다. 어릴 적부터 보고 배운 마음은 훗날 못된 다른 것을 보고도 옮겨가지 않게 되므로, 제자 한 사람을 가르쳐서 다음 백 사람을 얻어야 한다는 지론입니다. 오늘날 교육론에서 교사 한 사람의 실책이 수십 수백의 새싹들에게 침해를 가져온다는 내용이 여기에 있음을 깨닫고 있습니다.

어부의 노래

초나라 왕족이며 당대 충신인 굴원이 정적의 모함으로 유배된 채 초라한 모양새로 호숫가를 걷다가 한 어부(漁父)를 만납니다. 어부는 명망 높은 굴원에게 유배당한 까닭을 묻습니다.

조정이 부패할 대로 부패했습니다. 시기 질투와 모함으로 범벅된 곳에 어울릴 수 없어 깨끗한 자신이 귀향을 온 것이라고 답합니다.

"신목자필탄관, 신욕자필진의(新浴者必彈冠 新浴者必振衣). 머리를 감은 사람은 갓에 먼지를 떨고 난 다음에 갓을 쓰는 법이고, 목욕을 한 사람은 옷에 먼지를 떨고 난 다음에 옷을 입는 법입니다. 내가 강물에 몸을 던져 죽을지언정 더러운 세상살이에 몸을 더럽히고 싶지 않습니다." 울분에 찬 굴원의 선언입니다.

이에 어부가 노를 저어가면서 홀로 읊조립니다.

滄浪之水淸兮 可以濯吾纓. 滄浪之水兮 可以濁吾足
(창랑지수청혜 가이탁오영 창랑지수탁혜 가이탁오족)

창랑의 물이 맑으면 갓끈을 씻고요, 창랑의 물이 흐리면 발을 씻으면 되지. 어차피 한세상 살다 가는 것을, 그리 혼자 고고한들 무슨 소용이랴. 당신이 진정 성인이라면, 세상사 사물에 얽매이지 말고 세사(世事) 변화와 추이(推移)에 능히 어울릴 수 있어야 하는 게 아닌가!

세상사 어지럽다고 선비 군자가 은둔을 일삼는다면 혼탁한 정사는 거듭될 것 아닙니까! 그러지 말고 시류에 흘러가며 할 수 있는 한, 정사를 바로잡는 게 어떠냐는 바람입니다. 그러나 굴원은 동정호 남쪽에서 방랑하다가 5월 5일 단오절 날 멱라수에 돌을 안고 투신합니다. 59세의 일기입니다. 중국인들은 굴원이 죽은 단오절을 '시인(詩人)의 날'로 정해놓고 기념한다고 합니다.

초사에 나오는 어부의 노래는 고등부 한문 교과 과정에도 수록되었습니다. 정치적 갈등으로 유배 생활을 거듭하다 세상을 버린 굴원의 자존감이며 애국 성향을 이해하는 데 필요한 구절입니다. 그때나 지금이나 현실은 어지럽고 깨끗한 이상은 갈등의 기복이 너무 심합니다. 어찌할 것인가! 법과 제도의 모호한 굴레와 그나마도 지켜지지 않는 현실에서 내 심사를 어떻게 조화시킬 것인가! 고뇌하는 지성들과 굴원의 심사를 헤아리며 어부의 노래를 함께 듣는 지금입니다.

수상(隨想)한

고 전 산 책

제3장

성찰의 시간

우계전(友鷄傳)

'마당을 나온 암탉' 이야기가 있습니다. 제목만 들어서는 '인형의 집 노라'처럼 답답한 공간을 뛰쳐나온 암탉의 반란 같은 생각을 했습니다. 마냥 알이나 생산하고 마는 닭이 아니라 한 번쯤 병아리를 키우고 싶어 하는 지극한 모성애를 다룬 내용입니다. 자기 알이 아닌 청둥오리를 부화시켜 키워나가는 어미 닭 잎싹의 희생과 모성이 남녀노소 없이 심금을 울립니다. 잎싹 이야기와 조금 다르지만, 실학자 성호 선생이 직접 닭을 기르며 기록한 「우계전」을 보면 비근한 부분이 있습니다.

선생댁 어미 닭 한 마리가 병아리 한배를 길러 놓고, 두 번째 병아리를 기르는 내용으로 시작합니다. 사람으로 말하면 연년생으로 비교될까요. 첫 배 병아리들도 어렸던 모양입니다. 어미 닭은 첫째 둘째를 가리지 않고 병아리를 지극정성 돌봅니다. 그런데 어느 하룻밤 사이 들짐승이 습격하여 어미 닭과 첫배 병아리들을 잡아먹었습니다. 그중에 요행히 첫 배 암컷 한 마리가 살아남았는데 전신에 상처를 입어 날개 죽지 털이 다 빠지고 모이도 제대로 쪼지 못하는 형편입니다. 영문도 모르는 두 번째 어린 병아리들이 솜털 보송보송한 채로 애달프게 어미를 찾습니다.

이를 보고 상처를 입은 암컷 큰 병아리가 어미인 양 작은 병아리들을 품어 주는 것입니다. 먹이를 보면 전날 어미 닭 소리를 내며 어미가 부르는 것처럼 부르고, 볼품없는 깃을 벌려 어린 동생들의 환난을 막아 주는 것입니다. 한 번 죽을 고비를 당한 터라 짐승의 해침을 막고자 꼭 사람 곁에 머물며, 장마 때는 어설픈 깃으로 병아리들을 보호하느라, 밤새 꼿꼿이 서 있기도 하였습니다. 한결같은 암탉을 보며 성호 선생은 이

닭을 우계(友鷄)라고 명명하며, 저밖에 모르는 사람들에게 '우계'를 보라고 주의를 주었습니다.

마침내 돌보던 병아리들이 무사히 자라 커다랗게 되는데도 이를 돌보던 암컷은 여전히 병약한 모습 그대롭니다. 어느 밤 들짐승이 또다시 들이닥쳤습니다. 건강한 닭은 모두 피신했으나 부실한 암컷은 그만 잡아먹히고 말았습니다. 외출에서 돌아온 선생이 이 말을 듣고 하마터면 눈물을 왈칵 쏟을 뻔했다는 것입니다. 혹, 잔해라도 없는가 하고 두루 찾았지만 산길에 깃털 몇 개만 보일 뿐입니다. 이를 주워 모아 산에 묻고 우계총(友鷄塚)이라 이름 지었습니다.

사람의 선행에는 선배가 이끌어 주는 경우가 있습니다. 진심이 대부분이지만, 더러는 풍속의 본을 받거나, 또는 명성을 위하여 가식으로 하는 경우가 있습니다. 실제 속마음을 알 수 없을 때가 있습니다. 혹은 성실히 시작하는 선행이라 해도 한결같기란 어려운 일입니다. 타고난 선한 품성을 실천하는 이를 성인이라 한다면, 금수에도 이러한 부류가 있는가 봅니다.

공적을 이루고 자신은 보답받지 못하는 경우가 이러할까요! 어쩌면 이치는 통달했으나 운수를 각박하게 만난 것일까요! 사람 사는 세상 만물이 서로 엇비슷하니, 이야기로 만들어 오가는 이가 보고 느끼게 하기 위해 「우계전」을 썼다고 합니다. '마당을 나온 암탉' 주인공 잎싹이 바로 우계(友鷄)가 환생한 것은 아닐까 싶습니다.

차마설(借馬說)

고려 말 삼은 이색의 아버지로 가전체 문학의 최고위라 이름할 수 있는 가정 이곡(李穀 1298~1351) 선생께서는 가세가 넉넉지 않아 외출을 하려면 말(馬)을 빌려 탔습니다. 당시 국가 고시에 해당하는 성균시 문과에 합격하고 원나라 향시에도 수석 급제한 인재입니다. 한림 국사원 검열관에 제수되어 원나라와 본국을 오가며 양국 벼슬길에 막강한 자리에 앉아 있는 분이 말 한 필이 없어 빌려 타고 다녔다는 말입니다.

말[馬]을 빌려보면 제각각이다. 바싹 여위고 걸음이 둔한 말을 타고 가려면 아무리 급해도 채찍질을 할 수 없다. 곧 넘어질 것 같아 아주 조심해야 하고, 가다가 개울이나 구덩이를 만나면 내려서 오히려 말을 모시고 걸어가야 했다. 그러나 그런 말을 타고 가면 후회할 일이 적었다. 반대로 발이 높고 귀가 날카로운 준마를 올라타면 아주 의기양양하게 되고 한 번 채찍질하고 고삐를 놓으면 엎덕이며 신곤째기기 모두 펑지시림 심히 장쾌하였다. 호쾌한 만큼 그런 말을 타면 위태롭기도 하고 떨어질 듯하기도 하여 근심을 면치 못했다. 잠깐 빌려 타는 말 한 필을 놓고도 마음이 이렇게 옮겨지는데 자기가 가지고 있는 것은 더욱 그렇지 않겠는가!

사람이 가지고 있는 것은 어느 것이나 빌리지 아니한 것이 없다. 임금은 백성으로부터, 신하는 임금으로부터, 아들은 아비로부터, 부부는 부부로부터, 비복은 상전으로부터~ 힘과 권세 은총과 귀함, 사랑과 배려를 빌려서 살아가고 있는 것이다. 본시 빌린 것이란 돌려줘야 하는 것이니 지금 가진 것이 자기 것인 양 반성할 줄 몰라서는 아니 된다. 남의 것을 오랫동안 빌려 쓰고 돌려주지 아니하면 어찌 그것이 자기의 소유가 아닌 줄 알겠는가!

맹자의 말씀과 함께 차마(借馬) 시 느낌을 통해 항상심(恒常心)을 역설하셨습니다. 본래무일물(本來無一物)입니다. 처음부터 내 것은 없다는 말씀입니다. 우리 한산 이문은 목은 선조를 중시조로 모시며 그분의 유훈인 청빈과 함께 시례전가 충효입신(詩禮傳家 忠孝立身)을 가훈으로 이어가고 있습니다. 이 글을 읽으며 살아오는 동안 유무형 신세를 헤아려 봅니다.

곡목설(曲木說)

이웃에 살고 있는 장씨(張氏)의 한탄입니다. 집을 지으려고 우거진 숲속을 둘러보며 반듯한 재목을 찾아보는데 대부분 꼬부라지고 뒤틀려서 쓸만한 것이 없습니다. 한참을 찾아 헤매던 중 산꼭대기에서 반듯하니 보기 좋은 나무를 발견했습니다. 정면 좌우 둘러봐도 반듯하고 튼실한 게 쓸만한 재목이다 싶어 도끼를 들고 다가가 뒤쪽에서 보니, 웬걸, 형편없이 굽은 나무입니다. 이에 도끼를 내려놓고 탄식합니다. 나무를 세 번이나 보고도 재목감을 몰라보니 사람의 심성은 어찌 구분해야 하는가!

겉으로 후덕해 보이고 학식이며 인정 깊으며 선량함에 세세한 행동까지 신중한 분을 군자라고 칭송합니다. 그러나 막상 큰일을 당하거나 중대한 일에 임하게 되면 본색이 드러납니다. 어쩌면 멀쩡한 사람도 혼탁한 세상사를 겪다 보니 천성이 굽어지는 게 아닌지 모를 일입니다. 물욕이 진실을 어지럽히고 이해(利害)가 판단을 흐리기 때문에 날이 갈수록 속이는 자가 정직한이보다 많은 것 같다는 주장입니다.

저자 장유(1587~1638)가 답합니다. 서경(書經) 홍범(洪範) 편 오행(五行)에 논하기를 나무는 곡(曲) 아니면 직(直)입니다. 나무가 굽은 것은 재목감이 되진 못하지만 나무의 천성으로 보면 당연한 것입니다. 아무리 서툰 목수라도 작고 비뚤어진 나무로 집을 짓지 않습니다. 비뚤어진 나무는 생긴 모양 그대로 살다 가면 되는 것입니다. 하나, 사람은 곡직(曲直)을 알아볼 수 없습니다. 조정 대신들의 행세를 자세히 살펴보십시다. 공경대부나 선비[士]가 예복을 갖춰 입고 조정에 드나드는데 모두가 정직하고 의롭게 보이지 않습니까! 겉으로 볼 때 알 수 없는 게 사람입니다.

차라리 나무처럼 반듯하거나 비뚤어진 모양이 드러나면 얼마나 다행입니까! 이것을 보면 굽은 나무는 제 모습대로 대접받지만, 사람은 비뚤어진 마음을 지닌 사람이 행운을 잡기도 합니다. 옛말에 곧기가 현(絃)과 같은 자는 길거리에서 죽어가고 굽기가 갈고리(鉤)와 같은 자는 공후(公侯)에 봉해진다고 했습니다. 바르고 올곧은 인물이 모함당하거나 무시당하는 경우를 말합니다. 갈고리처럼 휘어지고 뾰족함을 감춘 자가 높은 자리를 차지하고 앉아서 위세를 부리는 경우를 말합니다.

정직하지 못한 사람이 굽은 나무보다 더 많다는 사실을 입증하는 대목입니다!' 절대권력의 분열과 헤쳐 모임을 보면서 장유 선생의 곡목설(曲木說)을 떠올립니다. 수백 년 흐른 오늘, 당시 저자의 염려가 그대로 적용되는 현실이 안타까운 노릇입니다.

공방전(孔方傳)

'돈'을 의인화한 「공방전」의 저자 임춘 선생의 시대는, 무신과 권신들에 의해 정치가 뒤죽박죽 무너지고 뒤집히는 시절입니다. 양식 있는 학자들은 시국을 개탄하며 일찌감치 정치에 환멸을 느끼고, 때를 묻히지 않으리라 결심했을 것입니다.

학자들의 성취는 학문적인 성취, 인격적인 성취입니다.

시국관이 있다 한들 학자가 할 일이 무엇이란 말인가! 마음 길 함께하는 지기들과 강호를 둘러보며 시절을 노래하나 속 시원하게 말할 수 없습니다. 에둘러 말하기 좋은 가전체 문학이 자연스럽습니다.

「공방전(孔方傳)」 내용입니다.

공방의 집안은 절개의 표상인 백이 숙제처럼 수양산에 은거하던 집안입니다. 성정 곧은 집안답게 공방은 출세에 마음 두지 않고 살았습니다. 어느 날 황제가 공방의 집안과 인품을 듣고 그를 출사시킵니다.

둥글 너그럽게 생긴 공방의 심사는, 처음 보기와 달리 모난 성격이란 게 금세 드러납니다. 국가의 재물을 담당하게 되자 욕심이 끝도 없습니다. 세도가들을 등에 업고 국법을 무시하며 재물을 탐합니다.

보다 못한 충신 '공우'가 그자를 폐하라고 상소합니다.

결국 공방(孔方)은 쫓겨나지만 그를 따르던 무리들이 여전히 득세하며 종횡무진 국법을 난도질합니다. 공방은 또 다른 권력에 붙어 정직한 신하를 모함하기 급급합니다. 충신 공우가 다시 아룁니다. 공방과 결탁한

패거리를 다 몰아내야 한다고 주청했으나 불발됩니다.

공방(孔方)의 배경은 왕권이 미약한 남송(南宋)시대입니다. 충의로운 신하가 있지만 간신에 밀려 국권을 지키지 못합니다. 임춘 선생의 시절 역시 군약신강(君弱臣强)으로 왕권이 미약하다 못해 무력했습니다. 간신이 득세하는 세상에서 필연적 피해자는 백성입니다.

국순전

「공방전」과 함께 「국순전」도 임춘(林椿) 선생의 가전체 문학입니다.

주인공 국순은 90대 조상 모(보리)가 후직(后稷, 농사를 맡은 벼슬)을 도와 힘든 시절 백성들을 살린 공이 있습니다. 원래 모는 벼슬을 하지 않고 시골서 밭을 갈며 살았습니다. 훗날 원구단에 종사한 공으로 임금님이 중산후라는 벼슬을 주고, 국씨(麴氏) 성을 하사받습니다.

위나라 초, 국순의 아버지 주(酎, 소주)가 점잖은 품격으로 세상에 이름이 알려진 덕분에, 국순은 높은 벼슬아치와 더불어 교류하게 됩니다. 국순도 아버지 못지않게 도량도 크고 깊어서, 주변에 인품이 드날리고 사람들에게 자못 기운을 더해 주었습니다.

나라에 제일 중요한 군신 회의에도 반드시 국순이 나갈 정도로 임금이 신뢰합니다. 마침내 국순은 큰 권력을 갖게 됩니다. 나라의 손님 접대며 대소사 집안의 고사(祀) 및 종묘 제사를 모두 국순이 주재합니다. 국순의 영향이 세상사 미치지 않는 곳이 없게 되었습니다.

권세를 얻고 보니 국순은 전벽(錢癖), 돈을 밝히는 병통이 드러납니다. 날이 갈수록 국순에 대한 세상 여론이 그를 더럽게 여깁니다. 국순도 자신의 평가를 아는 듯 물러날 뜻을 밝힙니다. 벼슬에서 물러난 후 갑자기 병이 들어 하룻저녁에 죽었다는 결론입니다.

국씨 조상이 한때 백성에 공이 있어, 조상님 덕분에 국순이 벼슬에 올랐으나 오만방자와 주색 향락에 빠졌습니다. 국순 자신과 조상까지 웃음거리요. 이를 발탁한 임금도 조소 거리가 되었다는 소설의 주제입니다.

자기 지위에 오른 이의 언행과 덕행이 바로 그 사람의 품격입니다. 부와 명예를 지닌 이, 높은 직분에 오른 이, 소위 지도층의 겸손을 찾기가 얼마나 힘든지, 옛글에서도 알려 줍니다. 또한 부도덕의 오명이 끝끝내 드러난다는 사실을 여실히 보여 줍니다.

죽부인전(竹夫人傳)

큰 대나무 왕대의 딸 이름은 빙입니다. 빙(憑)은 선대부터 시문을 배우고 음악에 조예가 깊어 퉁소를 잘 불었습니다. 학문도 높고 기품 있는 이 처녀를 흠모하는 총각이 있었으나, 빙은 눈길도 주지 않았습니다. 나중에 부모 뜻에 따라 송대부와 혼인했지만 어찌합니까! 청상이 되고 맙니다. 너무나 일찍 홀로 된 후, 우여곡절 속에서도 죽부인 빙은 한점 흐트러짐 없이 절개를 지키며 살았습니다. 이야기 「죽부인전(竹夫人傳)」은 고려말 학자 '이곡' 선생의 가전체 문학입니다. 대나무를 의인화하여 곧고 아름다운 정서를 그리고 있는 것입니다.

이곡 선생이 살았던 1298~1351년 즈음에는 고려 국운이 쇠락해져 갈 무렵입니다. 궁궐과 왕실의 혈통이 혼란스럽습니다. 백성들의 생활도 어지럽습니다. 민심은 흉흉하고, 정절의 기강도 무너지고 문란해져 갑니다. 삼강오륜을 교훈으로 삼고자 하는 성리학자의 심중이 참으로 암울했을 것이라 생각합니다. 글에는 시대상이 보이고, 작가의 정서가 보인다는 말이 있습니다. 음란과 부도덕한 사회상을 바로잡고자 대나무를 주인공으로 삼은 듯합니다.

문란한 사람들을 경계하고 징벌하고자 하는 계세징인(戒世懲人)입니다. 대놓고 말할 수 없으니 빗대어 말하는 가전체 문학이 그 시절에 많이도 나왔습니다. 불구하고, 우려한 대로 당대는 멸하고 새로운 조선 왕조가 들어섰습니다.

목근침설(木根枕說)

나무의 꿈이라면, 높은 산 깊은 골짜기 가운데서 자라나 사람이며 짐승들의 공격에 벗어나 완전하게 잘 자란 가지와 조화로운 나뭇잎 무성하게 우거져 우뚝 솟은 모양에 넓은 그늘을 자랑하며 천수를 다하는 것, 이것이 나무의 행복한 삶으로 본다. 그런데 어느 날 그야말로 아무렇게나 생긴 나무가 뿌리가 뽑힌 채 밭두둑에 버려진 걸 보았다. 소와 양을 비롯해 들짐승에게 시달렸는지 울퉁불퉁에 상하좌우 구분 없이 구부러져 모양이 희한하다. 특이하다 싶어 집에 가져와 썩은 부분은 다듬고 깎아내고 도려낸 다음 골고루 갈고 닦았더니 아주 멋진 목침이 되었

다. 객(客)이 없을 때면 책을 읽다가 이것에 비스듬히 기대기도 하고 혹은 고이고 눕기도 하며 단잠을 자게 되었다. 꿈속에서 장주의 나비를 만나게 되고 남가(南柯)와 화서 사이에 유유자적을 이루니 세상에 어느 좋은 베개와도 바꾸고 싶지 않게 되었다. 기이한 형태와 보잘것없는 나무뿌리지만 나 같은 사람을 만나 거두어져 귀히 여기는 베개가 되었으니 나무의 행복이란 게 한 가지 모양만은 아니라는 걸 깨달았다. 그러니 천하에 애당초부터 버려질 물건은 없지 않은지 헤아려 보는 것이다.

세상에 탁월하고 훌륭한 선비로서 큰 도(道)를 품고 재주가 있다 한들 알아주는 이 없어 불우하고 곤궁한 경우가 한둘이 아닐 것이다. 인재가 두각을 나타내지 못하는 것은 개인이며 나라 전체로도 불행한 일이다. 현명한 임금과 어진 재상이 인물을 알아주고 등용하지 않는다면 길가 버려진 나무와 같지 않겠는가! 무릇 만물과 사람의 이치는 같은 법이니 국가를 위해 일하는 사람은 진실로 이 말을 간직해 달라.

조선 후기 문신으로 성정이 곧고 학문이 고명(高明)한 홍우원(1605~1687)의 『남파집』 일부에 나오는 이야기입니다. 보잘것없는 나무뿌리도 잘 다듬으면 훌륭한 쓰임새가 있다는 말로 시작된 「목근침설(木根枕說)」은 풍자적 요소로 쓰여 있습니다. 임자에 따라 소모품도 귀천이 달라진다는 말입니다. 헤어짐이 잦은 세태에 인연의 소중함으로 연결해도 무방하겠습니다. 보잘것없어 버림받은 사람도 누군가의 소중한 연이 되어 귀한 삶을 누리는 경우가 있기 때문입니다. 생긴 대로 거짓 없이 살자는 것이 「곡목설(曲木說)」의 주제라면, 「목근침설(木根枕說)」은 자기 가치로움을 찾아 귀한 쓰임새로 거듭날 수 있다는 희망의 메시지입니다.

조릉의 장자

장자가 어느 날 '조릉'이라는 큰 저택 앞을 지나가는데, 때마침 큰 까치 한 마리가 그의 이마를 스쳐 지나갔습니다. 까치는 저택 안에 있는 밤나무에 앉았습니다. 조릉은 개인 소유인지 유원지인지 알 수 없으나 어찌 되었든지 무단출입이 금지되어 있습니다. 그렇지만 장자는 이 까치를 보자 욕심이 생겨 메고 있던 탄궁을 내려 까치를 겨냥합니다. 밤나무에 앉아 있는 까치는 뭔가를 뚫어지게 바라보고 있습니다. 장자는 까치가 무엇을 보고 있는가 살펴보니 작은 가지에 숨어 있는 사마귀가 앞발을 들고 매미를 노리고 있습니다. 아무것도 모르는 매미는 시원한 그늘에서 멋들어지게 울고 있습니다. 이 모습을 본 장자는 크게 한숨짓습니다.

"어허, 어리석도다. 저 매미는 나무 그늘에 즐길 줄은 알지만 그 몸이 금방이라도 사마귀에게 잡아 먹힐 것을 모르고 있어. 그리고 사마귀 또한 매미에게 한 눈이 팔려 자기를 노리고 있는 까치를 모르고 있어. 그리고 까치는 사마귀를 쪼아 먹으려고 하지만 지금 내가 탄궁을 쏘면 제 몸이 엉망이 될 걸 모르고 있구나. 세상의 모든 것은 눈앞의 욕심 때문에 모두 자기를 잊고 있구나. 오호라~ 이것이 만물의 참모습일까! 이 얼마나 어리석은 일인가! 사물은 원래 한쪽이 이로우면 한쪽이 해를 입게 되어 있구나!"

내가 무엇을 바랄 때 남도 바란다는 걸 알고 탄궁을 거두며 장자는 큰 깨침을 얻은 듯 되돌아섰습니다. 그때입니다. 누군가가,

"여, 여보시오. 게 누구요. 여긴 무단으로 들어올 수 없는 곳이오." 하는 소리가 들립니다.

'인생은 조롱의 장자와 같다'는 말의 유래입니다. 뛰는 자 위에 나는 자가 있다고 하지요. 자신이 최고수인 줄 알지만 그 위에 또 누군가가 있다는 말입니다. 생태계는 먹이 사슬과 먹이그물로 이루어져 있으므로 먹고 먹히는 관계에서 평형을 이룹니다. 결국 누가 낫고 못하고 논하기 어렵습니다. 먹이가 없으면 굶어 죽고, 먹고살 만하면 누군가에 표적이 되고 마는 생존의 법칙에서 누군들 자유로울 것인가! 인간들 역시 자기 위치를 모르는 채 살아간다는 말입니다.

후대의 일기

선친께서는 집안을 법도 있게 다스리는 가운데 손님을 좋아하셨다. 손님 중에도 가난한 친구와 궁한 친족을 두터히 대하시곤 하셨다. 학문을 게을리하지 않으시며, 늘 바른말로 벗을 충고하며 교류를 두터히 하셨다. 권력에 초연하여 출세를 위한 과거시험에는 응하지 않으셨다. 당대 최고위에 올랐던 채제공 집안과 혼인을 맺었는데도 그 집을 찾아가지 않으셨다. 오히려 채제공이 낙향했을 때 가장 먼저 찾아가 위로했으며, 그분이 다시 중앙 정계에 오르신 후로는 단 한 번도 찾아가지 않으셨다. 권문세도가의 입에서 좌상감이라고 부추겼지만 현감, 목사, 군수, 부사로 5개 고을 목민관으로 관직을 마치셨다. 선친의 모습처럼 우리 정가(丁家)는 남과 다른 풍기(風氣)가 있다. 매사 삼가는 것이다. 나라가 혼란스러울 때, 비록 순국 절사에 앞장서지는 않았으나 중심 세력을 쫓지 않았으며 악(惡)을 멀리하고 어진 신하와 맑은 선비됨을 잃지 않았다. 항상 선(善)을 추구하며 매사 선을 이루고자 하였다.

명가 내력 가운데 가장 돋보이는 부분은 선대 유사를 진중하게 엮어 보존하며 자자손손 귀감이 되게 하는 것입니다. 다산 선생의 선인유사(先人遺事)를 읽으며 부친인 정재원(丁載源) 선생의 생애와 정씨 일문을 가늠합니다. 다산 선생은 선친의 유사를 작성하면서 어릴 적부터 직접 보고 들은 많은 이야기 가운데 유독 교류에 관한 부분을 부각합니다. 부자라든가 권력에 가까이하지 않는 점입니다. 출세할 수 있는 역량이며 여건이 충분한데도 분수를 지키며 고매하게 살았다는데 부친을 존경하는 것입니다.

시종일관 변함없는 한결같은 태도를 존경하고 따르고자 하였습니다. 남을 비방하지 않는 자세와 가난한 벗과의 평생 교류를 유지하는 품성을 닮고자 했을 것입니다. 부전자전이 여기에 있습니다. 다산 선생 일생도 부와 권력보다는 우국충정의 생애라 하겠습니다. 학문과 인품으로 후학을 가르치며 민생 치국을 위해 노력한 삶이 바로 정씨 집안의 내력이라 하겠습니다. 다산 선생의 가계유사(遺事)는 정씨 집안으로 국한될 게 아니라 우리 모두 후손으로 본받아야 할 내용으로 가득합니다.

삼근계

스승과 제자 사이에 아름다운 관계입니다. 만인의 스승에 애제자가 된다는 것은, 인정입니다. 그 제자가 스승을 닮아 가르침 그대로 한 생을 살아간다는 것은, 참으로 아름답고 보람된 일입니다. 스승으로서 제자로서 이보다 더 행복한 일이 없습니다.

선현들의 교학을 보면서 홀로 감탄하다 몇 자를 옮깁니다. 성의병심

(誠意秉心)이란, 어려운 환경과 아둔한 머리로 인해, 학문에 미흡함을 고민하는 제자에게 선생이 권면하는 말입니다. 무슨 일을 하든지 정성을 다하여 마음을 잡고 몰두하면 아니 될 일이 없다고 가르칩니다.

'그것이 학문이든 일상의 일이든 확고한 정신과 부지런함에 있다. 남보다 머리가 둔하거든 부지런히 노력해라. 앞뒤가 막혀 답답한 환경도 그렇고 인성도 부지런 앞에서는 막힐 일 없다. 근면하라. 근면하라~ 또 근면하라~!'

다산 선생이 어리숙한 제자에게 내어놓은 삼근계(三勤戒)입니다. 이를 일생 마음에 품고 실행한 제자 이야기를 읽으며, 오늘 수업 내용을 점검하는데 비슷한 맥락이 이어집니다.

한 조각 구름이라는 편운 조병화 님의 글에도 근면이 화두입니다. 어머니의 말씀을 시에 담고 가슴에 담고 그렇게 살았다고 적었습니다. '해마다 봄이 되면 어린 시절 그분의 말씀을 떠올린단다. 봄처럼 부지런하라.'

부지런함에 봄여름 계절을 구분할까만 시어의 의미는 매 시작에 있어 근면을 말합니다. 시인은 봄처럼 부지런하고, 봄처럼 꿈을 지니고, 봄처럼 새로움을 지니라고 가르치던 어머니의 말씀을 계승하여 자신도 후대에 이 뜻을 전하겠다는 다짐을 내놓습니다. 이제 동빙한설 겨울이 지나고 화풍난양의 봄입니다. 봄 학기 새로운 들녘에 꿈과 희망의 씨를 뿌리며 근면의 가르침을 전하는데 바로 배우고 바로 전하는지 돌아봅니다. 시어와 함께 나 역시 반성의 기운을 정리합니다.

시인이 말하는 그분은 매사 멘토며 일생 종교인 어머님입니다. 어머님 뜻으로 세상에 왔으며 어머님 심부름을 다 했다고 말합니다. 어머님 뜻대로 살았습니다. 어머님 말씀대로 열심히 살았습니다. 그리고 버릴 것을 버렸다고 합니다. 버리지 말아야 할 것도 버렸다고 합니다. 버려야 했던 것은 무엇이며 버리지 말아야 할 그것은 또 무엇인지 생각이 많아지는 대목입니다. 마지막은 자신의 생애를 정리하면서 여러분 보시는 바와 같이 이러하니 보시고 판단하시라 합니다. 객관적 시선으로 볼 때 부와 명성을 갖춘 시인임에도 시의 세계는 아련한 그리움과 쓸쓸함이 서려 있는 것은 왜일까요!

헤어짐이 잦은 시대에 너무 아파하지 않을 정도로 사귀자는 '공존의 이유'를 보면 어찌 그리 마땅한지 말문이 막힙니다. 사랑을 잃은 가슴을 겨냥한 듯 '남남 시리즈'에 빠져 있노라면 가끔 호흡이 벅찰 때가 있습니다. 명시의 매력도 근면의 결과물입니다.

빈 배

方舟而濟於河~ 有虛船~ 來觸舟~

(방범이제어하~ 유허선~ 내촉선~)

'배를 타고 강을 건넌다. 마침 빈 배가 떠내려와서 내 배와 부딪친다. 피하려고 했으나 피하지 못했으니 빈 배가 잘못이라기보다 피하지 못한 내 잘못이다. 성정 급한 사람이라도 빈 배 보고 뭐라 하지 않을 터, 하나 배에 사람이 타고 있는데 와서 내 배와 부딪친다면 이는 다른 상황이다. 비켜라~ 이 물길은 내 배가 가는 길이니 비키라고 소리칠 것이다. 몇 번이나 말했는데 듣지 않고 기어이 와서 부딪치게 된다면 급기야 욕설이 나오게 된다. 그러면 그쪽에서도 뭐라 하겠지. 아까~ 빈 배가 와서 부딪칠 때는 피하지 못한 자신의 잘못을 돌아보는데, 사람이 타고 있는 배가 와서 부딪치면 화를 내게 되는 까닭을 헤아려 보자. 사람이 있고 없고의 차이다. 자연적인 것과 인위적인 것이다. 우연과 필연의 차이다.'

장자가 말하는 빈 배는 '소요유'입니다. 빈 배니까 목적지가 따로 없을 일입니다. 바람 부는 대로, 물결치는 대로 물에 떠 있다는 자체만으로, 흘러 흘러 어디론가 간다는 것만으로, 다른 목적의 수단이 될 것 없다는 의미입니다.

내 배는 내가 타고 있으니, 정상적인 항로입니다. 그러나 암초를 피하듯이 정상적 물길이 아닌 길로 떠내려오는 배는 빈 배로 보고 피하는 게 당연함이고 상책이라 하겠습니다.

이를 맹자의 사상에 대입하자면 비례물시(非禮勿視), 비례물동(非禮勿動), 비례물언(非禮勿言), 비례물청(非禮勿聽)입니다. 예가 아니면 볼 것도 없고, 말할 것도 없고, 들을 것도 없고, 행할 것도 없다는 것입니다. 내 자신도 부실한데, 이 부실한 시선에도 불의하다면 상대를 빈 배로 보자는 것입니다. 안하무인처럼 마주 오는 배를 보고 피할 줄 모른다면 그 배는 빈 배가 틀림없습니다. 사람이 타고 있어도 사람의 형상일 뿐이지 인지 능력이 있는 사람이 아닐 것입니다. 그런 이에게 네가 피하라~ 피하라~ 소리친다면, 빈 배를 보고 피하라~ 피하라~ 소리치는 것이나 다를 바 없다는 의미입니다. 아무도 없는 허공을 향해 소리치고 화를 내는 모양새와 같습니다. 사람이 없는, 사람이 아닌 빈 배를 만나면 조용히 피해야 한다는 일상의 조심성을 가르칩니다. 정리하자면 사람 같지 않은 사람은 대꾸하지 말고 피하라는 말입니다.

계로록(戒老錄)

　인생에는 세 가지 고개가 있는데, 오르막 고개와 내리막 고개, 그리고 설마 하는 뜻밖에 고개가 있다고 합니다. 뜻밖에 고개는 인생의 덤과 같은 행운일 수 있고 불행일 수도 있으며, 전혀 예기치 않는 모습으로 다가옵니다. 그것은 삼년고개처럼 받아들이기에 따라 불운이 될 수 있고 행운이 될 수 있다 하니 각자 지혜롭게 처신해야겠습니다. 나도 이제 내리막 고갯길을 트러블 없이 가기 위해 모범적인 행로와 좋은 글귀를 만나려고 노력하는 중입니다.

　『행복하게 나이 드는 비결』, 『좋은 사람을 끊으니 기쁘더라』로 일약 베스트셀러 작가 대열에 오른 일본 여류 소설가 소노 아야코 씨가 멋지게 늙어가는 방법에 대한 글을 내놓았습니다. 번역되어 나온 지 5년여 된 모양인데 이제야 만납니다. 법정 스님의 아름다운 마무리를 읽다 보니 계로록이 소개되어 있기에 주문한 것입니다. 생의 한가운데서부터 엄중하게 자기를 구제하면서 마지막은 덕망 있는 노년을 맞이하자는 내용입니다. "늘 인생의 결재를 해 둘 것, 푸념하지 말 것, 젊음을 시기하지 말고 진짜 삶을 누릴 것, 남이 주는 것 베푸는 것에 대한 기대를 버릴 것, 쓸데없이 참견하지 말 것, 지나간 이야기는 정도껏 할 것, 홀로서고 홀로 즐기는 습관을 기를 것, 몸이 힘들어지면 가족에 기대지 말고 전문적으로 도와줄 사람을 택할 것"을 제시하고 있습니다. 이렇게 나이 들고 싶다는 작가의 글 가운데 지금 가장 명확하게 입력된 내용은 '화해'입니다.

노년에 가장 멋진 일은 사람들 간에 화해라는 부제가 있는데요, 늙기 전에 좀 더 일찍 화해의 손을 내밀면 더욱 멋질 것 같습니다. 이를 德의 길이라 합니다. 이미 덕 있는 언행에 관한 글을 수없이 읽어 왔지만, 다시 같은 글귀에 머무르고 있는 까닭은 아직 실제 삶으로 이어지지 못했기 때문입니다. 말인즉 성인군자를 흉내 낼 수 있는데 행로에 적용하지 못한 까닭입니다. 자기 체험이 없는 말에 메아리가 없듯이 그 어떤 가르침도 일상적으로 생활화되지 않는다면 읽으나 마나, 화해의 대상을 헤아려 개운하게 결재해야겠습니다.

교육론(教育論)

모든 교육의 목표는 바를 정(正)입니다. 바르게 살기 위해서 교육을 받습니다. 감정이든 이성이든 법과 제도 도덕이며 예절 관습의 잣대에 어긋나지 않는 말과 행위의 일치를 가르치는 일이 교육입니다. 현재 살아가는 모습이 권위고 교육입니다.

현재를 바탕으로 미래세대에 원대한 꿈을 일깨워 줍니다. 몸과 마음을 정돈할 줄 알고, 가정에 소임을 다하는 것을 배우는 것입니다. 나아가 치국평천하를 향한 깊고 정확한 학문으로 이어집니다.

고리타분한 정리라 하겠으나, 낡은 용어라 해서 다 낡은 것은 아닙니다. 세월이 아무리 흘러도 변하지 않는 올바름의 법칙이 있습니다. 선현의 말씀에도 '옛것이라는 이유만으로 부정하거나 배척해서는 아니 된다'고 했습니다. '일월(日月)은 옛것이지만 아침저녁으로 새롭고, 산하(山河)는 늙어가도 계절마다 새롭지 않은가!'며 가르칩니다. 온고지신 그대롭니다. 시대 흐름 따라 이념과 사상은 변할 수 있고, 혹은 사라질 수 있지만 천륜과 전통 윤리는 이어가야 합니다. 그게 사람 사는 세상이고 그게 사람의 기본입니다. 오늘날 우리가 접하는 학문도 후대에 고전이 되는 것입니다. 낡음이 곧 새로움을 창출하는 것이니, 내 안에 교육론은 정의(正義)가 먼저고 지지예대심(志智禮大深)으로 풀어갑니다.

교육이란 무엇인가? 매일 교육과 관련하여 생활하고 있으나 이와 같은 질문에 단 답을 내놓지 못합니다. 사람이 글을 배우고 몸을 단련시키기 위해서는 그럴만한 이유가 있어야 합니다. 이를 항상 되짚어 물으며 정의로운 사회가 요구하는 대로 좀 더 나은 방향으로 향하려는 노력에 지속 선상이라 하겠습니다. 교육의 목적은 바른 표적을 향해 가는 것으로 답합니다.

'지난날 교육이 지식 성장에 치중했습니다. 오늘에 이르러는 지식 축적과 경쟁에 충실하고 있습니다. 많은 교육자들이 교육방침을 이해하고 교육 설비가 현실감 있게 갖추어지므로 교육에 질적 향상이 이룩되었다고 보는 『교육론』을 읽다가 이 대목에서 멈칫합니다.

그럴까요! 교육 현장에서도 이 의견도 이에 동의할까요! 학습자 입장에서, 교육받는 이유와, 이룩해야 할 표적은 제시받고 있을까요! 그리하여 교육자와 학습자 다수가 긍정의 끄덕임을 하고 있을까요!

지난날이 어느 정도 지난 날인지 정해 놓고 시작할 노릇입니다. 대안 없는 부정을 할 수는 없고, 현실교육을 답답하기 때문입니다.

아무튼 교육 현장에서 보내는 인생길 한 페이지가 누군가에게 그리움이나, 교훈이나. 작은 울림이 되었다면 만족하겠습니다. 오랜만에 자판기 앞에서 나 홀로 넋두리를 풀어 놓는 중입니다.

『교육론』을 펼치다 보면 맹자 어머니를 떠올리지 않을 수 없습니다. 자식을 위해 세 번씩이나 이사 한 것은, 시대상으로 볼 때 보통 어려운 일이 아닐 것입니다. 「고사 열녀전(故事 烈女傳)」에 의하면 맹자가 얼마큼 자랐을 때부터 스승을 정하고 그곳에서 학문을 배웁니다.

어느 날 맹자가 돌아옵니다. 어쩌면 어머니가 그리워서 왔던 모양입니다. 어머니가 묻습니다.

"학문은 얼마나 나아갔느냐?"

맹자가 별로 나아가지 못했다고 답하자 어머니는 짜던 베를 칼로 싹둑 잘라버립니다. 지금 네 학문이 이와 같은 것이라고 가르칩니다. 맹모단기(孟母斷機)의 유래입니다. 어머니께서 한올 한올 애써 짠 옷감이 한순간 잘리자 깜짝 놀랍니다. 맹자는 황망한 가짐으로 돌아가 매우 반성하여 학문에 매진했을 것입니다.

한석봉의 어머니는 한밤중에 숨차게 달려온 아들을 놓고 불을 끄고 내기합니다. 아들은 글씨를 쓰고, 어머니는 떡을 썹니다. 아들의 글은 삐뚤삐뚤하고 어머니의 떡은 똑 고릅니다. 요즘 아이들 같으면 불평등한 내기라고 항의할 만한 상황입니다. 석봉은 내기 불공정보다 어머니 심정을 깨달은 것입니다. 이처럼 이름난 분들의 뒷배경은 대부분 어머니의 지혜로움이 어려 있습니다. 율곡 어머니, 정몽주 어머니, 양사언 어머니, 김구 선생의 어머니는 말뿐이 아닌 몸소 실천하는 모범입니다.

맹자 시대는 수많은 나라가 전국칠웅으로 압축되어 자국의 영토를 지키거나 늘리며 부를 이루려는 할거가 난립합니다. 음모와 하극상이 다반사요 배신과 야합이 그치지 않는 난세의 전형입니다. 집권한 군주들도 혼란스러우니 고명한 학자를 모셔다 고견을 듣거나 정견 상담을 자처합니다.

공자께서 인(仁)을 펼쳤다면 맹자는 의(義)로움이 중심입니다. '장차 나라를 이롭게 할 방도'를 묻는 왕에게 맹자가 답합니다. 어찌하여 이로움만 추구하시는가! 왕이 그런 생각으로 나라를 이끌어 간다면 대부(大夫)들도 그럴 것이요 사인(士人)이며 서민(庶民)들까지 모두가 이로움만 추구할 것이 아니겠습니까! 서로 다투어 이로움만 따지는 시대가 오면 필경 나라가 위태로워질 것이라는 일침입니다. 그 시대가 이 시대일까요! 어려서부터 의(義)를 배우기 전에 이(利)를 우선시하고 당연시하는 세상이 되었으니 말입니다.

호곡장론(湖哭場論)

실학자 연암 박지원(1737~1805) 선생의 글입니다.

실제 생활에 필요한 부분을 설파한 학자입니다. 높은 실력을 관직에 두지 않고 어려운 삶의 뒷자락을 들여다본 최고 지성이 울고 싶은 심정을 말합니다.

사람들은 희노애락애오욕(喜怒哀樂愛惡欲) 칠정(七情) 중에서 슬픈 감정만이 울음을 자아내는 줄 알았지, 칠정 모두가 울음을 자아내는 줄은 모릅니다. 기쁨이 극에 달하면 눈물이 납니다. 분노에 사무치면 울게 되고 즐거움이 극에 달하면 울게 됩니다. 미움이 극에 달해도 울게 되고, 사랑이 사무치면 울게 되고, 욕심이 사무쳐도 울게 됩니다. 답답하고 울적한 감정을 확 풀어버리는 것으로 소리쳐 우는 것보다 더 빠른 방법은 없소이다. 울음이란 천지간에 있어서 뇌성벽력에 비할 수 있는 게요, 북받쳐 나오는 감정이 이치에 맞아 터지는 웃음과 다를 게 무엇이오?

너무 기가 막힌 슬픔을 만나면 헛웃음이 나옵니다. 너무 기막힌 기쁨을 만나면 오히려 눈물이 납니다. 『열하일기』의 저자 연암 선생이 동지사 연행 길에서 요동 벌판에 들어선 첫 느낌이 그러했습니다. 처음 본 그 광활한 장면을 보자 눈앞이 아찔해지고 헛것이 오르락내리락 현란한 심경을 담았습니다. 호곡장은 통곡할 만한 장소라는 뜻입니다. 왜 그렇게 기막힌 감정이 솟구쳤는지 당시 심경을 상세하게 표현합니다.

천지간 이렇게 넓은 안계(眼界)를 만나니 감정을 어찌할 바 없습니다. 돌덩이 쇳덩어리에서 짜 나온 듯한 소리로 천지가 흔들거리도록 통곡하고 싶은 심정입니다. 목청이 감당하는 한 큰 소리로 울어보고 싶은 심경입니다. 하긴 평소 갑갑한 심정이 솟구칠 때마다 한바탕 울 자리를 생각해 내곤 했습니다. 인적없는 곳을 찾아야 합니다. 비로봉 꼭대기에서 동해 바다를 굽어보는 곳을 잡아 통곡 한번 해 볼까! 아니면 황해도 장연 금사(金沙) 바닷가에다 자리를 한번 마련해 볼까 했습니다. 그랬는데 요동 벌판에 이르러 산해관(山海關)까지 일천 이백 리 거리, 하늘가와 땅끝이 풀로 붙인 듯, 실로 꿰맨 듯, 고금에 오고 간 비바람만이 창망했을 자리에 서니 그만, 바로 여기서 통곡하고 싶을 뿐입니다.

도대체 칠정 가운데 어느 정도를 골라 울어야 하는가! 연암은 방금 태어난 아기의 울음을 비유합니다. 어찌할 수 없는 신세계에 대한 감당을 소리로 냅니다. 어미 배 속에 어둡고 갑갑하고 얽매이고 비좁게 지내다가, 하루아침에 탁 트인 넓은 곳으로 나와 팔을 펴고 다리를 뻗어 정신이 시원한 아기처럼 거짓 없이 울고 싶다고 했습니다.

눈물은 여인의 고유어 같으나 때론 남자도 목청껏 울고 싶을 때가 있습니다. 본성적 울음은 짐승의 울부짖음과 다를 바 없습니다. 불효 불효하다가 겨우 정신 차릴 무렵, 대답 없는 어머님의 차디찬 손목을 부여잡을 때 그렇습니다. 절치부심을 딛고 거대한 성취와 장쾌한 보람에 따르는 희열 같은 것입니다. 경탄할 광경에 놀라 기막힌 연암의 심경을 통곡으로 표현하고 싶다는 호곡론입니다.

도로 눈을 감아라

연암 박지원 선생을 존경하는 사람들은 다산 선생을 존경합니다. 이분들의 실학사상을 존경합니다. 높은 학문과 절도 있는 일상을 존경합니다. 내가 존경하는 분을 존경하는 다른 이를 만나면 그도 함께 좋아집니다. 이를 유유상종이라고 하는가 봅니다.

저서『호곡장론』은, 처음 접하는 외세 문물이며 문화적 충격을 어찌할 바 몰라 목이 터지도록 울고 싶은 심경이 생생합니다. 양반사회 모순을 질타하는「양반전」,「호질문」은 수준 높은 해학입니다. 실학 시작이 연암 선생이라면, 실학의 집대성은 다산 선생으로 정리됩니다. 연암 선생에겐 교학하는 훌륭한 벗이 많았습니다. 그중에 창애 유한준은 불우한 환경이지만 노력하는 기상이 좋고 시문 유려하여 각별히 좋아한 것 같습니다. 그런 유한준이 벼슬살이를 하면서 초심을 잃은 듯 보이자, 연암 선생이 충고합니다. 힘든 시절을 잊지 말자는 서신과 일화가 여러 곳에 나타납니다.

창애(유한준)에게 보낸 편지입니다.

내 예전 이야기 하나 하겠네. 화담 선생이 길을 가는데 웬 사람이 울고 있는 것이야. 왜 울고 있는지 화담이 물었겠지. 그가 하는 말인즉, 자기가 다섯 살 적부터 앞이 보이지 않는 맹인인데, 오늘 아침 집을 나와 평소처럼 걷고 있는데 갑자기 세상이 보이기 시작하는 것이라, 너무 기뻐 어쩔 줄 몰라 좋아하다 그만 집을 가려 하는데 어디가 어딘지 모르겠단 말이지. 보이지 않을 때는 거리낌 없이 잘 찾아가던 길인데 보이는 지금 왜 집을 찾을 수 없는지… 그래서 울고 있다는 말일세. 그래서 화담 선생이 말했다지. 지금 도로 네 눈을 감으면 된다고.

보이지 않을 때보다 보임으로서 복잡해지고 심란하다면 도로 눈을 감아야 한다는 이야기입니다. 보고도 모른다~ 눈뜬장님이 여기서 시작된 말 같습니다. 서투르게 배운 일로 일상이 어긋난 경우가 허다합니다. 매일 쏟아지는 정보 사이 손익을 구별하지 못한 폐해는 얼마며, 차라리 몰랐으면 좋았을 인연도 연결해 봅니다. 억지춘향이요 결자해지 심정으로 가던 길 가는 경우도 부지기수입니다. '미움받을 용기'도 필요합니다. 이런 심정을 간파한 글도 있습니다.

'사랑하면 알게 되고 알면 보이나니 그때 보이는 것은 전과 같지 않으리라.'『나의 문화유산 답사기』에서 전 문화재청장 유홍준 교수가 창애 유한준의 시를 아름답게 소개하였습니다.

시냇물 흐르듯 유려한 사람을 만나 정을 나누는 사이라면 옛 선비들의 맑은 편지가 합당하리라. 그리하여 지극한 사모의 사이라면 이 글이 합당하리라.

행복한 마음으로 유한준(1732~1811) 선생을 찾아봅니다. 생애를 들여다보며 시어 원문도 찾았습니다. 문장가로 자부하던 이, 연암보다 다섯 살 아래군요. 1796년 동해 삼척 부사까지 지냈습니다. 삼척은 관동팔경에 들었으니 풍경이 아름답지 않겠습니까! 아니 갔을 리 만무입니다. 죽서루와 용추계곡 멋진 바위를 살피면 유한준의 시와 이름자가 곳곳에서 발견됩니다. 시절 소풍이 잦았던 흔적입니다. 죽서루에 가봤습니다. 죽서루 누각에 원문은 유홍준 교수가 소개한 내용과 느낌이 다릅니다. 한시에 익숙하지 못한 까닭입니다. 유한준은 자기 글을 남에게 주는 것도 좋아하고 남의 글도 수집하기를 좋아했다 합니다.

'글의 내용을 볼 줄 알면 좋은 시문서화를 모으게 되더라, 그것을 마냥 쌓아두는 것과 내용을 알고 보는 것은 매우 다르더라.'

문장의 아름다움입니다. 한 줄 문장에 빠져들기도 합니다. 한 줄 문장이 그 사람의 행로를 바꾸기도 합니다. 그런 시문에 매료되면 그를 지은 작가의 인품에 매료되는 것 같습니다. 작가가 감탄하는 공간을 찾아나서고 싶어집니다. 시문과 풍경의 일치에서 오는 감동은 몇 배가 됩니다. 비슷한 감상을 나누고 싶은 인연이 그립습니다. 이런 내용이 인연의 아름다움으로 이어지니 멋스러움이 여기에 있습니다.

창애 유한준은 연암이 세상을 떠난 뒤 6년 더 살았습니다. 문장가의 말년 시를 보면 후회가 큽니다.

지금 와서 나를 살피니 농사지을 땅이 있는가! 장사 할 자금이며 경험이 있는가! 공인일도 배우지 못하고 머리만 백발인 늙은 몸일세. 내 여든 살 동안 무얼 했던고! 젊은 시절 늦은 밤까지 부질없이 공력만 낭비하고 말았네. 후회한들 어찌 추구할 수 있겠나! 지난 시절 생

각해 보니 밤이 고요한데도 잠들 수 없어 문도(文道) 골수를 이루지 못했으니 그간 저술이란 저술도피(著述徒皮) 껍데기에 불과하네. 이런 심사 안고서 오래도록 회한만 가득하네. 비록 연암과 멀어졌으나 돌이켜보니 연암은 재품(才品)이었어. 절개 지고하며 단아한 선비 유아(儒雅) 그대로였지.

벗의 생전에도 존경했지만 이별 후 암만 다시 생각해도 그리움이라! 마지막까지 벗의 진실과 인품을 흠모했다는 마음에 이입되어 울림이 전해 옵니다. 마음에 스승이 귀한 세상입니다. 영혼의 스승이 더욱 귀한 세상입니다. 고전 속 선현의 대화에서 울림이 큽니다. 감사와 성찰의 이 시간이 참으로 행복합니다.

열하일기

1780년 정조 4년 연암 박지원의 일기입니다. 연암의 삼종 형님이 청나라 사절로 떠나는데 그때 함께 다녀온 여행기로 총 26권입니다.

하룻밤 사이에 강물을 아홉 번 건넜다는 「일야구도하기(一夜九渡河記)」, 「호질문(虎叱)」, 「허생전」이 이곳에 들어 있습니다.

일기는, 1780년 6월 24일 하루 종일 비가 내리는 가운데 30리를 걸어서 압록강 구련성에 가는 것으로 시작합니다. 비가 쉬지 않고 내려서 흙탕물 범벅에 나뭇가지와 돌들이 뒤엉켜 사납게 흐르는 압록강을 묘사합니다.

'날씨가 너무 사나워 열흘 넘게 기다리다가 강을 건널 수 있게 되었을 때 날아가고 싶은 심경, 함께 출발했던 통역관이 아파서 되돌아가는 모습을 바라보는 심경, 마부와 하인이 사온 술을 마시면서 바라부는 주변 산봉우리와 절묘한 구름, 국경을 넘어가는데 관리들이 수색하면서 성명, 주소, 나이는 물론이고 수염 길이와 온몸에 흉터, 키와 무게, 하인들은 옷을 벗겨보고, 말들의 털빛까지 기록하는 검문, 진주, 인삼, 은, 돈 등 수십 종류가 넘는 밀반입 금지 물품 소개, 그럼에도 물건이 넘어가고 넘어오는 게 용하다는 소감, 범죄가 드러나면 경중에 따라 곤장을 맞거나 귀양, 심하면 그 자리에서 목매달아 죽일 거라는 경고'가 있습니다.

압록강은 백산(=장백산=백수산)으로부터 시작하며 물빛이 오리의 머리처럼 푸른색이라 하여 압록강이라고 부르는데 원래는 마자수라는 기록이 있다고 합니다.

출발지부터 가는 도중에 만나는 사람과 풍경묘사가 상세하고 재미있습니다. 지나가는 청나라 사람의 복장과 수염에 맺힌 이슬까지 묘사합니다. 사실 묘사뿐 아니라 생각과 느낌에서 선진문물에 놀란 작가의 감상과 실학사상이 드러납니다. 매 순간 감상문입니다. 그 시절 청나라 연경 여행기입니다. 보고 들은 내용이 절반이라면 청나라 사람들과 나누는 필담 문답이 나머지 절반이라 하겠습니다.

해학과 풍자를 통해 세상을 날카롭게 비판하는 작가의 필력을 존경합니다. 이런 분이 지금 우리 곁에 계신다면 얼마나 좋을까 생각합니다.

고등국어에 나오는 「호질(虎叱)」 요약입니다.

깊은 산중 대호(大虎)가 배고픕니다. 마을로 내려가서 한 사람을 잡아먹어야 하겠는데 누굴 잡아먹을까 생각합니다. 의원은 사람을 치료보다 죽인 숫자가 많을 것 같아 기분 나쁩니다. 무당은 신(神)을 빙자해서 백성을 속이는 인물이라 기분 나쁩니다. 선비는 제 위신과 공로를 치장하는 꼬락서니가 기분 나쁩니다.

곰곰이 생각하니 인격 고매하고 도학이 높은 북곽 선생이 살고 있습니다. 또한 현숙하고 단정한 용모에 절행 높은 정절녀 동리자가 살고 있습니다. 두 사람 모두 천자가 칭송하고 제후들이 사모하는 인물입니다. 여인은 잡아먹기가 그렇고, 북곽 선생이나 잡아먹을 결심으로 대호(大虎)가 내려옵니다.

한데, 이게 무슨 일입니까! 한밤중 북곽 선생님이 동리자 집에서 밀회를 즐기고 있는 것입니다. 정절로 소문난 동리자도 아들 다섯의 아비가 다 다르답니다. 점입가경입니다. 마침 밖에서 놀던 동리자의 아들이 들어오는 소리가 납니다. 북곽 선생이 급하게 되었습니다. 동리자의 아들들을 피해 달아나다, 허둥지둥 뒷문 앞 똥통에 빠지고 맙니다. 똥통에서 허우적거리다 간신히 빠져나온 북곽 선생님! 이 꼴을 대호가 떡~하니 지켜보고 있습니다.

"아~이~구~ 산중호걸 호랑님 평소 사모하여 뵙고 싶었나이다. 목숨만 살려주십사" 비는 그 꼴이 너무 더러워 에~라잇~ 대호는 산으로 올라갑니다. 마침 지나던 동네 사람이 뭘 하시느냐 여쭙자 북곽 선생이 말합니다.

"어험~자고로 사람이란 천지를 공경할 줄 알아야 하고 인륜을 알아야 한다."

당대 일부 지도층의 가증과 위선, 다중인격을, 호랑이의 시선으로 비판한 연암 선생의 호질문입니다. 사람의 외면이나 외물에 현혹되지 말자는 내용입니다. 일상에 참된 모습과 진실성을 설파하는 실학자입니다.

「허생전」을 요약합니다.

가난한 허생이 7년 가까이 글만 읽고 있습니다. 먹고 살기 급한데 하릴없이 글만 읽지 말고 돈 벌어오라는 아내 잔소리에 집을 나섭니다. 다짜고짜 한양에 제일 부자 변씨에게 만 냥을 빌립니다.

그 돈으로 전국의 과일과 말총을 싹쓸이합니다. 품절 현상이 일어나자 가격이 열 배씩 상승합니다. 단숨에 백만 냥을 법니다.

변산에 떠도는 도적 떼를 무인도에 데려가 살 수 있도록 도와주고, 나가사키 기근을 도와주면서 은 백만 냥을 또 법니다.

조선 땅 경제가 만 냥에 좌우되다니 한탄합니다. 돌아다니며 어려운 이들을 도와줍니다. 변 부자에게 원금도 갚습니다. 남은 돈 50만 냥을 바다에 버리면서 하는 말이 압권입니다.

"바닷물이 마르면 가져가는 자가 있겠지!"

주제가 무엇일까요.

양반의 학문이 수양과 자아 성취보다 입신양명에 있다는 점입니다.

일부 상인들의 매점 매석이 경제 발목을 잡고 있다는 점입니다.

도적으로 전락한 백성들의 참상입니다. '북벌론'이라는 거대한 명분이 충의보다 저들의 권력 유지에 불과하다는 비판입니다. 얼마 후 허생은 사라집니다. 누구도 그의 간 곳을 모릅니다. 결코 바뀔 수 없는 현실에 대한 비애를 이렇게 마무리합니다.

「양반전」 요약합니다.

정선 고을에 역시 글만 읽는 양반이 등장합니다. 일은 안 하고, 먹고 살자니 빌린 관곡이 천 석입니다. 관곡은 국가의 곡식을 말합니다. 수년 간 먹었으나 갚을 길이 막연합니다. 마침 동네에 비천한 부자가 있습니다. 양반의 빌린 관곡을 갚아 주는 대가로 서로 신분을 바꾸기로 합니다. 정선 군수가 문건에 수결을 하고 양반이 된 부자에게, 양반의 역할과 행동을 알려 줍니다.

> 양반은 고상해야 한다. 새벽 4시에 일어나 주변을 잘 정돈하고 정신을 맑게 가다듬는다. 가지런하고 꼿꼿한 자세로 글을 읽는다.
> 아무리 급해도 달리지 않는다. 아무리 추워도 곁불 쬐지 않는다. 농사나 장사 같은 것 안 한다. 퉤퉤 거리며 돈 세지 않는다. 문사나 섭렵하다 문과에 오르면 그게 돈주머니다. 가난해도 양반이면 이웃집도 내 맘대로 부려 쓸 수 있고, 마을 사람이 곧 일꾼이라 내 맘대로 부릴 수 있다. 만약 거역하는 자가 있으면 잡아다 코에 잿물을 들이붓고 머리끄덩이를 돌려도 원망할 수 없다.

양반이 되려던 부자가 문서를 보니 양반이란 게 도둑놈과 다를 바 없으니 그만두겠다고 포기합니다.

군수 입장에선 관곡을 채웠으니 됐습니다. 부자는 스스로 양반이 되지 않겠다고 했으니까 문제 될 게 없습니다. 문서에는 양반이 상인이 되었을 때 행위는 설정하지 않았으니 됐습니다. 앞으로 살던 그대로 살면 됩니다.

군수도 양반인지라 양반 편을 드는 것이지요. 연암 선생은 가난한 양반의 아내를 통해 허울뿐인 양반의 궁색함을 말합니다. 부자를 통해 양반의 비정 비리를 고발합니다. 양반을 사고파는 신분 질서의 파괴를 고발합니다. 결국 초록동색(草綠同色), 양반은 양반 편입니다.

북학의(北學議)

　조선 정조 2년 실학자 박제가(朴齊家, 1750~1805)가 청나라에 다녀온 후 그들의 풍속과 제도를 기록한 기행문입니다. '북학'이란『맹자(孟子)』에 나오는 말로 중국의 선진문물을 배운다는 뜻을 담고 있습니다.

　내·외편 각 1권으로 되어 있으며, 1편은 일상생활의 기구와 시설 개혁을 제시합니다. 2편은 상공업 발전과 농업경영을 개선해서 생산력을 늘리자는 내용입니다. 당시는 북벌론이 팽배하던 시절이라 청나라의 문물을 받아들이자는 주장은 위험할 정도로 혁명적 사상이라 하겠습니다. 1778년 간행되었으니 연암 박지원의『열하일기』보다 2년 앞선 기행문입니다.

　북경에서 돌아온 연암 선생이 박제가의『북학의』를 읽고 감탄합니다.

　"재선(박제가)은 나보다 먼저 북경에 들어갔던 사람이다. 그는 농사짓고, 누에치고, 가축을 기르고, 성을 쌓고, 집을 짓고, 배와 수레를 만드는 일에서부터 기와를 굽고, 대자리를 짜고, 붓과 자를 만드는 일에 이르기까지 눈으로 헤아려 보고 마음으로 비교해 보지 않은 것이 없었다. 눈으로 보지 못한 것이 있으면 반드시 물어보았고, 마음으로 깨닫지 못한 것이 있으면 반드시 배웠다. 시험 삼아 내가 쓴『열하일기』와 비교해 보니 조금도 어긋나는 것이 없어, 한 사람의 손에서 나온 것 같았다."

　뜻이 같은 학자들이 같은 장소를 다녀와서 각자의 생각을 쓴 글이 똑같다는 이야기입니다. 서로가 얼마나 즐거운 가짐으로 글을 보여 주며 공감의 대화를 나누었을지 짐작합니다. 등잔 심지를 돋우며 손뼉을 치면서 좋아했다는 소감입니다. 우리의 이야기를 남들은 믿지 못할 거라, 아니 어쩌면 화를 낼지 모르겠다는 독후 감상입니다.

　실학자들의 실학사상이 여기에 있습니다. 실학은 임진왜란과 병자호란을 겪고 난 후, 양반 중심 사회의 모순을 바로잡고 민생을 안정시켜야 한다는 자각에서 싹이 틉니다. 우리 실정에 맞는 새로운 사상을 정립하고 실생활에 활용할 수 있는 학문을 배우자고 주장합니다. 실사구시와 이용후생입니다. 박제가, 박지원, 이수광, 유형원, 이익, 이덕무, 안정복, 박세당, 홍대용, 정약용 선생의 선견지명입니다. 위대한 선각의 발자취를 찾아가다 보면 존경하고 또 존경하며 감탄할 따름입니다.

귀인

> 장량의 자는 자방(子房). 할아버지와 아버지는 한(韓)나라 소후(昭侯)·선혜왕(宣惠王) 등의 5대에 걸쳐 승상을 지냈다. 진(秦)이 한을 멸하자 그는 자객들과 사귀면서 한의 회복을 도모했다. 박랑사(博浪沙, 지금의 허난성[河南省] 위안양[原陽] 남동쪽)에서 진의 시황제(始皇帝)를 공격했으나 실패했다. 전설에 따르면 하비(下邳, 지금의 장쑤성[江蘇省] 쥐닝현[睢寧縣] 북쪽)에서 황석공(黃石公)을 만나 『태공병법(太公兵法)』을 얻었다고 한다. (백과사전)

바로 그 『태공병법』을 얻는 장면을 읽고 있습니다. 춘추전국시대 말기입니다. 장량이 전국을 떠돌면서 선현들을 찾아뵙는데 어느 날 강가를 걸어갈 때입니다. 누더기를 걸친 노인이 곁으로 다가오더니 일부러 신발을 다리 아래로 떨어뜨리며 장량에게 주워 오라고 합니다. 울컥 화가 치밀었지만 상대가 노인인지라 지그시 참고 다리 아래로 내려가 신발을 주워 옵니다. 노인은 한술 더 떠서 신발을 신겨 달라고 합니다. 장량은 말없이 공손히 신발을 신겨 줍니다. 노인은 꽤 쓸만한 젊은이라며 닷새 뒤에 이곳에서 만나자고 말합니다. 장량이 닷새 뒤에 나가니 노인이 먼저 와 기다리며 늦었다고 화를 벌컥 내며 다시 오라 합니다. 닷새 뒤에 갔더니 또 늦었다며 다시 오라 합니다. 다시 닷새 뒤, 다시 닷새 뒤… 몇 번을 시험하더니 드디어 책 한 권을 내어 줍니다. 읽다 보면 말도 안 되고 괜히 성질나는 장면입니다. 하지만 그것이 바로 태공망(=강태공)이 쓴 '육도삼략' 병서라 합니다. 그렇다면 말이 됩니다. 말도 그렇고 글도 끝까지 읽어야 합니다. 장량은 육도삼략을 전부 외울 때까지 읽었습니다. 하여 훗날 한(漢)나라를 세운 유방의 군사(軍師)가 되었다는 전설입니다.

고전을 읽다 보면 유사한 내용이 나옵니다. 비슷한 듯 다른 내용이고, 다른 듯 비슷한 면입니다. 보잘것없는 인사가 신비한 도술을 전해주는 경우가 있고, 됨됨을 시험하기 위해 다 각도로 인내심을 확인하는 귀인의 등장입니다. 우리들의 어릴 적 귀인 상급은 백마 탄 왕자입니다. 멋진 외모 하나면 족합니다. 나는 일찍 독서에서 철이 들었는지 다수를 위한 백마 탄 초인을 기다린 것 같습니다.

옛사람들은 고전에서 인간학을 배우며 자신을 다스리고 높이는 공부를 했습니다. 확고한 인생관이나 윤리관으로 조그만 이해관계 정도는 간단히 뛰어넘습니다. 이를 바탕으로 지나온 생을 관조하자면 언제까지 귀인을 기다릴 게 아닙니다. 자신이 누군가에 귀인이 되는 길입니다. 이런 상대적 감각은 독서를 통해 성장합니다. 귀인까지는 아니라도 살아가는 동안 현재에 긍정의 지침이 된다면 좋겠습니다. 지침까지는 못되더라도 누군가에게 한 자락 도움이 된다면 다행입니다. 그도 아니면 잠시 잠깐 작은 즐거운 기운이라도 되었으면 합니다. 더러는 농(弄)을 일삼은 인사마저 너그러이 넘길 줄 아는 그런 품성을 키워보는 것입니다.

양생법(養生法)

「양생도인술(養生導引術)」에서는 매일 마시는 물의 중요성을 강조합니다. 맑은 호흡과 알맞은 식습관 꾸준한 운동입니다. 생체리듬을 위한 천기가 나오고 종합적 감각 행위를 손꼽습니다. 사람은 본래 이성과 감성을 지니고 태어나는데 이성(理性)을 위해 감성(感性)을 억제할 필요가 있습니다. 이런 이기이원론(理氣二元論)을 주장한 퇴계 선생은 양생의 하나로 좌공법을 설명합니다.

가부좌를 하고 앉아 눈을 감고 마음을 가라앉히며 잡념을 없앱니다. 이어지는 일련의 방법은 일반인(凡人)들이 실생활에 접하기엔 무리가 있어 보입니다. 양생에 관한 기록을 접하다 보면 시대를 불문하고 반복된 구문을 볼 수 있습니다. 옛사람이나 현대인들이나 항상 건강을 염두에 둠을 알 수 있습니다.

법정 스님의 『텅 빈 충만』에서 합리적인 식사를 강조한 바 있습니다. 몸이란 그 사람 마음의 그림자라고 합니다. 몸에 좋은 것이라면 이것저것 찾아다니며 먹는데 그러지 말라 합니다. 음식이란 누구에게나 똑같이 유익한 것이 아니라 사람마다 체질이 다르니까 무조건 따르는 것이 아닙니다. 사상의학이지요. 더구나 과식 과음 후 이를 치료하기 위해 약을 찾는 미련한 행위를 훈계합니다. 전쟁이나 천재지변 또는 배고파 죽는 사람보다, 많이 먹어 죽는 현대인들에게 날리는 일침입니다. 그리고 먹는 것만큼 정신에도 양분을 주라는 권고입니다.

『맑고 향기롭게』에서는 휴정 선사의 『선가귀감』을 들어 양생법을 설명합니다. 제일은 수본진심제일정진(守本眞心第一精進) 본래 가지고 태어난 천진한 마음을 지키는 것입니다. 퇴계 선생의 이기(理氣)와 같은 맥락입니다. 사람은 저마다 자기답게 그 빛깔과 특성을 마음껏 드러내야 합니다. 그래야 사회적인 존재로서도 가치 있습니다. 교육이며 인습의 굴레에 함께하더라도 남을 닮으려 하지 말고, 자기 본성에 따라 행할 때 즐거운 것입니다. 억지나 근심이 없으면 자연스레 즐거움과 건강이 따른다며 마음가짐의 안정에 역점을 두고 있습니다.

모두 옳은 내용입니다. 물가(物價)와 생활에 일희일비하는 일상에는 자기 빛깔이라든가 특성이란 말이 허공에 메아리처럼 들릴지 모르겠습니다. 덜먹고, 덜 입고, 더 이상 아낄 방법이 없는 서민들에겐 양생 무엇이냐고 반문할 노릇입니다. 그럼에도 불구하고 살아있는 자체가 양생이니 양생을 말하는 것입니다.

자재(自在)

김굉(1739~1816)이라는 선비가 하항(1538~1590) 선생이 쓴 글에 일부를 발췌한 글입니다. 하항처럼 과거에 급제하고도 벼슬에 나가지 않은 선비들이 참으로 많습니다. 초야에 묻혀 살면서 후학을 위한 교육을 하면서 제자를 양성하고 문하 대대로 존경받는 분들입니다. 우리도 책을 읽다가 밑줄을 긋거나 공책에 옮겨 쓰듯이 선인들도 좋은 글을 옮겨 쓰고, 또는 좌우명처럼 여긴 듯합니다.

황권중자유엄사외우(黃券中自有嚴師畏友) 책을 읽다 보면 엄격하고 준엄한 스승의 호된 말씀처럼 화들짝 놀랄 때가 있습니다. 진실한 벗의 충고처럼 귀한 문장을 만나면 가슴이 철~렁~ 강한 울림을 주기도 합니다. 이독자아진언착료(而讀者以陳言看了) 그런데도 그저 옛글이고 옛사람의 말이니까 진부할 거라는 생각에 대충 읽고 지나치는 경우가 없지 않습니다. 고무득력처(故無得力處)라. 뜻을 생각하며 새로운 가짐으로 읽다 보면 번쩍 정신이 돌아오고 말씀의 물결이 마음을 적십니다. 스쳐 지나간 글들은, 글에 힘을 잃은 것이 아니라 내 눈과 귀가 막혀 눈에 들어오지 않을 뿐입니다. 이렇게 눈앞에 영약을 두고 다른 곳에서 처방문을 찾느라 헤매는 모습이 얼마나 어리석은 짓인지 자책할 때가 있습니다. 그 말을 공감하며 옮겨 쓴 글을 후대에 이어져 교훈이 되는 것입니다.

위학지방 구재방책(爲學之方 具載方冊) 학문하는 방법은 책 속에 자세히 실려 있습니다. 방법을 모르는 것이 아니라 마음가짐이 문제입니다. 훌륭한 서책과 스승이 필요하지만 배우고자 하는 이의 마음가짐이 먼저입니다. 명언이나 명작에 감동하는 이는 따로 있다는 말입니다. 자기 성장형이라고 합니다. 스스로 발전하려는 기질입니다. 이런 가능성을 교육이라고 하는 이가 있고, 유전이라고 하는 이가 있습니다. 둘 다 맞다고 봅니다. 성현의 글을 줄줄 외우고, 사람들의 눈길을 끌어당기는 화려한 글을 쓴다 한들 마음이 바르지 못하면 소인지유(小人之儒)에 그치고 맙니다. 티끌 같은 지식으로 아는 척하지 말고 언제까지나 배우는 자가 되라는 구(句)절입니다. 살아있는 동안은 언제나 학생이라, 배움의 끈을 놓치지 말아야겠습니다.

심입천출(深入淺出)은 심오하고 어려운 내용을 자세하게 풀어서 모두가 알기 쉽게 해석한다는 의미입니다. 가르치는 이가 먼저 상세히 해독하고 의미를 파악해야만 전달이 쉬워집니다. 학생들을 지도해 본 사람이라면 잘 알 것입니다. 지도하는 이가 학습 내용을 모르면 설명이 어려워집니다. 이말 저말 뒤섞어 중언부언하다가는 자기가 말하고도 모릅니다. 괜히 화를 내기두 합니다. 그러니 하습자는 더욱 이해하기 힘들 것입니다. 미리 준비하지 않고 맹목으로 읽어내리다간 시간만 흘려보낸다는 것을 깨닫습니다. 내용보다 형식이 많았던 고단한 하루, 잘못된 점을 되돌아보며 맑은 심성을 위해 성현의 말씀으로 다독입니다.

공자가 죽어야 나라가 산다

유교의 중요한 덕목인 삼강이며 오륜을 보면 군신유의, 부자유친, 부부유별, 장유유서, 붕우유신에서 붕우를 제외하고는 상하 위계질서로 이루어졌습니다. 남존여비 상례 숭배, 무한책임의 효(孝) 사상의 위계적 규범과, 자유롭고 평등한 시민적 가치와는 공존하기 힘들기에 현대생활로는 불협화음입니다. 오늘날 사회생활에서 발생하는 분쟁의 경우 법과 원칙에 기준을 둡니다. 누구의 주장과 권리가 정당한가를 가름하는 법치가 기본이고 절대입니다. 유교적 사회에서는 분쟁의 경우, 타협과 중재로써 분쟁을 해결하는 방식이 주류를 이루었습니다.

웬만하면 이해하고 좋은 게 좋은 것이니 참는 게 미덕이었습니다. 이러한 관행은 오늘날 가장 문제시되는 연고주의의 유래로서, 법과 원칙의 시각에서 보면 전 근대적이고 비민주적일 수밖에 없습니다. 지역 이기주의, 학벌과 혈연주의 등 아직도 이어지고 있는 커다란 문제입니다. 이런 관습적 분위기는 바로 유교적 사회의 불합리한 문제 해결 방식에서 비롯되었다는 의미로 연전 '공자가 죽어야 나라가 산다'는 제하의 글이 나왔습니다. 처음 제목만 보고는 깜짝 놀랄 만큼 불경스럽게 봤습니다.

법치보다 힘과 핏줄이 앞서는 사회, 권위 의식으로 타협이 불공평하고 불투명한 점을 지적합니다. 타문화를 배타히고 국수주의 우월성을 지니고 있어 열린 마음이 부족하다는 의미입니다. 다문화 시대로 도래하는 즈음 더욱 필요한 것이 유연한 태도와 공존의 자세입니다. 역사 해석에 있어서도 민족 우수성보다 나라별 역사 문화의 다원성을 인정해야 한다는 점입니다. 그런데도 이러한 우리 사회의 불합리성 대부분이 유교 사회의 잔재에서 비롯되었으므로, 정서적 바탕인 공자 사상이 죽어야 나라가 산다는 것입니다. 수백 년 인습을 아예 없애자는 게 아니라 현실에 맞도록 조정하자는 게 논의의 핵심입니다. 그러나 이런 문제 제기에 타당성은 인정받았다 하더라도 이어지는 대안에 대해서는 공감보다 반의성 질의가 쏟아져 나온 셈입니다.

우리 사회 불합리성의 근원이 과연 유교에 두는 것이 타당한가요! 조금 심하게 말해서 유교 정신 때문에 나라가 망했나요!

일제 강점기며 미 군정기, 자유당 독재, 군부독재를 비롯해 근현대 과정의 병폐는 어떻게 설명할 수 있을까요!

서구 계몽주의는 전면 타당한 것인가요! 유교적 가치와 군자 선비의 이상은 잃어버린 향수에 불과한가요!

이런 논란 속에서 한편, 공자 사상의 중심인 선비 사상의 부활과 존속을 주장하는 이들이 있습니다. 그래도 나라의 근간을 지탱한 정신적 주체이며 사회 지도층이며 엘리트라는 점입니다. 이들에겐 도덕적 엄격성과 자기 절제력이 요구되었습니다. 사회규범과 가치관이 투철하였습니다. 경제적 공평성을 중시했고 도덕적 명예를 우선시하였습니다. 비대해지는 우리 공적 사회 공인(公人)들에겐 이런 자세가 매우 의미 있는 지침이 될 수 있습니다. 결국 공자 사상을 폐기 처분하자는 관점보다 새로워지는 사회질서에 맞게 논의의 장으로 펼쳐 보자는 주장에 동조합니다.

훈자오설(訓子五設)

강희맹(姜希孟, 1424~1483)은 태평성대에 태어나 훌륭한 문장과 시, 서, 화에 능한 문신입니다. 부지런하고 치밀한 성품에 공정한 정치를 하여 세종 때부터 성종 조까지 모두 총애를 받은 분입니다.

『훈자오설』은 아들에게 가르침을 주고자 직접 지은 소설입니다.

다섯 가지 예화를 보면 「도자설(盜子設)」, 「담사설(啗蛇設)」, 「등산설(登山設)」, 「삼치설(三雉設)」, 「요통설(尿)」로 되어 있습니다. 이 가운데 「도자설」은 국어 교과에 수록되어 있습니다.

「도자설」을 요약합니다.

도둑질로 먹고사는 아비가 제 아들에게 도둑질을 가르칩니다. 잘 보고, 듣고 살피며 값이 비싼 물건을 민첩하게 훔치는 요령을 가르칩니다. 아들이 실전을 몇 번 하더니 아비에게 더 이상 배울 것이 없다고 큰소리치며 말을 듣지 않습니다. 그러자 아비 도둑이 아들이 도둑질하는 현장에 가둬 놓고 도망쳐 버립니다. 부잣집 광속에서 발각되어 온갖 술수로 간신히 살아 돌아온 아들에게 임기응변을 칭찬합니다.

「삼치설」은 꿩 잡는 이야기입니다. 산비탈이나 산기슭에서 꿩을 잡는데, 단번에 잡히는 어리석은 꿩이 있고, 두세 번은 노력해야 잡는 것이 있고, 아주 약아빠져서 못 잡는 경우도 있습니다. 꿩을 통해서 경솔함과 탐심과 주의력 부족을 일깨우는 예화입니다.

「담사설」은, 약초 캐는 이가 뱀 먹는 이를 만납니다. 처음엔 뱀을 먹는 자가 무섭고 더러워 거리를 두고 지내다가, 점점 가까워집니다. 은연중에 자신도 뱀을 먹게 되고 그 맛에 취하여 부끄러운 줄 모르고 찾아먹고 즐깁니다. 더러운 재물도 이와 같으니 옳지 않은 재물에 현혹되지 말라는 가르침입니다.

「등산설」은 승목설(昇木設)이라고도 합니다. 산에 오르는 이야기입니다. 다리가 불편하고 느릿한 큰아들보다 발 빠르고 건강한 둘째가 산에 잘 오르고 나무도 잘합니다. 늘 높은 산과 큰 나무를 오르내리다가 실족하여 크게 다칩니다. 자기 형편대로 낮고 안전하게 살아가는 것이 좋다는 큰아들의 입장이 주제가 되겠습니다.

「요통설」은 오줌통 이야기입니다. 관가에서 시장 후미진 곳에 급한 사람을 위해 오줌통을 설치합니다. 선비나 양반들은 사용하지 않는 것이 예법으로 묵시되어 있습니다. 그런데 모자란 양반집 도련님이 허구한 날 그곳에다 오줌을 눕니다. 사람들은 못 본 척합니다. 훗날 아비가 죽자 사람들이 대하는 태도가 달라집니다. 오줌 누는 아들에게 기왓장을 던지고 돌멩이도 던지며 조소합니다. 같은 행동인데 왜 이렇게 인심이 아들은 다른지 의아합니다. 죽도록 얻어맞고 집에 와서 생전 아버지가 남긴 말씀을 생각합니다.

'세상의 웃음 속엔 칼날이 숨겨져 있고, 부모의 성냄 속엔 사랑이 담겼구나!'

오랜 시간 학생들을 대하다 보면 가끔 「요통설」의 아들처럼 제멋대로인 모습을 발견합니다. 규칙, 배려, 인내심과 도덕심이 부재중입니다. 부모의 후광, 부모의 보살핌이 아니라면, 저 자녀가 훗날 세상을 어떻게 살아갈지 미래가 암담한 경우입니다.

거위의 꿈

　예전에 어떤 사람이 물가에 노니는 거위 한 마리를 잡아 집에 데려왔습니다. 잡아먹기엔 너무 야위어 당분간 기르려고 이것저것 먹거리를 잘 챙겨 주었습니다. 거위는 불에 익힌 음식을 아주 잘 먹더니 금 새 몸이 불어났습니다. 급기야 뒤뚱뒤뚱 뚱뚱해지니 날기는커녕 걷기도 어렵게 되었습니다. 얼마 후 잔치에 쓰면 되겠구나 생각하는데, 어느 날부터 거위가 음식을 먹지 않는 것입니다. 주인은 거위가 탈이 났는가 싶어 다른 먹거리로 바꿔 주지만 여전히 음식을 거부합니다. 열흘도 더 지났습니다. 날로 여위어 가는 거위가 안쓰러워 밖으로 돌아다니게 내어놓았습니다. 그러자 거위는 제 살던 곳을 향해 바로 날아가 버렸습니다.

　성호사설의 저자 이익 선생의 거위 이야기입니다. 선생은 '거위가 참으로 지혜롭구나! 당장 맛난 음식을 거부하고 자기 자신을 잘 지켰으니.' 사람들이 바로 새겨야 할 대목이라 하였습니다. 세상에는 옳지 않은 남의 음식을 덥썩 받아먹다가 몸을 살찌우고 병들어 망가지는 경우가 많으니 거위를 본받아야 한다는 게 이 글의 주제입니다.

　내 어릴 적만 해도 못 먹어서 문제지, 너무 먹어서 문제가 되는 경우는 드문 현상이었습니다. 60년대 산업화와 함께 채식에서 육식 위주로 식생활이 바뀌며, 먹어서 죽는 역설이 현실이 되었습니다. 심장병, 뇌졸중, 암, 동맥경화로 인한 질병 원인은 모두 동물성 지방 과다 섭취로 봅니다. 육식 문화권에서 채식 문화권에 비해 50배나 발병률이 높다는 게 미 공중위생국의 보고서입니다.

　잠을 못 자게 괴롭히며 키운 닭을 우리가 먹습니다. 태어나자마자 거세되고 약물에 주입된 소들이 각종 살충제 제초제를 포함한 농약에 절인 곡물을 먹고 살을 찌웁니다. 우리는 이 고기를 먹습니다. 먹어도 많이 먹습니다.

성호 선생은 거위에 예화를 통해 먹어서는 안 될 음식을 받아먹고 잡혀 죽지 말라 가르칩니다. 받아서는 아니 될 뇌물을 받고 치욕을 당하지 말라는 의미입니다.

목계(木鷄)

싸움닭을 만들기로 유명한 기성자란 사람이 있었습니다. 그는 왕의 부름을 받고 싸움닭을 훈련시키게 되었습니다. 열흘이 지나 대충 훈련이 되었는지 왕이 물었습니다. 그러자 기성자는 닭이 지금 한창 허장 허세를 부리고 있다고 대답합니다. 다시 열흘이 지나 왕이 묻습니다. 기성자가 답하기를 '다른 닭의 울음소리나 그림자만 봐도 덮치려고 난리를 칩니다. 그러니 아직 멀었습니다.' 다시 열흘이 지나 왕이 묻습니다. '아직도 훈련이 덜 되었습니다. 적을 노려보기만 하는데 여전히 지지 않으려는 태도가 가시지 않습니다. 그리고 또 열흘이 지나자 이번에는 기성자가 먼저 왕에게 아뢰었다. '이제 대충 된 것 같습니다. 상대 닭이 아무리 소리를 지르고 덤벼도 전혀 동요하지 않습니다. 멀리서 바라보면 흡사 나무로 만든 닭 같습니다. 다른 닭들이 보고는 더 이상 반응이 없자 다들 그냥 가버립니다.

망지사목계, 기덕전(望之似木鷄, 其德全) 장자가 고사에서 말하고자 하는 최고의 투계는 목계입니다. 첫째, 자신이 제일이라는 교만함을 버려야 합니다. 둘째, 남의 소리와 위협에 민감하게 반응해서는 안 됩니다. 셋째, 상대방에 대한 공격적인 눈초리를 완전히 평정한 모습이 목계의 덕을 가진 모습이라는 것입니다.

싸움닭 중에서 가장 하수는 마음속에 허세가 잔뜩 든 놈입니다. 싸우기 좋아하며 이기려고만 하는 닭은 중수쯤 됩니다. 최고수 싸움닭은 상대가 무어라 해도 동요하지 않는 '목계'와 같습니다.

'낮을수록 커지는 삶의 지혜'에서 나오는 내용입니다. 재능이 칼이라면 겸손은 칼집이라 합니다. 진정으로 낮출 수 있는 사람은 자긍심을 가진 사람입니다. 자긍심의 반대는 허영입니다. 빈 깡통, 빈 수레처럼 요란한 소리가 납니다. 그럴듯한 포장으로 자신의 우월감을 잠시 만족시켜 주지만, 상대에게는 불쾌와 저항감을 줍니다. 갖춘 자의 자긍심은 참을 수 있습니다. 넉넉한 마음으로 나를 낮출 수 있다는 글을 읽으며 어수선한 마음을 가다듬게 됩니다.

또래보다 어린 나이에 초등학교를 들어간 까닭으로 모든 게 부실했습니다. 공부는 그렇다 치고 공기놀이도 못하고 고무줄놀이도 못하고, 달리기도 못하고, 어느 것 한 가지 제대로 하지 못했습니다. 하루는 친구들이 하는 공기놀이에 억지로 끼어 대결하다 우리 편이 지고 말았습니다. 내 탓입니다. 그런 내가 탐탁지 않던 친구가 앉아 있던 나를 뒤로 밀어버렸습니다. 엉겁결에 벌러덩 넘어진 다음 어린 맘에 오기가 생겼던지 그 애와 싸움이 붙었습니다. 머리 하나쯤 큰 아이에 힘도 장사니 애시당초 무모한 싸움입니다. 사정없이 얻어맞았습니다. 그러잖아도 고단하게 생긴 내 얼굴에 군데군데 손톱에 긁혀 피가 났습니다. 나는 얻어맞으면서도 그 애의 머리채를 잡고 죽기 살기로 매달렸습니다. 주위에서 말리고 말려도 나는 끝끝내 머리채를 놓지 않았습니다. 그 애는 머리카락이 한없이 빠지자 결국 울음을 터뜨렸습니다. 나는 울지 않았습니다. 어릴 때 싸움은 먼저 우는 사람이 지는 것입니다. 소문에는 죽도록 얻어터진 내가 이긴 싸움이 되었습니다.

내 몰골을 보신 아버지께서 하신 말씀입니다.

"싸움은 주로 모자란 사람끼리 하는 것인데 수준이 비슷할 때 하는 것이다. 질 것 같거든 덤비지 말고, 이길 것 같거든 그냥 봐 줘라."

조신전(調信傳)

꿈이란 일견 달라 보이는 두 가지 마음을 함께 품고 있는 낱말입니다. 잠자는 동안에 생시와 마찬가지로 체험하는 여러 가지 현상이 그 하나요, 실현하고 싶은 바람이나 이상이 또 다른 하나입니다. 꿈은 마음이 숨겨진 얼개이면서 다가오지 않는 삶의 예고편이라는 생각이 일반화된 믿음입니다. 한편으로, 인생이란 지나고 보면 한바탕 꿈에 불과하니 너무 연연해할 것 없다는 일장춘몽, 한단지몽, 남가일몽 바로 그것입니다. 안평대군의 꿈 이야기를 듣고 안견은 무릉도원을 그렸습니다. 도연명의 「도화원기」도 무릉 이야기입니다. 이태백도 술 한잔 들 때마다 무릉을 노래하곤 했습니다. 가고 싶은 곳이나 찾을 수 없는 무릉도원은 예나 지금이나 한바탕 꿈속에서나 만나는 이상향입니다.

김만중의 『구운몽』과 이광수의 『꿈』에 영향을 미친 『삼국유사』의 '조신전'은 신라시대를 배경으로 합니다. 스님인 조신이 고을 태수의 딸을 본 순간 그 미색에 빠져버립니다. 낙산사 관음보살을 찾아가 그녀와 인연을 맺게 해달라고 빌던 어느 날, 낭자가 조신에게 오더니 그동안 사모했노라며 오히려 동혈지우(同穴之友)를 청합니다. 이런 경우를 두고 불감청 고소원이라고 합니다. 간절히 바라던 소망을 상대가 먼저 말해 주는 상황입니다.

두 사람은 결혼하여 다섯 자녀를 둡니다. 그러나 사랑 하나로 맺어진 생활은 너무 곤고합니다. 이상과 현실을 보여 주는 대목입니다. 평생 찢어진 옷에 초야를 떠돌며 사는 동안 큰아들은 굶어 죽습니다. 부부는 날로 병이 깊어만 갑니다. 하루는 10살 난 딸아이가 밥 얻으러 갔다가 마을 개에 물려 일어나지 못하자 부인이 울면서 말합니다.

"우리가 만났을 때는 이렇게 살려는 게 아니었는데, 함께 죽게 되었으니 서로 헤어져 운수대로 살아 봅시다."

조신도 같은 생각이라며 아이들을 나누어 기막힌 이별을 하려는 차, 꿈에서 깨어납니다.

일어나 자기 모습을 보니 마치 한 일생 고생을 다 겪고 난 것같이 머리가 하얗게 세어버렸습니다. 꿈이라도 하 고생하면 그리되나 봅니다. 사랑이고 재물이고 탐하는 마음이 눈 녹듯 깨끗이 사라졌습니다. 너무나 선명하고 기이한 꿈이라, 죽은 큰아들을 묻었던 자리를 파보니 돌로 된 미륵불 석미륵(石彌勒)이 나왔습니다. 조신은 정토사에 이 석미륵을 모시고 여생을 착한 일에만 기울였다고 합니다. 몽유도원이나 무릉도원을 비롯해 다른 이들의 꿈속 생활은 다시 찾고 싶은 이상향인 데 반해, 조신은 그야말로 만고풍상 갖은 고생길이었습니다. 언감생심, 책임지지 못할 사람을 흠모해서는 아니 된다는 관음보살의 가르침인 모양입니다.

제4장

청산이 좋아라

평생지

평생의 소망을 적었습니다. 장혼(張混, 1759~1828) 조선 후기를 대표하는 탁월한 시인입니다. 문장이 수려하고 시를 좋아하고 음악을 좋아하는 그 곁에는 언제나 제자들이 따라다녔습니다. 당시 자기 이름자를 딴 장혼 자(字)까지 만들어 출판계에 큰 파장을 일으킬 정도로 재능이 뛰어난 분입니다. 활동 반경이 한양인 장혼은 인왕산 아래 옥류동 골짜기에 있는 초가 한 채를 구해, 이렇게 저렇게 꾸미고 살겠다는 이야기가 '평생에 소망'으로 적혀 있습니다.

먼저 집 둘레에는 평소 좋아하는 나무를 심고 계절 따라 피는 갖가지 꽃을 심겠다고 했습니다. 아담한 채소밭도 일구며 일상에 행복을 누리며 살고 싶다는 소망입니다. 마치 다산초당을 그려낸 것 같습니다. 집에 꼭 필요한 정갈한 가구와 도구를 꼼꼼히 적었습니다. 하고 싶은 34가지 일상인데요. 그대로 청아합니다. 그중에 맑은 복 여덟 가지를 말합니다.

태평시대에, 한양에 사는 것, 문자를 이해하고, 글줄이나 읽을 줄 아는 선비라는 것, 산수가 아름다운 풍경 한 곳을 가지고 있는 것, 꽃과 나무 천여 그루를 가진 것, 마음에 맞는 벗을 얻는 것, 특히 좋은 책을 소장한 것이라 했습니다. 그야말로 범사에 감사하는 정신입니다. 장혼 선생의 이야기를 접하다 보니 내 전생이 장혼이었던가! 교정 없이 그대로 접목해도 될 만큼 그분의 소망이 내 소망과 같습니다.

그가 또 말하기를 '그립던 벗이 찾아오면 벗과 함께 다정한 담소를 나눌 것이요, 홀로 머물 땐 낡은 거문고를 어루만지고 옛글을 읽으면서 그 사이를 누웠다 올려다보면 그만, 마음이 내키면 나가서 산기슭을 걸어

다니면 그만, 흥이 도도해지면 휘파람 불고 노래 부르면 그만, 배가 고
프면 내 밥을 먹으면 그만, 목이 마르면 내 우물의 물을 마시면 그만, 추
위와 더위에 따라 내 옷을 입으면 그만, 해가 지면 내 집에서 쉬면 그만
이다. 비 오는 아침과 눈 내리는 한낮, 석양과 새벽 달빛, 이토록 그윽한
신선 같은 삶의 정취를 다른 사람들에게 이야기 해준 들 이해하지 못하
니 나 홀로 내 천명에 따르면 그만이다.' 선생은 자기 집과 자신의 호(號)
를 아무것도 없는 빈집이라는 뜻의 공공자(空空子)와 이이엄(而已广)이라
고 했습니다. 그의 모든 말과 행동 모두 다 내 맘에 맞습니다.

야언초

「야언초」는 조선 선조, 인조 때 명신 신흠(申欽, 1566~1628) 상촌(象村)
의 수필입니다. 현대의 수필처럼 한 가지 주제가 아니고, 느낌이 있을 때
마다 짤막한 단상을 적은 일기 형식입니다. 광해군의 계축옥사와 연루
되어 파직을 거듭하며 영의정까지 이른 인생로가 그의 문학 안에도 면
면히 담겨 있습니다. 특히 시와 산문에 뛰어난 당대 한문학 사대가의 글
이라는데 관점을 두고 몇 부분을 공유합니다.

제병개가의 유속불가의 의속자유유서(諸病皆可醫 惟俗不可醫 醫俗者唯有
書) 대부분 병은 의술로 고칠 수 있으나 속된 병, 천박함은 의술로 고칠
수 없다는 말입니다. 천박한 기질은 오직 책으로 고칠 수 있다고 말합니
다. 그 옛날 옛적 어른들도 독서란 아무리 해도 이로움이 있을 뿐이지
해로움이란 없다고 말씀하십니다.

어린 시절 독서는 학문에 수단으로 보이지만, 나이 들어서 보면 독서량이 많은 이와 책을 멀리한 사람 사이에 기품은 천양지차입니다. 산수계곡, 꽃과 대나무, 바람과 달빛을 즐기는 것, 단정히 앉아 고요히 입을 다물고 있으면, 여기에도 오로지 이로움이 있을 뿐 해로움이란 없습니다. 차를 끓여 향이 맑은데 마침 친한 손님이 찾아오면 기쁜 일입니다. 새가 지저귀고 꽃이 피고 질 때는 사람이 적을수록 유연자적(悠然自適)입니다. 참된 생, 깨끗한 물은 순수하여 향취가 없는 법입니다.

의진언지자(意盡言止者) 뜻이 다하여 말이 그친 것은 천하에 지극한 말입니다. 듣기 좋은 말도 여러 번이면 뜻을 잃기 때문입니다. 진언지이의부진(盡言止而意不盡) 말이 그치고도 뜻이 다하지 않은 것은 더욱 지극한 말이 됩니다. 나는 이 부분에서 반복을 거듭하고 있습니다. 할 말만 하고 부연을 줄이는 것이 간결한 대화법이라 여겼는데 상촌(象村) 선생은 말의 여운을 강조하십니다. 시를 짓는 것도 자기 역량에 알맞으면 즐거운 일인데 굳이 넘치게 보이려고 애쓰다 보니 괴로움이란 말입니다. 술에 취하고 사람과 정(情)을 나누는 것도 사단이 나는 것은 늘 넘치기 때문입니다. 넘치는 것보다 조금 모자란 게 낫다는 과유불급이 여기에 있습니다.

그다음은 일일일선(一日一善)입니다. 하루 한 가지 선한 일을 했거나, 선한 말을 했거나, 선한 사람을 보기라도 하여 마음에 귀함을 얻었다면 오늘 하루는 헛되게 산 게 아닙니다. 화태려자향부족(花太麗者香不足) 무척 고운 꽃은 향기가 모자라고, 화다향자색부족(花多香者色不足) 향기가 많은 꽃은 빛깔이 곱지 않습니다. 그러므로 부귀와 사치스러운 이는, 맑은 기상이 적고, 그윽한 인품의 향기가 있는 이는 모습이 초연합니다. 군자는 차라리 백대(百代)를 두고 향기를 낼지언정 화려한 색을 구하지 않는다고 했습니다.

오우가(五友歌)

내 벗이 며치나 하니 수석(水石)과 송죽(松竹)이라

동산에 달 오르니 긔 더욱 반갑고야

두어라, 이 다섯밧긔 또 더하야 무엇하리

고산 윤선도의 『산중신곡』에 수록된 '오우가'는 총 6수인데, 첫 번째 수에서 수, 석, 송, 죽, 월(水, 石, 松, 竹, 月)의 다섯 벗을 소개하고 있습니다. 그다음부터는 벗들에 대하여 하나씩 노래합니다. 물은 구름과 바람에 비해 깨끗하고 끊임없이 흐르는 모습이 좋습니다. 바위는 잠시 피었다 지고 마는 꽃과, 잠시 푸르다 이내 변하고 마는 풀(草)에 비해 영원함이 좋습니다. 눈서리를 이기며 사철 푸른 자태를 보여 주는 소나무도 좋고, 풀도 아니고 나무도 아니지만 언제나 푸르고 곧기만 한 대나무도 좋습니다. 한밤중에 만물을 비추며 세상일을 다 보고도 아무 말 하지 않는 달의 침묵이 좋다고 하였습니다.

고산 선생의 다섯 친구는 모두 긍정적 가치를 지닌 자연물입니다. 여기에는 청결과 침묵과 변함없는 모습이 들어있습니다. 아름다움보다는 강직함을 강조하고 있는 것입니다. 자연을 통해서 인륜적 가치를 평가하고 있습니다. 아마도 비정한 현실정치와 그로 인한 인과 관계의 좌절을 은유하고 있는지도 모릅니다.

'한씨의 전'에 의하면 불인(不仁)의 지극함은 불효(不孝)라 했고, 불신(不信)의 지극함은 벗을 속이는 일이라고 했습니다. 신의(信義)가 없는 여러 가지 행위 중에 자기를 신뢰하고 있는 친구를 속이는 짓이 제일 나쁘다는 뜻입니다. 허물없는 사이를 막역지우(莫逆之友)라고 하는데, 막역(莫逆)이란 거역하지 않는다는 뜻입니다. 이제 인생의 후반부로 진입하면서 자산을 헤아리니 뭐니 해도 인간 관계의 비중이 아주 크다는 것을 깨닫습니다. 그동안 여러 사람과 교류해 왔지만, 막역한 벗에 대한 부분에서 자신감이 줄어듭니다. 고산의 다섯 벗 오우(五友)처럼 불변 불굴의 모습을 내 벗들에게 보일 수 있을지 생각하는 시간입니다.

붕우유신(朋友有信)

담양 소쇄원에는 위아래를 대통으로 연결해 놓은 두 개의 연못이 있습니다. 연못을 두 개로 연결해 놓은 까닭은 위 연못이 물이 넘치면 아래에서 받아 주고 아래 연못이 물이 마르면 위 연못물을 열어 물을 보내 주기 위함입니다. 가까운 곳에 명옥헌이 있는데 일정상 들르지 못했습니다만, 듣자 하니 그곳에 있는 연못도 상하 두 개로 이루어졌다고 합니다. 강진 다산초당은 연못이 하나로 되어 있는데, 당시 다산초당도(圖)를 보면 연못을 두 개로 만들어 놓은 것을 확인할 수 있습니다.

이렇듯 예전에 초당이나 정자 주변에 연못을 만들 때는 상하로 두 개를 만들어 연꽃을 심고 물고기를 길렀습니다. 작은 텃밭을 일구어 각종 나무와 꽃을 심어 눈을 즐겁게 하였습니다. 가뭄에 물이 마르면 연못물을 이용해 꽃과 나무와 여러 과실에 물을 주고 혹여 화재라도 발생하면 불을 끄기 위해서 사용되었습니다. 그야말로 다목적 연못입니다. 이렇게 서로 이어진 연못을 일컬어 이택(麗澤)이라 합니다. 고울 려(麗)에 가릴 택(澤) 자인데 음(音)은 '이택'이라 합니다. 이때 고울 려(麗)는 '곱다'로 해석되지 않고 '잇다~ 이어주다~ 또는 붙어 있다'로 해석합니다.

학동들과 선비들은 이어진 물길처럼, 상하 연못처럼, 서로 돕고 도와주는 동시에 질차탁마하며 자극과 긱성을 주라는 의미를 부여하는 것입니다.

고려시대 나라에서 장려하는 최고 학문 기관인 국학(國學)에 이택관(麗澤館)이 있었습니다. 조선시대도 이택당 이택계 이택제(齋)가 있었던 것으로 보아 상부상조는 학문의 기초정신으로 보입니다.

이택(麗澤) 정신을 학문은 물론이요, 부부관계, 직장 동료관계로 이어져야 하겠습니다. 말 그대로 잘 가려서 만들어진 곱디고운 인간관계로 이어지면 서로에 도움이 되겠습니다. 지나온 세월 나와 관련된 인연을 돌아보면 한 시기 기쁨이 되는 좋은 사람도 있었지만 진정성까지 연결되지 못하는 아쉬움이 남습니다. 우리 모두는 이택의 물길처럼 누가 상, 하위에 있든지, 보완과 배려의 물길로 이어져 언제까지고 아름다운 연꽃을 피워내는 진실한 인연이길 바라는 마음입니다.

강촌에 살고 싶네

택리지에서 이중환 선생이 말하는 '사람이 살만한 터'를 살펴보면 다음과 같습니다.

'첫째, 땅과 산과 강이 잘 어울려야 한다. 둘째는 그 땅에서 생산되는 것이 좋아야 한다. 셋째는 인심이 좋아야 한다. 넷째는 산새며 강물의 흐름이 조화로워 아름다워야 한다.'

네 가지 가운데 어느 하나라도 모자라면 살기 좋은 곳이 아니란 말씀입니다. 풍수학에서 명당의 요건은 더욱 구체적입니다. 자고로 명당이란 사람이 건강하게 살 수 있는 곳이라 합니다. 영성(靈性)이 맑아야 한다는 것입니다. 건강하게 잘 먹고 잘 자는 것만 아니라, 모쪼록 사람만이 지닐 수 있는 사고의 개념입니다. 택리지에서 지정하듯이 그런 곳이 있다손 치더라도 표면에 보이는 것뿐만 아니라 영성의 기(氣)를 느끼려면 어찌해야 하느냐에서, 동양학자 조용헌 씨는 일단 한번 잠을 자봐야 한다고 주장합니다. 하룻밤이라도 유숙해 보면 잠자리가 개운하다든가, 잠자리가 아주 사납다든가 느낌이 온다고 합니다. 그런데 이 세상 어느 하늘 아래에서 그런 곳이 있단 말인가요! 있다 한들 내 차례까지 올 것인가~ 꿈결 같은 이야기입니다.

산불재고 재선즉명(山不在高 在仙卽名) 산이 높다 하여 모두가 명산인가 신선이 살아야 명산이지. 수불재심 유룡즉령(水不在深 有龍卽靈) 물이 깊다고 전부더냐 용이 살아야 신령하지. 집이 아무리 근사한들 돼지가 살면 돼지우리지. 군자거지 하루지유(君者居之 何陋之有)라. 아무리 누추해도 군자가 살면 누추함이 밝음으로 변하는 것이라고 청빈을 찬양합니다.

다시 말하자면 인생에 달관한 사람은 어디에서 살든지 상관없습니다. 그러나 인생에 달관하지 못한 사람은 사는 공간에 따라 생각이 바뀐다는 말입니다. 나는 작년에 생에 마지막이라는 생각으로 집을 이동했습니다. 오로지 집 뒤 동산을 보고 집을 구했습니다. 크지도 작지도 않은 뒷동산은 비록 인공으로 관리하긴 하나 적당한 숲길이 있고 각종 나무와 산새들이 지저귀는 도심 한복판 공원입니다. 그런데 지난주부터 부여 논산 청양 일대를 다니다 보니 강물 유유히 흐르는 자연부락에 그만 마음을 빼앗기고 말았습니다. 수구초심의 발로인가요! 날이 새면 물새들이 노래하는 곳, 꿈속에 고향 같은 곳, 그런 그림 같은 집을 짓고 싶은 생각으로 가득합니다.

산중일기

내가 머무르는 곳이 청산일 것, 하루하루의 생활이 산중일 것! 휴가답게 공주 영평사에서 방문을 닫아걸었습니다. 전화기도 잠시 쉬게 해 주었습니다.

최인호 씨의 『산중일기』 서문처럼 며칠간 청산이고 산중입니다. 스님과 불자들이 가까이 계시니 아주 적막강산은 아니나, 그간 일상에 비하자면 침묵에 머무르는 셈입니다. 『산중일기』 작가는 침묵이 어려운 것은 아니라, 말을 하되 하지 말아야 할 말을 하지 않는 것이 더 어려운 일이라고 합니다. 문을 걸어 잠그고 깊은 산 속에 숨어 있는 것보다, 사람들 속에서 어울리되 물들지 않음이 더 어려운 일입니다. 깊은 산 속에 있으면서도 마음이 번잡하다면 장터에 앉아 있는 것과 다르지 않다는 의미입니다.

침묵이란 단순히 말을 하지 않는 것이 아니라 마음속에 가득 찬 말을 비우는 것입니다. '글이란 망상의 근원이니 글도 쓰지 말라'던 만공선사의 말씀처럼, 이런저런 글도 쓰지 말아야 침묵이 될 법합니다. 이처럼 어떠한 욕망의 말도 남겨 두지 않는 것이 침묵이라는데 나는 며칠간으로 마무리될 것 같습니다.

'본디 산에 사는 사람들은 산중 이야기를 즐겨 나눕니다. 5월 부는 솔바람 팔고 싶으나 그대들 값 모를까 그게 두렵다'는 선종에서 내려오는 노래처럼 6월 영평사 소나무 숲에서도 값을 매길 수 없는 솔바람이 불고 있습니다. 『산중일기』는 아무도 찾아오지 않는 곳에서 모든 이를 만나려고 산사를 다니는 것이라며, 때마다 느낀 감상을 선문답으로 그려냅니다. 특히 공주 큰오라버니 집에서 머물던 추억과 선방에 대한 여유가 그리워, 망설임 없이 영평사로 택했습니다. 이런 나를 보고 모(某) 씨가 "선생은 독서가 일상인지? 일상이 독서인지?" 모르겠다고 물어온 적이 있습니다. 아마 그 친구는 글을 읽다 말고 솟구치는 내 방랑의 기운을 발견했던가 봅니다.

『산중일기』는 글에 내용뿐만 아니라 행간마다 산사의 풍경 사진이 편안합니다. 까마득하게 멀리 보이는 안개 싸인 절이며, 댓돌 위에 하얀 고무신 한 켤레, 스님들이 삼삼오오 걸어가시는 뒷모습, 대웅전 꽃살 무늬를 보는 것만으로도 수양입니다. 저자는 솔바람 소리가 그리울 때마다 깊은 휴식이 있는 산으로 가고 싶다고 합니다. 나도 그렇습니다. 나이 육십 줄에 이르러서야 때때로 산중인(山中人)임을 느낍니다.

병산서원(屛山書院)

다산 선생이 제자에게 이상적인 생활공간에 대해서 말합니다.

땅을 고를 때는 산수(山水) 아름다운 강과 산이 있어야 좋다고들 한다. 하지만 내가 볼 때는 나직한 산과 시내가 어우러짐만 못하다. 골짜기 입구에 깎아지를 절벽과 기우뚱한 바위가 있으면 좋겠다. 조금 더 들어갔을 때 시(視)계가 환하게 열리면서 눈을 즐겁게 해주는 풍경이라면 복지(福地)다. 중앙에 자리를 잡고 정남향을 향해 서너 칸 띠 집을 짓는다. 그다음 집안 구조며 주변 텃밭과 연못 만들기 철 따라 피는 꽃과 알맞은 유실수를 골라 심는다.

나직한 뒷산을 두고 맑은 시냇물 흐르는 곳에 두 칸 남향집이다. 텃밭에 갖은 채소가 자라고 울타리를 돌며 사철 꽃이 피고 과실이 익어 간다. 연못에는 여러 물고기가 튀어 오르고 서늘한 마루에 앉아 솔바람 소리 벗 삼아 글을 읽는다. 지금은 비록 홀로 지내나 훗날 내 집을 지키며 처자식과 사랑하며 살리라. 산밭에 기장 심고, 무논엔 모를 심어, 힘써 김매고 가꾸어 주면, 가물든 비가 오든 따지지 않겠네. 가을에 어느 정도 추수는 할 것이니.

다산 선생이 귀양살이에 지친 심경과 남은 세월에 대한 희망입니다. 다산초당이 지어지기 전에 쓴 그대로 다산초당이 지어졌습니다. 유배 생활을 비롯한 선생의 여정을 배우는 동안 내 안에는 이상향이 이렇게 각인 됩니다. 개인의 소박한 이상향과 선비들의 이상적인 학문적인 공간을 대비해 봅니다.

경북 안동시 풍천면에 있는 병산서원입니다. 조선 후기 서애 유성룡 선생을 추모하기 위해 창건한 서원으로 교육시설입니다. 흥선대원군의 서원철폐 정책에서 살아남은 서원입니다. 역사와 전통이 깊은 점도 대단하지만, 서원 입구에서부터 마음이 경건해집니다. 집의 대문 격인 복례문(復禮門)은 일단 옷차림과 예절을 공손하게 갖춘 다음에 들어서라고 가르칩니다. 그다음 만나는 만대루입니다. 사계절 멋스럽지만 한여름 배롱나무가 한창일 때 기와지붕과 어우러진 병산서원의 장면은 얼마나 멋스러운지 백문이 불여일견입니다.

처음 방문엔 일행을 따라다니느라 경황없이 스쳤는데, 두 번째 기행은 유유자적 아름답고 평온한 주변 산세를 맘껏 돌아보았습니다. 알고 보면 느낌이 다르다고 하지요. 만대루 이층 일곱 칸 기둥 사이로 흐르는 낙동강은 푸른 비단 물빛이 새롭습니다. 병산과 하늘이 어우러져 진정 자연 병풍입니다. 누구라도 이곳에서 이 풍광을 바라보면 가볍게 일어서기 어려울 것입니다. 서양의 건물은 밖에서 안을 바라보는 멋이고 한국의 건축미는 안에서 밖을 내다보는 게 중요하다고 했습니다. 이곳은 안에서 바라보는 멋도 일품이고, 밖에서 바라보는 멋도 일품입니다. 조간에 우리나라에서 가장 아름다운 서원, 자연미를 고스란히 살려 놓은 한국 건축사의 백미로 병산서원이 소개되기에, 반가운 마음으로 기억을 꺼내 봅니다.

예원십취(藝苑十趣)

김창흡(1653~1722)은 숙종 때 영의정 김수항의 아들로 벼슬길에 나가지 않고 후학에 전념했습니다. 아버지 김수항이 기사환국 때 정적에 밀려 사사됩니다. 큰형 김창집도 신임사화에 사사되어 멸문에 이르자 지병이 악화해 1722년 죽고 맙니다. 저서로는 『삼연집』, 『심양일기』, 『문취』 등이 있습니다.

'예원의 열 가지 즐거움'은 문취(文取)에 있을 무렵 즐거움을 적은 글인 듯합니다.

즐거움 중에 첫째, 벼랑 위 절에서 한 해가 저무는 때, 함박눈이 온 산을 뒤덮는다.

두 번째, 한밤중 스님은 잠이 들고 고요히 홀로 앉아 책을 읽노라면 즐겁다.

세 번째, 봄의 한가운데 아름다운 산에 올라 멀리 바라보니 몸과 마음이 가뿐하여 절로 시상이 솟구쳐 오를 때 즐겁다.

네 번째, 꽃이 지는 어느 날, 문을 닫아걸었는데 주렴 밖에 새가 울고, 술동이를 새로 열 자 시구절까지 마음에 꼭 맞아떨어질 때 기쁘다.

다섯째, 굽이치는 물 위로 술잔을 띄워 놓고 좋은 사람과 한자리에 모여서 술 한 잔에 시 한 수로 어느새 책 한 권을 이룬다면 얼마나 즐거운 일인가!

여섯째, 맑고 청명한 달밤, 부채를 부치며 줄줄 글을 외우는데 문득 자기 목소리가 유창하게 들릴 때 때 즐겁다.

일곱째, 산천을 두루 구경하고 돌아오는 길, 몸은 비록 지쳤으나, 보고 들은 온갖 것이 작품 되어 주머니에 가득할 때 기쁘다.

여덟째, 멀리 사는 벗이 갑자기 찾아와서, 그간에 공부를 하나하나 물어보고, 요새 지은 작품을 외워보라 권할 때 기쁘다.

아홉째, 벗의 집에 귀한 서책을 종에게 빌려 오게 하여 허둥지둥 끌러 볼 때 기쁘다.

열 번째, 숲속 저편에 사는 벗이 새로 빚은 술이 익는다는 시를 지어 보내며 화답하라는 재촉을 받을 때 기쁘다.

논어 첫 구절에도 "학이 시습이면 그 아니 기쁘겠느냐! 그리운 친구가 스스로 찾아와 준다면 얼마나 기쁜 일인가"로 시작합니다. 꼭 학문뿐만 아니라 새로운 경지를 향해 갈 때 사람들은 설렘을 갖게 되지요. 아름다운 풍경만으로도 좋은데, 이럴 때 내 맘에 꼭 드는 친구가 벗을 하자 청해 올 때 기쁨입니다. 내가 가장 좋아하는 사람이 나를 가장 좋아할 때 인생은 살맛이 나는 것입니다.

　예원의 열 가지 즐거움이 오늘날에 전부 부합되지는 않으나, 부분부분 마음에 닿습니다. 물론 오늘날은 나름대로 삶에 즐거움이 있지요. 즐거움이란 아주 근사함에서 찾고 싶어 하지만, 매일 만나는 일과에 소중함을 의식할 때 소소한 기쁨이라 하겠습니다.

월하독작(月下獨酌)에서

　三杯通大道 一斗合自然
　但得酒中趣 勿爲醒者傳
　(삼배통대도 일두합자연
　단득취중취 물위성자전)

　석 잔이면 '대도'에 능히 통하고
　한 말이면 '자연'과 하나 되나니

　다만 취중에서만 얻는 이 맛은,
　술 안 먹는 맨송이에게는 전하지 말라!

'이태백' 하면 제일 먼저 떠오르는 것이 '술'과 '달'입니다. 우리의 '달' 노래 안에도 이태백이 놀던 달이라는 내용이 있는 것처럼 그에 시 전반에 등장하는 것이 달과 술입니다. 이백이 술에 취해 달을 건지려다 호수에 빠져 죽었다는 전설도 이를 뒷받침하는 내용입니다. 시선(詩仙)과 함께 주선(酒仙)이라는 별호를 보면 이태백이 얼마나 술을 좋아했는지 가늠할 수 있습니다.

이백은 하루에 300잔의 술을 마셨다고 합니다. 전설 같은 이야기니 과한 면도 있습니다. 여하튼 천부적인 주량과 함께 중국입니다. 이백과 함께 2대 시성(詩聖)의 한 사람인 두보는 시풍이 사실적이고 단아합니다. 비하면 이백의 시는 화려한 낭만을 그려내고 있습니다. 자연 친화적인 시 속에는 거침없는 표현으로 가슴을 시원하게 해 주는 묘한 매력이 있습니다. 생활에 시달리는 일반 백성들에게 그에 시는 동경의 대상이 될 수밖에 없습니다.

개인사를 살펴보면 공적(公的)으로 정치의 뜻을 펴지 못한 울분이 들어있고, 사적(私的)으로도 가족을 부양하지 못한 채 유랑의 삶을 살다 간 무책임한 가장입니다. 그러니 어찌합니까! 자연과 인생은 결국 하나요~ 자연물에 몰입하고 자연과 더불어 살다 간 이백은 우주를 품에 안은 채 호탕한 생을 구가한 셈입니다. 이백의 시는 어렵지 않아 좋습니다. 누구나 이해할 수 있는 평이한 언어로 시를 담았기 때문에 후대 많은 이들에게 회자되고 있는 것입니다.

명심보감에서, 술이란 나를 잘 아는 벗을 만나면 천(千) 잔도 적고, 말이란 나와 뜻이 맞지 않으면 단 한마디도 많다고 했습니다. 술은 누구와 대작하느냐에 따라 취흥 또한 다르다지요. 대화는 또 누구와 나누는가~에 따라 시간의 흐름이 다릅니다. 인자(仁者)가 아니라도 요산(樂山)이라. 앞으로 여유로운 시간마다 맑은 시냇물이 흐르는 고풍스러운 풍경을 찾고 싶습니다. 좋은 벗과 더불어 시문을 주고받으며 세월을 낚고 싶습니다. 함께 나누며 깊은 흥취와 정담에 빠져 세상살이의 흐름을 잊을 수 있다면 더욱 좋겠습니다.

대명매

단원의 '주상관매도'는 배 위에서 매화를 본다는 주제입니다.

'봄 물에 배를 띄워 가는 대로 놓았으니, 물 아래가 하늘이요 하늘 위가 물이라~ 이 중에 늙은 눈에 뵈는 꽃은 안개 속인가 하노라~! 배는 하늘 위에 앉은 듯 출렁이고 천 길 벼랑에 얹힌 매화와 강기슭 한 노인의 무심 같은 만남이다. 뱃사공은 노 젓는 일도 잊고 물빛을 바라본다. 사공과 노인 사이에 술상 하나가 단출하게 놓여 있다. 이미 취한 듯 도포 자락 넌지시 뱃머리에 기대며 노인은 저~ 멀리 아득한 매화에서 눈길이 머물고 있다.'

신잠의 '탐매도'는 2m가 넘는다고 합니다. 직접 본 일은 없고 오로지 사진 속으로 보았는데 느낌이 서늘합니다. 오른쪽에 커다란 바위가 자리하고 크고 작은 나무들이 눈에 덮여 있습니다. 멀리 흐릿하게 폭포가 보이나 주체가 아닙니다. 가로질러 다리를 건너면 이제 막 꽃떨기를 벙그는 매화가 고고하다 합니다.

대표적인 매화시인, 퇴계 선생의 '도산월야영매'에 들어가 보면. 선생은 매화가 곱게 피어나기 시작하자 한밤중인데도 잠을 이루지 못하고 매화 둘레를 계속 맴돈다고 말합니다. 자신이 매화나무 둘레를 돌고 있는 동안 달도 따라서 매화나무 위에 서성인다고 표현합니다. 과장이 아니라 실제 그렇습니다. 나중엔 매화나무 아래에 진을 치고 앉았습니다. 옷이고 몸이고 마음이고 달빛과 매화 향기에 취해 마침내 자신과 매화의 구분조차 없어지고 말았다는 매화시입니다. 물아일체라고 하지요. 정말 잘생긴 사물에 대해서는 시대를 넘나들며 같은 심정인가 봅니다.

대명매를 보면서 퇴계 선생을 떠올립니다. 퇴계 선생은 만년에 절우사(節友社)를 만들어 풍상계(風霜契)를 맺고자 하였습니다. 매화와 함께 소나무, 대나무, 국화, 연꽃을 절개 있는 벗 절우(節友)라 하였습니다. 옛 선비의 자랑은 사군자에 있습니다. 가풍의 상징은 벼슬보다 뜰 안에 서 있는 군자들이 앞서서 알려 줍니다. 더구나 엄동설한 매화는 절개와 함께 암향이 드높아 꽃이 피기 시작하면 지우를 불러 자랑삼으며 시서를 논하고 흥취를 나누었습니다.

매화지절에 매화 같은 인품을 그려봅니다. 풍찬노숙(風餐露宿)에 마음 가는 대로 몸을 맡기며 나래를 펴다가, 나래를 접다가, 고개를 숙이다가, 고개를 들어 하늘을 바라보다가, 서로서로 가지를 묶다가, 가지를 풀다가~~ 백화(百花) 없는 빙설(氷雪)에 소리쳐 피어나는 군자입니다. 수백 년 인고의 세월을 품은 채 해탈의 미소를 머금은 대명매의 품성을 동경합니다.

무우전매(梅)

꽃 모양만 보자면 매화꽃이나 벚꽃, 복숭아꽃, 살구꽃, 배꽃 모두 비슷합니다. 올봄 선암사 매화 축제 시절을 놓치지 않으려고 애써 휴가를 내어 무우전매를 찾아 나섰을 때 일입니다. 밤사이 길을 달려 선암사 앞에서 유숙한 다음, 일등으로 매화를 볼 요량으로 해뜨기 전 무우전매를 찾았습니다. 그러나 속셈과 달리 설선당 무우전 앞뒤로 몇 분의 사진작가가 커다란 매미처럼 매화나무에 붙어 카메라 앵글을 맞추고 있는 것입니다.

멋진 풍경을 독점하려는 마음이 민망하기도 하고, 사진 촬영에 방해가 될 듯싶어 다른 곳을 빙~빙~ 돌며 매화꽃을 감상합니다. 그러다. 눈앞에 아주 커다란 수양매를 발견하곤 그 설렘에 어찌할 바 없었습니다. 막 떠오른 아침 해가 찬란히 빛나고 수령 수백 년 수양매가 가지를 척~척~ 늘어뜨린 채 가지마다 매화꽃을 환하게 피우고 있는 것입니다.

이토록 어여쁜 수양매를 두고 작가들은 무우전 설선당 담장 주위에만 붙어 있는지 모르겠습니다. 쾌재를 부르며, 카메라를 들고 나 홀로 부지런히 찍었습니다. 나중에 알고 보니 홀로 감격했던 수양매는 수양벚꽃이었습니다. 벚꽃을 매화로 알고서 감동하다니, 순간 배신을 당한 듯해 심중이 허무에 물결로 뒤바뀌는 것입니다. 단지 꽃 이름 하나로 심정이 그렇게 뒤바뀌는 걸 보면, 꽃이란 모양뿐 아니라 상징이 그만큼 중요한가 봅니다.

매화 이야기 중에 공통점이 있다면, 유덕한 암향이라 합니다. 향기입니다. 한겨울 세상 초목이 모두 숨죽이고 있을 때 빙설 아랑곳없이 홀로 소리쳐 피어나는 꼿꼿함입니다. 때문에 예나 지금이나 매화 예찬이 이어지고 있는 것입니다. 작년엔 남도에 유명한 호남 5매가 어떤지 궁금하여 모두 둘러보았습니다.

매향을 논하는 분들의 이야기를 들어 보면 매화는 늙어야 한다고 말합니다. 다른 봄꽃은 여럿이 함께 어우러질 때 아름다움이 확산되지만, 매화는 홀로 피어도 고상하기 때문입니다. 고매의 멋도 바로 이것입니다.

늙어도 아주 오래 늙은 매화 등걸이 용이 뒤틀어 올라가듯이, 몸체가 몇 바퀴 틀어진 등걸에 드문드문 꽃이 피는 게 품위를 더한다는 것을 선암매가 증명합니다. 전남대 대명매는 꽃이 기막히게 아름답지만 배경이 대학 건물과 주차된 차들이라서 아쉽습니다. 율곡매는 겨레의 어머니가 심고 율곡 선생이 보고 자란 의미 깊은 천연기념물이기에 소중합니다. 고매의 설렘은 선암매에 미치지 못한다는 게 개인적인 견해입니다.

삼인당

선암사로 오르는 우거진 숲길을 걸어 본 적 있나요! 깨끗한 개울물 소리를 들으며 굽이굽이 오르다 보면 두 개의 홍교(虹橋)가 보입니다. 속세의 온갖 번뇌와 오욕을 씻고 천상의 성스러운 곳으로 오르는 의미 있는 공간입니다. 조선 숙종 때 호암 선사가 축조했다는 무지개다리 승선교에서 몇 걸음 더 지나면 오른쪽으로 '삼인당'이라는 작은 연못을 볼 수 있습니다.

삼인당은 '제행무상' '제법무상' '열반적정'을 새김 하는 의미입니다. 선암사에서 흘러 내려오는 물길을 잠시 담아 두었다 흘려보내는 인공 연못입니다. 특이한 것은 연못 안에 작은 섬을 만들어 놓은 것입니다.

앙증맞을 정도로 작은 섬 위에는 상사화인지 꽃무릇인지 소담스레 피어 있습니다. 꽃무릇이 상사화인지, 상사화가 꽃무릇인지 그것이 저것인지, 저것이 그것인지 모르겠습니다. 지나는 이에게 물으니 다르다고 합니다.

상사화(相思花)는 7~8월에 잎이 먼저 나고, 잎이 진 다음에 꽃이 핀다고 합니다. 꽃잎과 잎이 서로 만날 수 없으니 꽃말도 '이룰 수 없는 사랑'이라고 합니다. 꽃무릇은 일본이 원산지며 상사화가 질 무렵 진붉은 꽃이 먼저 피고, 꽃이 진 다음에 잎이 생깁니다. 꽃무릇 역시 잎과 꽃이 서로 만날 수 없어 '슬픈 추억'이라는 꽃말을 간직한다고 합니다. 꽃말도 누군가 그럴법하게 만들었을 텐데, 한평생 그리워하면서도 만나지 못하는 사연을 이 꽃에 담았을까! 한참 바라봅니다. 만나고 싶은 누군가, 만날 수 없는 그 누군가, 만나서는 아니 되는 서럽고 애달픈 전설을 품은 꽃말을 알고 보니 애잔합니다.

육당 최남선 선생은 여행을 '지식의 대근원'이라고 했습니다. 우리 산하는 그대로 나라의 역사며 철학이라 했습니다. 여행은 시의 정신세계라고 하였습니다. 1925년 일제강점하, 50일간 여정을 닮은『심춘순례』에서 특히나 선암사에 대한 장면이 강렬하게 그려냅니다.

선암사는 두 번째 찾았습니다. 다시 찾은 선암사 골골 속속마다 수런수런 가르침입니다. 아는 만큼 보인다고 했던가요! 이전에 모르고 지나던 것이 상세히 보이고, 이전에 보았던 장면이 더욱 새롭게 다가옵니다. 삼인당을 지나 일주문을 지나 경내로 들어서서 하늘을 봅니다. 맑은 날 산사의 하늘을 보십시오. 멀리 푸른 융단을 깔아놓은 듯한 산과, 청청한 나뭇잎 사이로 보이는 선암사의 하늘을 가늠해 보십시오. 선암사를 스치고 지나가는 맑은 바람결을 체감해 보세요.

승선교

선암사 제1풍경은 보물 400호로 지정된 '승선교'입니다. 속세에서 신선(神仙)계로 오르는 의미 그대로 정취가 일품입니다. 반원 모양 홍예교는 두 개로 만들어져 있습니다. 예전엔 작은 승선교를 지나 다시 큰 승선교를 넘나들었다고 합니다. 현재는 오른쪽으로 새로운 도로를 놓아 다리를 건너는 일이 적기 때문에 다리를 보호하는 차원엔 다행스러운 일입니다. 그래선지 일부러 한번 건너보거나 다리 아래 흐르는 물에 비치는 반영에 심취하는 여행객이 많은 편입니다. 유량이 많으면 다리 모양과 반영이 어우러져 동그란 원으로 보입니다. 보는 각도에 따라 멀리 강선루가 동그란 원 안에 들어있는 것처럼 보이는데 가히 그림입니다. 선암사를 소개하는 책자에도 동그란 승선교와 강선루 사진이 표지로 나와 있는데 실제가 더 멋있습니다.

절 풍경은 모두가 비슷합니다. 비슷한 듯하지만 조금씩 다른 특징이 있습니다. 대부분 산사는 경건함이 기본이고 풍경이 뒤따르는데, 선암사 승선교를 따를만한 홍예교는 아직 보지 못했습니다.

승선교를 가만히 들여다보면 기단부는 원래 육중한 자연 암반을 그대로 사용했습니다. 장대석으로 홍예선을 만든 다음 작은 돌로 꼼꼼히 맞춰 안정감을 더했습니다. 홍예교의 전래과정을 보면 중국에서 우리나라를 거쳐 일본에 전래된 것으로 알려졌습니다.

선암사 스님들이 이 무지개다리를 건설하자 가까이 보성 벌교에도 무지개다리를 축조했다고 합니다. 전국 각지에 홍예교를 건설하여 여러 지역에 닮은꼴 홍예교가 있다고 합니다. 하지만 선암사 승선교를 넘어서는 작품은 없다고 봅니다. 계곡에서 흘러 내려오는 맑은 물에 투영된 산자

락과 강선루를 바라보며 이를 담아내고자 여러 컷 사진을 찍었습니다. 집에 돌아와 살펴보니 눈으로 본 것만 못합니다. 안내 책자에 나오는 사진처럼 찍어오지 못한 마음이 아쉽기만 합니다. 누군가 선암사 후기에 사진이 있을까 하여 이곳저곳 검색하자 가히 전문 사진 솜씨가 여럿이 있습니다. '인생 도처 유상수' 세상은 어딜 가나 각 분야 고수가 따로 있나 봅니다. 이쯤에선 사진작가들이 마냥 부러울 따름입니다.

서하당(棲霞堂)

성정이 강직한 임억령은 을사사화가 일어나자 벼슬을 단념하고 낙향합니다. 그곳에서 후학을 양성하다가 제자 김성원을 만납니다. 그에 인물됨이 총명하여 마음에 들자 사위로 삼고 서하(棲霞)라는 호를 지어 줍니다. 사위는 입신양명도 좋지만 마음 편하게 쉬엄쉬엄 일생을 살았으면 좋겠다는 장인의 마음입니다. 담양 여행길에 만난 서하당의 당호에 대한 내력이 아주 마음에 들었습니다. 훗날 내게 손주가 생기면 김서하(金棲霞)라 이름 지어 줘야겠다는 생각을 하기도 했습니다. 사위 김성원은 이에 보답하듯이 장인어른을 위한 정자를 멋들어지게 지어 드리며 식영정(息影亭)이라 명명합니다. 서하당에서 우러러보이는 위치에 있습니다. 존경하는 장인어른께서는 편히 쉬는 정도가 아니라 그림자마저도 시샘받지 말고 평안하시라는 사위의 답가가 멋집니다.

식영정 근처에는 환벽당, 송강정을 비롯해서 10여 개의 정자가 있습니다. 광주호(光州湖)가 생기기 전, 무등산 동북쪽 기슭 정자 주변은 얕

게 흐르는 시내가 있고 주변 풍경이 빼어나게 아름다웠다고 합니다. 사철 푸른 소나무와 함께 성산에는 사선(四仙) 임억령, 김성원, 고경명, 정철이 모여 유유자적 별곡을 지어냅니다. 송강 정철은 해해연년 철마다 피고 지는 아름다운 초목을 그려 '식영정' '이십영'을 묘사합니다. 경관이 어찌나 아름답고 멋진지 세상 오가는 거마(車馬)마다 앞 시내로 몰린다고 하였습니다. 정자를 지은 김성원을 향하여 한마디 남깁니다. '골육간에도 서로 길을 달리하고, 친하다는 벗들도 혹은 앙숙이 되는데, 늙도록 서로 사귀며 정을 지키는 이는 세상천지에 오직 그대뿐이라.' 아름다운 정자뿐만 아니라 마음 변치 않고 우리가 이렇게 시문을 주고받을 수 있으니 참으로 고맙다는 마음입니다.

풍류를 읊으며 절차탁마하던 이들은 송강, 석천 고봉, 제봉, 옥봉, 고죽 등 사림 최고급 학자들입니다. 비록 속세를 벗어났지만, 좋아하는 벗들이 하나둘이 아닙니다. 그림 같은 성산 자락 온갖 나무와 화초들이 저녁 아지랑이 속에 아른거립니다. 속미인곡, 사미인곡, 성산별곡이 아니 나올 수 없는 풍경입니다.

결이 맞는 문우들이 좋은 풍경 안에 머물고 있습니다. 시골의 갓 익을 술을 두세 잔씩 주고받으며 시운을 띄웁니다. 운자를 띠워 한 사람이 선창하면 마주한 벗이 기막힌 답가를 불러냅니다. 최근 들어 날마다 비요일입니다. 이런저런 생각 속에 서하당 낙숫물 소리를 떠올립니다. 그 자리 그 장면에 그대와 함께 선인의 풍류를 나눈다면 어떠할까 때론 상상도 흐뭇합니다.

가사문학관

　우리나라 고전문학에 있어 3대 시인을 손꼽자면 박인로와 윤선도, 송강 정철을 들 수 있습니다. 특히 송강 선생은 가사 문학의 최고봉이라 말할 수 있을 만큼 그분의 작품세계는 광활하기 그지없습니다. 단가 시조도 많고, 고등 교과에 나오는 관동별곡은 국문학적 자료로 높이 평가되어 수능 필수범위로 자리하고 있습니다.

　담양 지곡마을을 향하면서 가는데 늦은 시간에 비까지 내리는 날씨 때문에 지곡마을의 밤길 풍광은 모호했습니다. 마을 안으로 들어서자 고요한 어둠 속에 어슴푸레 보이는 '소호'라 이름하는 하얀 식당에 불빛이 보입니다. 인공 호수인 듯 불빛에 보이는 작은 분수가 눈길을 끕니다. 시장기 어린 속이라 한번 들어가 볼까 하다~ 그냥 지나치고 말았습니다. 어느 민가 낯선 곳에서의 유숙, 새벽닭 울음소리에 일찍 일어나 소쇄원부터 시작해 조선 양반들의 정자를 탐방하기 시작합니다. 서하당 식영정, 환벽당 독수정에 이르는 동안 가히 담양은 가사문학의 본산이 될 만하다는 생각이 고정되었습니다.

　마음에 꼭 와닿는 인품을 보면 가슴이 설렌다고 하지요. 사람뿐 아니라 좋은 풍경을 만나도 가슴이 설렙니다. 시간은 부족하고 볼 것은 많습니다. 볼 것이 많으면 생각도 많아집니다. 갈 길은 천리인데 몸은 자리를 떠나고 싶어 하질 않습니다.

　먹고 즐기는 공간이라면 1박도 무관하지만, 인문여행은 몇 박이라도 부족하기만 합니다. '머물고 싶었던 순간들'이란 제하의 소설 제목이 생각납니다. 소쇄원은 들어서는 입구 대숲길부터 사람에 마음을 붙들어 놓습니다. 다른 곳은 몰라도 죽녹원 한 자리만도 며칠 유숙으로 싫증이란 말이 나올 것 같지 않습니다. 서하당 부용정은 또 어떤가요! 식영정 소나무는 얼마나 잘 생겼는지 사진에 담아보려 고개를 빼고 뒷걸음질을 쳐도 양껏 담을 수 없습니다. 당시는 식영정 앞에 맑은 시내가 흘렀다니 주변 산새와 더불어 가사문학과 더불어 그 어떤 노래와 시가 쏟아져 나오고도 남았을 것입니다.

아름다운 감상을 가슴에 가득 두고도 발설에 약한 이 마음은 대 선각들의 글을 빌려 마음을 대신하는 수밖에 없습니다. 이곳에서 그리 멀지 않은 곳에 송강정이며 죽록정을 두고 그냥 돌아오는 마음이 어찌나 서운하던지, 내 다시 오리라~ 마음만 다져야 했습니다. 이런 아쉬운 마음을 너무도 잘 아는 노처녀가 며칠 전, 송강정에 다녀왔다는 자랑을 합니다. 내가 알 만한, 아무, 아무와 경관을 함께하고 시를 읊조리며 감상을 나누었다는데 믿고 싶지 않을 만큼 시샘이 일어납니다.

즐거운 시간

아까운 주말 어디를 한 바퀴 돌아볼까~ 생각하다가 너무 춥다는 핑계로 집안에 들어앉았습니다. 주말이면 예의 날아오는 청첩장이 없으니, 그 무슨 책임과 체면에 구애됨 없이 한가로운 겨울날 오수에 졸다가 책을 펼칩니다. 내 서재 내 책을 내 맘대로 골라서 읽는 재미가 새삼 고맙습니다.

근간 일상에 너무 치여 감성마을 촌장이 가려운 곳을 콕콕 집어 긁어주는 글을 찾았습니다. 마음자리가 가라앉으면 활자가 꼿꼿하게 서서 소리치는 듯한 글을 찾아 읽은 것입니다. 지금은 바깥 기온과 상관없이 창밖에 보이는 햇빛이 따사롭습니다. 네모난 카펫 크기의 햇살이 거실 탁자 앞에 펼쳐져 한가롭기 그지없습니다. 심사가 여여해지면 노상 읽고 또 읽는 고전 한 자락을 펼쳐 듭니다.

지자(知者)는 요수(樂水)요 인자(仁者)는 요산(樂山)이라

지(知)자는 물을 좋아하고, 인(仁)자는 산을 좋아한다고요. 지혜로운 사람은 동(動)적이라 즐겁게 살고자 하고, 어진 사람은 정(靜)적이라 오래 산다는 설명입니다. 이 말의 의미가 변형 없이 오늘날 그대로 적용된다면 좋을 일입니다. 그 많고 많은 사람이 산이며 바다로 놀러 다니는데 그들이 모두 지자(知者)요 인자(仁者)라면 더할 나위 없겠습니다.

괜한 딴지 거두고 요점 속으로 들어가 봅니다. 지혜로운 사람은 눈빛이 총명하고 사물에 대한 지식이 풍부하여 정확한 판단력이 있는 사람입니다. 걸음이 총총 분주하고 뛰어다니는 형상입니다. 인자는 일단 앉아 있는 사람으로 형상화합니다. 한 곳에 앉아서 지긋이 눈 감고 수고롭지 않은 자세로 세상의 무궁한 관계를 관조하는 모습을 연상합니다.

이를 비유하여 그에 성향이 인자에 가까운지 지자에 가까운지 가늠해 보지만, 그이가 저이요, 저이가 그이입니다. 지혜로운 사람과 어진 사람을 별개로 놓고 볼 수 없듯이, 산과 물의 개념 또한 별개로 해석할 수 없는 일입니다. 인자 지자 모두의 내면에는 복합적 개념이 혼재하고 있으니, 드러나 보이는 것으로 단언할 수 없는 게 인간지사입니다.

아무려나~ 낙(樂)이란 관계의 최고 형태입니다. 아는 것은 좋아하는 것만 못하고, 좋아하는 것은 즐기는 것만 못하다고 했습니다. 무엇을 하든지 즐거운 것, 즐기는 것. 진정 즐기는 것을 생각합니다.

좋은 벗이 나를 찾아서 먼 길 마다하지 않고 찾아올 때, 혹은 내가 그대의 붕우가 되어 멀리서 찾아갈 때, 그런 사이라면 정말 서로 기쁠 것 같습니다. 인생길, 한 자락 분명히 성공한 이름이 되겠습니다.

이가락(離家樂)

집 떠나는 즐거움입니다. 일터에서, 또는 일상의 집에서 잠시 떠나는 여행길이란, 흡사 오랜만에 객지에서 고향 집을 찾는 것과 같은 기쁨과 설렘입니다. 직장과 가사에 얽매였던 이가 물경 고운 산하를 향해 출발하는 자유입니다. 본래 떠돌이와 사뭇 다른 심경을 이가락(離家樂)이라 합니다.

옥천 정지용 문학관에서 본 책자 가운데 『다도해기(多島海記)』를 보는 중입니다. 『다도해기』는 모란이 필 때까지의 시인 김영랑과 함께 남해 다도해와 제주도를 탐방하는 과정을 그려낸 기행문입니다. 이 다도해기 안에 집을 떠날 때 설레는 심경을 상세히 그려낸 부분이 離家樂이고 다음에 해협병, 실적도, 일편악사, 귀거래(海峽病, 失籍島 一片樂土, 歸去來)의 소제목으로 이루어져 있습니다.

생활인으로 충실하다 보면 필자 자신이 노예처럼 매인 신세 같다고 하였습니다. 공감되는 부분입니다. 더러는 성급한 폭군이 되기도 한다는 것입니다. 이런 나날 중에 좋은 벗과 멀리 떠나는 여행길이니 그 마음이 얼마나 즐거울까요. 내일 아침 소풍을 떠나는 어린애 마음이요, 사랑하는 연인과 허락된 밀회를 떠나는 마음이 그럴 것입니다. 여행을 위해 운동화를 내어놓고 옷가지를 준비하고 등에 짊어질 배낭을 사러

가는 길목에는 신선한 바람이 불어옵니다. 출발하기 전날 내일 날씨가 쾌청하기를 바라지만 아니면 또 어떠랴, 하늘빛이 흐릿해도 빗방울이 떨어진다 해도 개의치 않을 마음으로 내일을 기다립니다.

밤 기차 기적소리가 길~게 울리는 플랫폼을 떠날 때, 유리창을 때리는 빗방울을 맞으려 창문을 열고 팔을 내어 적시는 맛이란 서늘하고 쾌하다 하였습니다. 예쁜 연락선을 타고 해협을 속속들이 유람할 제 아~ 아~ 바람이 많기도 하여라~ 섬이 많기도 하여라~ 많다… 많다…! 밤 바다 위에 떠 있는 별도 많고, 물길 만 리를 비추고 있는 달빛까지도 많아라, 모든 게 많다고 연호합니다.

일반인들의 기행은 사진이며 흔적의 여정(旅程) 중심입니다. 누구와 어디서 무엇을 먹었는가, 평이한 인증 사진이 대부분입니다. 정지용 씨는 감성의 시인이요 작가답게 여정(旅情)을 묘사하여 읽는 이로 하여금 마음을 설레게 합니다. 마치 여행길을 동승하는 듯한 느낌입니다. 여행길 나서는 심리부터 가는 곳마다 정서가 섬세히 드러나 내 모자란 표현력에 감동을 불러내고 있습니다.

◇◇◇◇◇◇◇◇◇◇◇◇◇
도솔천

진(晉)나라 태원 연간(376~386) 무릉 땅 한 사람이 고기잡이를 하며 살아가고 있었습니다.

어느 날, 강물을 따라 올라가며 고기를 잡다가 얼마나 왔는지 알 수 없는 가운데 복숭아 꽃나무 숲을 만납니다. 냇물 양쪽 수백 보 기슭에 잡목은 하나도 없고 오로지 향기로운 풀만 아름답습니다. 어부가 기이하게 여겨 다가가자 물의 근원지인 산 하나가 나타납니다. 그 산에 조그마한 굴이 있어 한참 들어가니 앞이 훤히 뚫리며 그림 같은 풍경이 보입니다. 복숭아꽃이 만발한 아름다운 마을에 사는 사람들은 하나같이 평화롭고 행복하게 살고 있습니다.

그곳에서 며칠을 머물던 어부는 밖에 나가 이 마을의 이야기를 발설하지 않기로 약속하고는 집으로 돌아옵니다.

어부는 돌아오면서 여러 곳에 표시해 두었습니다. 그리고 훗날 다시 찾아가려고 했지만 알 수 없었습니다. 남양에 사는 유자기라는 고상한 선비가 이 이야기를 듣고 도원을 찾으려 애썼으나 끝내 이루지 못하고 병으로 죽고 말았습니다. 그 뒤로 도원으로 가는 나루를 물어보는 사람이 없었다고 합니다.

동양인들의 이상향인 무릉도원은 도원명의 '도화원기'로부터 출발합니다. 이상향은 복숭아꽃이 만발한 아름다운 풍경보다 그곳에 살고 있는 이들의 평온한 마음에 중점을 두고 있습니다. '내게 묻노니 무슨 일로 푸른 산에 사시는가! 웃음만 지을 뿐 대답하지 않으니 마음이 절로 한가롭다. 복숭아꽃 흐르는 물 아득하게 흘러가니 여기가 또 다른 세상 뭇사람 마음이 아니구나!' 도연명이 세상을 떠나고 300여 년 후에 태어난 이백도 「산중문답인(山中答俗人)」에서 무릉도원을 이렇게 말합니다. 회상하면 나의 무릉도원은 연분홍 복숭아꽃과 살구꽃으로 둘러싸인 고향집입니다. 산과 들로 마음껏 뛰놀던 어린 시절을 생각해 보면, 시절이 어디에 있든지 좋은 이와 함께 마음 평화로울 때가 도솔천이라 하겠습니다.

유행록(遊行錄)

두루 다닌 것을 통틀어 기록하다. 놀러 다니며 감상한 것의 우열을 평가해 기록하다. 스스로 깨달은 것을 기록하다. 함께 간 이들을 기록하다. 접대에 응한 것을 기록하다. 지명과 길의 거리가 전에 보고 들은 것과 다른 것을 기록하다. 동쪽, 남쪽, 남서쪽으로 유람한 것을 기록하다. 어릴 적 유람 다닌 것을 기록하다. 이미 다녀온 곳을 또다시 다니며 덧붙여 적다. 한가히 다닌 것을 적다. 늙어서 다닌 것을 적다. 다니다 서글프게 느껴지는 곳을 적다. 유람하던 중 기이한 것을 적다. 명승지를 골라 적다. 겨울에 노닌 것을 적다. 산에서 산 것을 적다. 멀리 유람한 것을 적다.

옥소 권섭(玉所 權燮, 1671~1759) 선생의 여행기입니다. 조선 후기 문인으로 일찍이 시서화에 능해 2,000여 수 한시가 있고 한글 가사, 시조, 그림 등 다양한 분야에 걸쳐 수많은 작품을 남긴 분입니다.

선생의 학문은 높고, 집안은 풍요롭습니다. 벼슬도 할 수 있지만, 현실정치는 날이 갈수록 이상해서 싫습니다. 당쟁으로 쓸만한 선비들이 죽어 나가고 하루아침 친인척 자리도 뒤바뀝니다. 굳이 벼슬하지 않아도 먹고사는 데 지장 없습니다.

평소 좋아하는 산천을 유람하며 시서화를 즐길 수 있는 형편입니다. 얼마나 좋습니까! 전국 각지 명승고적 돌아다니는데 선대가 이룬 공덕이 커 가는 곳마다 접대가 후합니다. 아름다운 풍광 만나면 그림으로 글로 표현할 수 있으니 더 바랄 것 없습니다. 좋은 곳은 한 번 더 가겠다고 적어 놓습니다. 특이한 곳은 두 번 더 가고, 자기가 가고 싶은 데로 갑니다. 홀로 가고 싶으면 혼자 갑니다. 함께 가고 싶은 이 있으면 함께 갑니다. 자고 먹고 마시고 놀이한 내용을 자유롭게 향기롭게 감동스럽게 기품 있게 풀어낸 장면묘사 능력이 어찌나 탁월한지, 책을 덮고 당장 그분이 간 곳을 그대로 쫓아가 보고 싶어집니다.

지난날 절친한 벗이 말하기를,

"잘 대접해 주는 사람이 있더라도 웬만하면 접대를 받지 말아야 하네. 이는 꼭 뒷말이 있기 때문이라네."

벗의 말이 옳다고 믿어 남의 친절을 경계했는데도 도움을 받은 적이 있다고 술회합니다. 도움을 주고자 하며 애써 찾아온 얼굴을 맞대놓고 사양하기 어려운 경우가 있다는 말에 고개가 끄덕여집니다. 거절하는 것도, 받는 것도 형세에 따른 것이라 그 상황과 입장을 적어 둡니다. 다녀온 후 적는 까닭은, 크고 작은 남의 은혜를 잊지 않으려는 것입니다.

이렇게 구십 평생, 삼천에 구백 리 머나먼 여행길을 담은 옥소 선생의 유행록을 문경새재 박물관에서 만났습니다. 산천경계탐승가 5인방에 한 분입니다. 권섭, 김시습, 허균, 김삿갓, 정시한 선생을 말합니다. 평소 내재된 나의 유랑 기질이 김삿갓의 풍류를 동경하지만, 그분은 실상이 너무 궁핍한 게 안쓰럽습니다. 김시습의 절개를 동경하나 현실감이 너무 멀어 외롭습니다. 허균의 천재성과 자유분방은 시절과 너무나 화합하지 못해서 따르기 자신 없고, 우담 정시한 선생의 행장도 가히 존경하고도 남습니다.

누가 봐도 실력 탄탄한 문인이 벼슬 탐하지 않고, 낙향하여 후진양성에 힘쓰는 모습은 참으로 멋집니다. 경제력 또한 남부럽지 않아 틈틈이 산천을 유람하는 선비의 일생이 최고라 여깁니다.

옥소 선생 역시, 집안 형편에 걱정 없고, 서화 실력 충분합니다. 자신만

만하게 유행록을 쓴 옥소 선생의 행장이 이상세계로 느껴집니다. 선생처럼 기품 유지하며 시공에 대한 눈치 볼 것 없이 유유자적 살아가다면, 천복이 아닐 수 없습니다. 선생의 생애 그대로 본받아 신(新) 유행록을 쓸 수 있다면 얼마나 좋을까! 상상의 꿈 속을 헤매고 있습니다.

귀원전거

젊었을 때부터 세속이 맞지 않았고, 본래 산을 좋아하는 성품인데, 풍진 세상으로 잘못 떨어져 일거에 30년 세월이 가버렸다. 새장 속의 새는 숲을 그리워하고, 연못의 물고기는 원래 놀던 깊은 못을 생각한다. 남쪽의 황무지를 일구며 소박함을 지키기 위해 전원으로 돌아왔다. 집은 십여 이랑에 초옥은 팔구 칸이다. 느릅나무 버드나무는 뒤편 처마를 덮었고, 복숭아 오얏나무는 집 앞에 무성하다. 마을은 어슴푸레 보이고, 굴뚝마다 연기는 솔솔 피어오른다. 동네 어귀에서는 개 짖는 소리가, 뽕나무 위에서는 닭 우는 소리가 들리는구나. 집 안에는 번잡한 일 없고 빈방에는 한가함만 있다. 오랜 세월 새장 속에 있다가 다시 자연으로 돌아왔구나!

수백 년 전 도연명이 지은 '귀원전거'나 '귀거래사'는 지금 당장 도입시켜도 무리 없습니다. 전편 6수로 되어있는 '귀원전거' 마지막 부분에 전원으로 돌아가면 '더 이상 무엇을 바라겠는가. 세월 가면 무언가 이루어지겠지. 원래 마음이 이같이 소박하니 길 치우고 좋은 벗을 기다릴 뿐이라'고 하였습니다.

조용원 씨의 글 '방외지사(方外之士)'를 보면, 먹고사는 걱정 없이, 출퇴근 걱정 없이, 내 뜻대로 전원 한 자락을 차지하고 살아가는 삶에 고수들을 그려냅니다. 방외지사가 지닌 본래의 뜻은 시대 흐름을 벗어난 기인들을 말합니다만, 지금은 천편일률적인 조직사회의 틀을 벗어나 자연을 벗 삼아 유유자적 살아가는 이들을 통칭합니다. 자연 회귀 본능을 마음으로 그치지 않고 실행하며 살아가는 이 시대 방외지사들을 보면서 참으로 닮고 싶다는 생각뿐입니다.

　항산에 항심이라. 일정한 재력이 있어야 평상심을 가질 수 있기에 이것이 당연한 듯 매여 살다 보니 노년이 문밖에 걸렸습니다.

　나이 들어 오갈 데 없어 돌아가는 귀향은 귀양이라 합니다. 더 늦기 전에 하고 싶은 대로, 살고 싶은 대로 살기 위해, 과감히 직장을 던지고 고향집 마당을 작은 수목원으로 가꾸며 살아가는 현대판 귀거래사를 차근차근 입력 중입니다. 변우여가정 응부거래사(邊優如可定 應賦去來辭) 전장과 같이 치열한 나날입니다. 조만간 삶을 넉넉히 다스린 뒤 응부거래사~ 응부거래사~ 응부거래사라~ 도연명의 귀거래사 나도 읊으리라!

휴휴산방(休休山房)

　조선 명종 때 선비 석천 임억령을 일컬어 호남 시학의 스승이라 합니다. 그만큼 시문에 능하고 학문이 높아 주변에 인재들이 모여들었습니다. 한때 사간원 대사헌 직에서 가엾은 백성이 없어야 한다는 백성 민중론을 주창하기도 하였으나 벼슬에 오래 머물지 않았습니다. 바로 아래 동생 임백령이 을사사화에 주도적인 역할을 합니다. 바로 금산 군수직을 사퇴합니다. 석천은 가사문학의 산실인 무등산 근처에 자리하여 수많은 명사 문인들과 교류하며 후학을 지도하는 데 일생을 보냅니다.

중앙 정계보다 향리에서 인품이 더욱 알려진 선비의 족적을 따라가다 보면, 가장 먼저 느끼는 점이 풍경입니다. 산수 수려한 자락에 아름다운 학당을 마련하고, 물욕을 뒤로 물린 학자와 학동들의 학문하는 모습은 상상만 해도 멋집니다.

전남 장성 축령산 자락에 용헌 교수가 마련한 글방 이야기가 있습니다. 벽암록(碧巖錄)에 들어 있는 '쉬고 또 쉬면 쇠로 된 나무라도 꽃이 핀다'는 글귀에서 착안하여 '휴휴산방'이라는 당호를 지었답니다.

앞만 바라보며 내달리는 인생에 전후좌우 사고(思考)를 보살피게 합니다. 대지 350평에 건평 15평입니다. 방 두 개와 부엌, 욕실이 전부입니다. 방 하나는 겨울용으로 구들장을 깔았고, 또 하나는 여름용으로 편백나무를 깔아 만들었습니다. 마당 주위에 녹차 나무를 심어 사철 푸르답니다. 봄에는 찻잎을 따서 삼겹살을 싸 먹어 보면 담백하고 좋다고 합니다. 마당 한 켠 300년 된 매화나무가 있어 꽃도 보고 매실을 얻어 농축액을 만들어 1년 내내 먹습니다. 매화꽃이 지고 나면 해당화가 봄 뜨락에서 피고 지기를 한 달간 이어집니다. 작약이며 매발톱, 보라색 청포가 피고 지는 것을 바라보며 글을 씁니다.

산 방 뒷길로 나서면 편백나무 사잇길이 길게 이어집니다. 느릿느릿 걸어보는 호사를 누리며 산다는 글을 봅니다. 나는 요즘 이 양반의 '백가(百家)기행'에 빠져 있습니다.

일송정

설경은 뭐니 뭐니 해도 눈 덮인 소나무에서 정점을 이룹니다. 산하 가득 하얀 세상도 장관이지만 독야청청 소나무가 눈을 이고 서 있는 모습은 한 없는 기품에 감동합니다. 오래될수록 기품이 더해지는 소나무에 비하면, 세월 따라 기력을 잃어가는 사람들에게 무언의 정신을 일깨웁니다.

春水滿四澤 夏雲多奇峰 秋月揚明輝 冬嶺秀孤松
(춘수만사택 하운다기봉 추월양명휘 동령수고송)

도연명의 사시(四時)입니다. 춘하추동 사계절의 대표적인 장면을 표현한 것이지요.

봄이라 하면 사방 연못에 가득한 물빛이 멋집니다. 여름에는 산봉우리에 걸려 있는 구름이 멋집니다. 가을날 밝게 빛나는 보름 달빛이 감흥을 부르고, 한겨울 산마루에 독야청청 소나무를 그립니다.

몇 해 전, 외암리 민속 마을을 방문했을 때, 어느 대갓집 주렴에 이 사시(四時)가 걸려 있었습니다. 햇살 눈 부신 날, 하늘을 파란 도화지 삼아 뭉게구름이 다양한 그림을 그리기도 하고, 산봉우리를 겹겹이 둘러싸다 풀어내는 풍경에서 '하운다기봉'을 실감했습니다.

좋아하는 시어(詩語)와 꼭 맞는 풍광이 아름다울 때, 그 장면에서 나 홀로 주인공이 되었을 때, 끝 모를 행복감이 충만하게 흐릅니다.

지난겨울도 함박눈이 몇 차례나 흡족히 내려주었습니다. 덕분에 눈 길을 거닐어 보고 눈꽃을 감상하며 겨울 정취를 느낄 수 있었습니다. 동 령수고송(冬嶺秀孤松)입니다. 한겨울 눈 속에 홀로 멋스러운 나무는 역시 소나무입니다. 다른 나무들은 앙상한 빈 가지에 눈꽃을 피우려니 그리 멋스럽지 않습니다. 수많은 나무가 군상을 이루어야 그러저런 봐 줄 만하다면 섭섭하다고 할까요. 소나무는 푸른 솔잎 가득히 눈송이를 소담스레 담고 있어서 멀리서 봐도 멋지고, 가까이 봐도 멋집니다. 낙락장송은 홀로 있어도 멋지고 여럿이 있으면 장중한 맛이 있어 좋습니다.

푸른 솔잎이라 눈 속에서 빛을 발합니다. 그러므로 독야청청의 배경은 겨울이라 하겠습니다. 만고에 충신 성삼문이 목숨을 경각에 두고 '봉래산 제일봉에 낙락장송이 되었다가 백설이 만건곤할 때 독야청청하겠다'고 읊은 장면 말입니다.

한겨울 눈 덮인 산에 올라가면 이따금씩 따~악 닥, 나뭇가지 부러지는 소리가 나는데, 대부분 소나무라 합니다. 온몸으로 가득 쌓인 눈의 무게를 지탱하며 청청(青青)하려니 그만큼 힘들고 그만큼 아픈 대가를 치르는 모양입니다.

무량사 가는 길

천년고찰 무량사는 부여에 있습니다. 신라 문무왕 때 창건된 역사 깊은 절이라 절 내 조성된 석탑과 대웅전의 가치가 높은 모양입니다. 일년에 한두 번 부여 서천 청양을 가는 편인데 때마다 무량사를 둘러보곤 합니다. 이번엔 무량사 경내를 구경하기보다 절 앞에 운집한 묵밥집 묵과 버섯볶음을 먹고 싶어서 잠깐 들렀습니다.

강원도 봉평에서 메밀묵을 자랑한다면 무량사 앞에는 도토리묵이 일품입니다. 그간 몇 차례 묵밥과 버섯볶음을 맛보는데 먹을 때마다 감칠

맛이 새롭습니다. 넓적 두툼하게 썬 도토리묵에 갖은 야채를 넣고 새콤 달콤하게 무쳐 커다란 접시 가득히 담은 푸짐함에 시각부터 풍요롭습니다. 도토리묵을 얇게 썰어 꼬들꼬들 말린 것은 술안주도 좋고 평상시 입이 심심할 때 먹어도 좋을 고급 군것질입니다.

무량사는 초입 풍경부터 느낌이 좋습니다. 사하촌(寺下村) 입구 느티나무는 장군처럼 늠름합니다. 수백 년은 서 있었을 법한 장승이 오가는 이들의 안전을 책임진다는 표정입니다. 무량사 일주문은 원목 그대로 세운 두 기둥을 지나 절 내로 들어서는 기분이 경건합니다.

일주문이 무량사를 보듬고 있다기보다 만수산 전체를 지키는 지킴이 같이 우람합니다.

무량하다, 정도가 얼마라고 말할 수 없을 만큼 한없는 완전성을 무량이라고 합니다. 자별하게 지내는 공광규 시인의 여담입니다. 어느 날 아내를 품에 안으려고 했더니 아내가 하는 말이 '자기를 얼마나 사랑하느냐?'고 묻더랍니다. '수십 년 살아온 아내가 마치 신혼 첫날밤에나 물어볼 법한 질문에 당장 말문이 막혀 무량하다~'라고 했답니다. 순간 떠오르는 말이 그 말인데, 잘한 것 같다는 말에 함께 웃었던 기억입니다.

무량하다. 제한 없다, 끝없다는 의미입니다. 여인이란 뻔히 아는 마음이라도 확인하고 싶을 때가 종종 있는 모양입니다. 무량사 부처님은 무량사 명명답게 모든 중생을 무량히, 다른 부처님보다 더욱 무량하게 보듬어 주실 것 같습니다. 무량사를 품고 있는 산이 만수산입니다. 이방원이 포은 선생을 향하여 만수산 드렁칡이 얽히듯 그렇게 저렇게 얽혀서 같이 살아보자던 그 만수산일까요? 지리적으로 볼 때 아닌 듯싶습니다. 부여 만수산을 멀리서 바라보면 어느 산에 비할 수 없이 아름답고 아늑합니다. 사철 따라 보여지는 푸름과 단풍길이 하도 아름다워 요즘

들어 만수산 휴양림이 유명세를 치른다고 합니다.

좋은 길은 좁을수록 좋고 나쁜 길은 넓을수록 좋다고 합니다. 일말 공감하며 깊고 깊은 곳, 좁고 좁은 길을 골라 좋은 벗과 말없이 걷고 싶은 속셈을 담아 옵니다.

웃으면 복이 와요

아이들이 말썽부리는 날, 내가 술 먹고 늦게 들어온 날이면 아내의 목소리는 커다란 목탁 소리다. 아이들이 공부 잘하고 들어온 날 아내 목소리는 맑은 풍경소리다. 나름대로 침대가 훈훈한 날은 대웅전 꽃살문 스치는 바람 소리를 낸다.

공광규 시인의 '무량사 한 채'에 나오는 글입니다. 대웅전 꽃살문 스치는 바람 소리가 신선하게 다가와 시인의 마음으로 들어가 봅니다. 마냥 편안함입니다. 아름다움입니다. 단순하고 소박한 짜임새가 인간의 본성과 일치한다는 대웅전 꽃살문입니다. 교(交)살과 정(井)살의 복합으로 이루어진 각황전 꽃살을 살펴봅니다. 적당히 바래고 알맞게 삭은 목질 형태가 천연입니다. 화장기 없는 은은한 어머니의 치맛자락 같습니다. 평화로운 모습은 발길을 오래 머물게 한다. 세상살이에 분주하고 기복이 심한 속뜰을 가만히 다스려 줄 것만 같습니다. 대웅전 꽃살 무늬에 기대고 스스로 두 눈을 감아 봅니다. 지극히 온화한 가운데 온갖 착하고 아름다운 것을 불러일으킵니다. 이곳을 스치는 바람 소리는 또 얼마나 청아할까요.

사람의 얼굴에서 신(神)의 모습을 본다는 말이 있습니다. 사람의 얼굴에서 한 권의 책을 본다는 말도 있습니다. 아무나 정해놓고 말없이 바라보노라면 참으로 각양각색입니다. 맑은 명랑함이 있고 어두운 안쓰러움이 있고, 고개 숙인 쓸쓸함이 있습니다. 허리 굽은 고단함이 있고, 환한 풍요로움이 있고 암울한 불편이 있고 단아한 편안함이 있습니다. 개인적으로 곱지 않은 이나 사회적으로 물의를 일으키는 얼굴이나 모두 들여다보면 측은입니다. 아무리 잘생기고 늠름한 사람일지라도 그 뒤뜰에는 우수의 그늘이 보입니다. 얼굴은 가려진 내면이라~ 얼의 꼴이다. 자기 얼굴은 자기가 만든다고 합니다. 이는 겉모습뿐 아니라 자기 얼굴에 자기 책임을 함께하는 말입니다. 어릴 적 얼굴은 부모가 만들어 준 얼굴이지만 성인이 되고 세월이 흘러감에 따라 자기 마음이 그대로 드러나는 게 얼굴입니다. 너나없이 나날이 굳어가는 모습들입니다. 고단한 삶으로 웃음소리가 뒤편으로 몰리자 웃음 치료사가 등장합니다. 억지웃음이라도 화나는 모습보다 낫다는 말입니다. 행복에서 나오는 웃음이 없다면 웃어서 행복을 창출하자는 의도입니다.

:: 웃음설

소문만복래(笑門萬福來) 웃는 집안에는 복이 절로 들어옵니다.

일소일소 일노일노(一笑一少 一怒一老) 한 번 웃을 때마다 젊어지고 한 번 화낼 때마다 늙어갑니다. '웃는 낮에 침 못 뱉는다.' 많은 학생들을 대하다 보면 잘못된 부분이 있더라도 웃고 들어오는데, 굳었던 마음이 금세 허물어지는 것을 경험합니다. 웃음의 미학입니다. '웃음은 인생의 꽃'이라는 말처럼 웃는 얼굴을 만나면 자연스럽게 따라 웃게 됩니다. 빙

그레한~ 미소는 소리가 없으나, 뱃속에서 울려 나오는 가가대소는 하하~ 호호~ 표현으론 미치지 못합니다. 모음, 기음, 후음을 모조리 배합 발음되며 나중엔 귀곡성 비슷한 울음소리와 혼용되기도 한다는 웃음설을 봅니다. 그렇게 한바탕 웃는 웃음에는 눈물이 나고 뱃살이 얼얼할 만큼 통쾌함이 동반된다고요.

우리 겨레는 본래 하늘만 쳐다보는 낙천적인 농업 국민으로서 좋은 일이나 궂은일이나 노상 '웃음'을 띠는 갸륵한 민족성을 지녔다는데, 오늘날에는 마냥 그런 것도 아닙니다. 즐거운 웃음보다 조소, 가소, 치소, 첨소, 냉소가 늘어가고 있는 실정입니다. 자신은 재미있고 즐거운 웃음이라도, 때와 장소가 잘못되면 비웃음이 되고 빈정이나 불성실한 웃음, 오해를 부르는 웃음이 되기도 합니다. 웃음이 죄가 되는 신선한 시 한 편 보겠습니다.

'지름길을 묻기에 웃고 대답하고, 물 한 모금 달라기에 웃고 떠 주었지요. 평양성(城)에 해 안 뜬대도 난 모르오. 웃은 죄밖에…'

순진무구한 새색시가 버드나무 아래서 빨래합니다. 지나는 객이 길을 물어봅니다. 헌헌장부 외간 남정네를 보자 부끄러움에 얼굴 붉히며 길을 알려 줍니다. 나그네가 물을 달라 청합니다. 조그만 바가지에 정성스럽게 물을 떠서 미소 띤 얼굴로 두 손 받들어 드리는 걸 누가 본 모양입니다. 어느 집 며느리가 남몰래 정분이 났다는 소문이 온 동네 삽시간입니다. 시어머니가 사실을 문초하자 며느리는 '웃은 죄'밖에 없다는 말로 유추해 봅니다.

양주동 선생의 '웃음설'에는 이 같은 웃음의 억울함과 때와 장소에 맞지 않는 웃음으로 곤혹 치른 예가 나옵니다. 나도 그런 경험이 있습니다.

열일곱 살 되던 해, 할아버지께서 돌아가셨습니다. 92세 일기로 주무시는 듯 가셨습니다.

소식을 듣고 인근에 사시는 작은할아버지께서 황망한 모습으로 오셨습니다. 작은할아버지 연세도 높은 편인데 부랴부랴 달려오셨으니 호흡이 가쁩니다. 지켜보는 모습에선 작은할아버지도 염려스러웠습니다. 슬픔을 주체할 수 없던 작은할아버지는 "형님~" 외마디 비명을 지르시더니 쓰러지십니다. 그러다가 귀곡성처럼 괴이한 소리를 내십니다. 끼이익~ 꺼억~ 어흐응~ 어응 엉~ 희안한 울음입니다. 이 장면에서 나는 그만 웃음이 나오고 말았습니다. 웃을 상황이 아닌데, 정말 웃을 상황이 아닌데, 어찌하여 그런 망령된 웃음이 나왔는지 알 수 없는 노릇입니다.

진정 웃어야 할 때 웃는 것, 웃지 말아야 할 때 웃지 않는 기본 감정이 어긋날 때입니다.

노벨문학상을 탄 베르그송은 웃음에 대한 논문에서, 남의 비위를 거스르는 솔직함도 웃음을 유발한다고 했습니다. 예의 바른 듯한 인물의 두서없는 비굴도 경멸의 웃음을 유발한다고 하였습니다.

사노라면 가식의 웃음이 더러 필요하지만, 경멸의 웃음을 유발하는 대상이 되어서는 아니 되겠습니다.

사하촌(寺下村)

만수산 무량사를 돌아보며 사하촌을 떠올립니다. 절 아래 마을, 김정한의 소설 「사하촌」의 첫 장면입니다. 실제 풍경은 이렇게 평온하고 아름다운데, 소설은 정반대의 시대상을 담고 있습니다.

농사가 전부인 촌락에 모심기 이후로 비 한 방울 내리지 않는 무서운 가뭄입니다. 구십도 족히 넘는 팔월 땡볕 불볕더위 아래 발가벗은 어린애가 땟물을 조르르~ 흘리며 울어 댑니다. 언제부터 울었는지 기진맥진이고 그 곁에 퍼져 앉은 치삼노인은 신경통으로 퉁퉁 부어오른 두 정강이를 끌어 앉고 미꾸라지와 싸우고 있습니다. 몸은 아프고 당장 한 끼 먹거리가 없어서 그렇습니다.

나이 들어서 이럴 줄 몰랐습니다. 치삼노인은 어쩌다가 조상 땅을 절에 바쳤습니다. 자손 대대로 복을 받고 극락 갈 수 있다는 꾐에 빠져 통째로 시주하고 보니 농사지을 땅이 없습니다. 사정사정해서 자기 논에 소작인이 됩니다. 자기 논에서 농사짓고, 소작료 바치는 악순환을 자기 스스로 자처한 셈입니다. 농사가 잘되고 말고 따질 것 없이 소작료는 늘어나고 있습니다.

이런 경우가 한둘이 아닙니다. 어리숙한 마을 사람을 일깨우고 보호해야 할 면장이며 마을 지도급들 모두가 수탈자입니다.

'보광사'라는 절 아래 살아가는 '사하촌' 사람들은 사악한 중들과 일제 앞잡이 횡포에 견딜 길 없는 고통스러운 나날을 보내고 있습니다. 어차피 살기 어려운 세상입니다. 절이나 몽땅 태우고 말겠다며 볏짚을 들고 모여드는 마을 사람들입니다. 어린애들도 나섰습니다. 일제 치하 막바지를 배경으로 했으니 그럴법합니다. 한번 살아보려 몸부림치는 농촌 젊은이들의 비애가 안타깝습니다.

오늘날, 사하촌은 위락시설이 한몫하고 토속 음식을 활성화하며, 그곳에만 생산된다는 산나물과 약초가 즐비합니다. 더러는 절과 무관한 별별 먹거리가 난무합니다.

희망을 잃어가는 김정한의 사하촌이 아니라, 사찰의 혜택으로 삶의 터전을 굳건히 이루고 있습니다. 어딜 가나 사하촌은 산사의 얼굴을 대변합니다. 단아한 풍경이 있는가 하면 상업 냄새가 입구부터 요란한 곳도 있습니다. 진입로를 따라 걸어가는 느낌은 절이 주는 의미에 절반 이상입니다. 최인호 씨는 절마다 다른 듯 비슷한 풍경을 노래합니다. 맞는 말입니다. 또한 절마다 비슷한 듯 다른 풍경도 있습니다. 여러 산사를 다녀본 기억을 꺼내 보면, 나는 선암사 진입로가 가장 마음에 남습니다. 알맞은 경사로, 일주문까지 알맞은 거리, 참나무를 비롯해 갖은 나무들이 수려하고, 왼쪽으론 맑은 계곡물이 맑은 소리로 노래하고 있기 때문입니다. 장중하고 고요한 가운데 제철마다 풍경이 지극히 아름다워, 수차 방문할 때마다 경건하고 볼 때마다 감동합니다.

마음이 머무는 곳에 주인이 되면

평온하고 행복해지는 길을 안내하는 글입니다. 월도 스님께서 젊은 날 처음 구인사로 들어가 절 건설부터, 수년간 시봉한 이야기가 나옵니다. 몇 해 전 소백산 일대를 유람하다 구인사를 가본 적 있습니다. 일반 절과 달리 그 규모에 놀란 기억뿐인데요. 그때 여러 스님들을 뵈었으나 월도 스님을 뵙지는 못했습니다. 어쩌면 뵙고도 기억이 없을지 모릅니다. 책을 펼치며 스님을 뵈었는지 뵙지 않았는지, 그 간단한 질문을 던져 놓고 긴 시간을 보냅니다.

월도 스님의 글을 읽고 요약합니다.

'마음이 머무는 곳에 주인이 되면 스스로 힘을 얻게 됩니다. 나를 낮춤으로 귀해집니다. 나를 높이려고 자세하는 만큼 천박해지는 삶의 진리를 그려주십니다. 가만히 옆에 있기만 해도 편안한 사람을 생각합니다. 그 이름을 안다는 자체만으로도 행복을 주는 이가 있습니다. 그 사람을 재화며 지식 가득 든 사람으로 봐야 하는가! 물었을 때, 물질 우선인 세상에선 이를 아니라 할 수 없는 게 인지상정이라 합니다. 아니면 호사스럽게 이름난 사람이던가! 세상인심에서 그럴싸한 사람을 만나면 사진이라도 한 장 남겨서 가까운 인맥인 듯 자랑하고픈 심경을 헤아려 봅니다.

그렇습니다. 젊은 시절엔 재력이나 명예 쪽에 앞선 이들과 가까이 하고 싶은 마음이 분명했습니다. 성취하고자 하는 목표도 그랬습니다. 그러나 세월이 가르쳐주는 방향이 조금씩 달라짐을 느낍니다.

선현의 이야기며 동서고금을 들어 알량한 기억을 털어보면 역시나 된 사람이 최상입니다. 난 사람, 든 사람, 된 사람 중에서 마지막은 된 사람이라는 말입니다. 되지 못했기에 된 사람을 흠모합니다.

내가 스님을 뵈었나 아니 뵈었던가 가늠하는데, 한참을 머문 까닭도 여기에 있습니다. 심중에서 그분이 뵙고 싶은 마음이 드는 것입니다. 글향에 취하다 보니 실제 모습과 음성을 듣고 싶은 것입니다. 언제라도 한 번쯤 뵙고 싶은 분입니다.

말에 현혹이 아니라 진리에 현혹됨은 진정한 기쁨입니다. 말씀 그대로 실천하고 계실 것 같은 분입니다. 스님께선 그런 사람을 바라는 심중과, 자신이 그 사람이고자 하는 이중구조를 가르치십니다. 괴로움과 슬픔을 안고 온 사람들을 대하는 과정에서 가슴에 잔잔한 파문을 일렁이게 합니다. 홀로 있을 때 단정하고 반듯하면 스스로가 의지처니 외로울 겨를 없습니다. 부럽거나 두려울 게 없습니다. 인생은 철저히 셀프인 것을, 자주 들여다보라 하십니다. 자신이 누구인지, 내 마음 내가 맑고 곱게 다독이자는 지혜의 보고를 읽고 있습니다.

제5장

여운이 있는 글

이심전심

조선 3대 명필에는 양사언, 김정희, 한석봉이 있습니다. 4대 서예가로 말하자면 안평대군, 김구, 한석봉, 양사언이라 하는데 이처럼 양사언은 중종~선조 때 문인이며 명필로 이름이 높습니다. 지금도 이어지는지 모르겠으나 초등 시조 부분에, '태산이 높다 하되 하늘 아래 뫼이로다' 교훈시가 생각납니다.

양사언(1517~1584)이 함경도 안변에서 벼슬살이를 할 때, 백광훈 (1537~1582)과 서신을 교환합니다. 나이를 의식하지 않는 교류입니다. 백광훈 역시 최경창 이달과 함께 삼당시인이며 팔문장(八文章)으로 손꼽히는 이로 양사언과는 망년지우의 정을 나누는 처지입니다. 당시 함경도에서 한양에 있는 벗에게 편지를 보내려면 족히 한 달이 걸립니다. 그 먼 거리에서 보내온 친구이자 인생 선배의 편지가 도착했으니 얼마나 반가운지 백광훈은 서둘러 편지를 뜯습니다. 그런데 편지 내용이 몇 자 안 됩니다.

'삼천 리 밖에서 한 조각 구름 사이 밝은 달을 바라보고 있습니다.' 한참 동안 편지를 읽고 또 읽다가 백광훈은 눈물을 글썽이며 고개를 끄덕입니다.

벗은 그 편지에서 무슨 말을 하고 싶었을까요! 안변과 한양의 거리가 멀다 해도 삼천리는 아닙니다. 그만큼 그리움이 깊다는 뜻입니다. 밝은 달과 친하게 지내려고 하는데, 이따금 구름이 가리고 있다는 말은 마음과 달리 생활에서 오는 여러 가지 사연을 뜻함입니다. 자기가 보고 있는 밝은 달을 그리운 그대도 보지 않겠는가! 양사언은 백광훈이 몹시 보고 싶다는 마음을 길게 표현하지 않고 짧은 글 안에 담은 것입니다.

　일전에 다른 책을 읽는데 비슷한 글이 있습니다.

　"그곳에 뜨는 밝은 달이 몇 시간 후면 이곳에 그대로 뜬답니다. 가끔 부끄러운지 구름 속에서 나오지 않을 때면 안타깝지요!"

　우회적 표현입니다. 돌려 말하기라고 하지요. 좀 더 솔직한 심경을 듣고자 함이었는가! 감성은 표현하는 이 못지않게 받는 이의 해석에 따라 울림이 다르다고 봅니다.

　말이나 글이나 폭포수처럼 시원하게 뱉어내는 직설법이 필요한 때가 있습니다. 하지만 민망하고 부끄러운 가짐으로 하고자 하는 말을 그대로 적나라하게 전달할 수 없을 때는, 단순한 감정표현이 더 절실하게 전달될 수 있습니다. 돌려서 말한 은근한 한마디가 자세히 되풀이해서 설명하는 긴 말보다 훨씬 낫다고 여기기 때문입니다.

　보름달이 둥~실 떠오르면 천지가 대낮처럼 느껴지던 어린 시절의 기억입니다. 서늘한 가을날이면 괜스레 돌아다니고 싶으나 어른들의 밤길 염려로 마음에 그치고 만 적이 어디 한 두번 일까요! 이제는 나이가 들어 아무도 가로막는 이 없는데도 눈여겨 달구경을 해 본 적이 언제였던가 싶습니다.

　옛글을 읽다 보면 달밤에 어린 이야기가 잦습니다. 담헌 홍대용이 어느 달 밝은 날, 운치를 함께 나누고 싶어 연암 박지원을 찾아갔습니다. 가 보니 빈집입니다. 한동안 마루에 걸터앉아 무료히 달빛을 바라보다 벽에다 실없는 낙서를 남깁니다.

　"달빛이 하도 고와서 문득 보고 싶어 다녀가네. 이 사람아, 집에 붙어 있지 않고 어딜 돌아다니는가! 못 보고 그냥 가는 발길이 영 서운하

구먼."

연암이 뒤늦게 돌아와 보니 익숙한 벗의 글씨가 있습니다.

"아이구 이 사람아, 조금만 더 기다릴 일이지, 그사이를 못 참아 그냥 갔더란 말인가? 벽 위에 너무도 또렷하게 써놓은 그대 글씨를 보자니 내 마음이 안타까워 죽을 맛일세그려! 옛날 서호에 살던 임포는 손님이 오면 기르던 학이, 밖에 나가 놀던 주인에게 손님이 왔다고 알려 주었다는데, 내게는 그런 학이 없으니 어찌한단 말인가, 그래도 봉황 같은 그대가 내 집 벽에 글씨를 남기고 가주니, 나는 그것이 마냥 기쁘네그려. 여보게 친구! 정말 미안허이. 내 이제 달 밝은 밤이면 집에서 꼼짝 않고 자네를 기다림세. 한 번만 더 기회를 주시게. 달밤엔 다시는 마실 안 나가겠단 말일세."

미안함과 아쉬움이 뚝뚝 묻어나는 편지에서 우정이 흘러넘칩니다.

선인들의 즐거운 날에도 밝은 달이 등장하고 마음 가는 친구와 독서와 술잔이 함께합니다. '달'은 여유로움입니다. 그리움입니다. 그리운 이를 향한 마음이 애절토록 그려지는 한의 정서입니다. 소월의 '옛이야기'에도 임과 함께하던 날에는 달이 암만 밝아도 쳐다볼 줄을 몰랐는데, 홀로된 지금에야 저 달이 설움이 되었다고 하지 않습니까!. 가득하다 줄어들다 작아졌다 커지는 애처로운 기다림의 달빛처럼 누군가의 심경에는 이루지 못할 사랑이 곱게 어려 있습니다. 이것을 애틋한 그리움으로 볼 수도 있고 애련으로 풀이할 수도 있겠습니다. 그러나 앞으로 흘러갈 세월 따라 자연스레 흐려질 수도 있을지 모릅니다. 달님을 보면서 아련한 바램이라면, 내세에는 담헌과 연암처럼 달빛마저 함께 나눌 막역한 벗의 만남을 이루고자 합니다.

나를 찾아서

석가모니는 탄생하자마자 사방 일곱 발자국을 걸다고 합니다. 그다음, 오른손과 왼손으로 하늘과 땅을 가리키며 천상천하유아독존(天上天下唯我獨尊)이라는 일성을 터트렸다고 합니다. 하늘 위아래 어디를 봐도 자신이 제일 존귀하다는 의미랍니다. 이를 두고 석가 자신에 대한 독선이라는 비평도 있으나 기실 모든 인간의 존귀함을 의미하는 진리로 해석하는 쪽이 대세입니다. 그러나 우리가 스스로 귀하다 여겨도 사노라면 이 말은 선언적인 말에 불과합니다. 실제로 우리 대다수는 보잘것없고 삶의 무게에 짓눌려 사는 존재일지 모릅니다. 그렇다면 부족하다, 힘들다, 가엾다는 생각은 어디에서 기인하는가요!

오늘 서점에서 펼쳐 본 글 가운데 '나를 꽃 피우라'는 내용에서 이런 모든 부정적 견해는 타인들에 연관된 만들어진 삶이라고 하였습니다. 무한 경쟁을 해야 하는 불안한 삶에서 앞서가는 모습들을 보면 부족함이 보입니다. 뒤처진 모습을 보면 그리될까 불안합니다. 생각해 보면 남들이 만들어 준, 또는 환경에 의해 만들어진 나에 대한 정보통치를 놓고 그것이 진정한 '나'인 양 착각하고 힘들어하는 현대의 인물들처럼 나도 역시 같은 모양입니다.

과거 무성한 잡초와 가시 나무속에서 만들어진 '나'로부터 '실제 지금 여기에 존재하는 나'와 앞으로 새롭게 탄생할 '나'에 대한 세부적 이야기를 담아다 대입합니다. 프로스트의 '가지 않은 길'처럼 살아가면서 끊임없이 부딪히는 선택의 순간에 결정은 자기 몫입니다. 사람이 많이 다니는 저쪽으로 갈 것인지, 사람의 발자욱이 적은 이쪽 길을 선택할 것인지 정했거든, 뒤돌아보지 말고 잘 가라는 말입니다.

나는 꽤 많은 길을 걸어왔습니다. 그러므로 예의 부모들처럼 내 아들이 아직 가지 않은 길은 평탄하기를 바라고, 또 그런 길을 선택하는 지혜를 제자들에게 전하고 싶습니다. 세상의 좋다는 것은 모두 주고 싶으나, 갖고 있지 못한 것을 어떻게 줄 수 있을까요! 전할 것이 탓과 변명밖에 없다면, 이 얼마나 비참한 생이란 말입니까! 겪어보면 안다고 합니다만, 겪어보기 전에 알았으면 좋겠습니다. 실패 후에 얻는 경험이 의미 있다 하지만 실패하기 전에 누군가 알려 주면 더 낫지 않겠습니까!

자기만큼 산다는 말입니다. 실패한 만큼, 성공한 만큼 대접받는다는 말입니다. 그러니 누군가에 교훈이고 표본이나 성찰의 개운함을 준다면, 살다 간 보람이라고 하겠습니다. 무엇보다 사랑한 만큼 살았다는 평가가 나오겠지요. 얼마나 자신을 사랑했는지, 얼마나 주변에 그리움이 되는 인품인지 이름자로 남겠지요. 그러니 내 안에 꽃을 피워야 꽃을 보여 주고 향기를 전 할 것이라는 진지한 내용에 머물고 있습니다.

일기일회(一期一會)

후대가 존경하는 분들이 남긴 발자취에는 매 순간 맑고 성실하게 살았다는 공통점이 있습니다. 머물거나 떠난 자취가 깨끗합니다. 당나라 말엽 운문선사는 많은 후학과 대중에 큰 영향을 준 분인데 그분 평소 말씀이자 평생 말씀도 일일시호일(日日是好日)이라 하여 날마다 좋은 날이 되도록 노력하는 삶이 최선이라고 하였습니다. 과거는 현재와 연결되고 현재는 바로 내일로 이어지는 게 당연하니 지금 거울을 놓고 모습을 보라고 하십니다. 앉은 책상을 보십시오. 침대를 보십시오. 여성이면 화

장대를 보십시오. 홀로 쓰는 옷장을 보십시오. 바로 그 모습이 과거의 자기요 지금의 자기요 미래의 자기입니다. 일전에 아주 두꺼운 장정으로 된 스티븐 코비 作『Everyday Greatness』를 읽었는데 그도 매일 매일 위대하게 살아라~ 오늘이 내 인생 최고의 날로 삼으라는 게 주된 내용입니다.

법정 스님은 "너와 나는 동의어"라고 하십니다. 내가 나를 보면서 너를 바라보라~ 좀 어려운 말인가요? 각자 이해가 다를 수 있으나, 여기서 너'는 타인을 말함이 아니라 또 다른 나를 말합니다. 타인에게 보이는 나를 내가 스스로 겸허히 바라보자는 뜻입니다. 누구에게 친절했나요?나 누굴 이해하고 따뜻하게 대했나요? 그래서 나로 인해 타인이 행복하다면 자아도 행복하답니다. 그게 바로 나입니다. 일상이 맑고 충만하려면 내가 바라본 내 모습이 맑고 충만해야 합니다. 인품(人品)의 품 자는 입 구(口) 자 세 개로 이루어졌습니다. 남의 입 세 사람 이상이 내 품성을 말할 때 인품이 된다는 의미입니다. 나는 이런 사람이라고 소리 내서 완성되는 게 아니라 내 주변의 이목과 평가를 말합니다. 금방 이해는 안 되지만 가만히 천천히 나를 멀리 놓고 보면 이해할 수 있습니다.

자기가 베풀 수 있는 친절을 베푸는 사람이 가장 위대한 종교인이라고 합니다. 사랑, 자비를 포함한 상의어는 이웃과 남을 돕는다는 '돕다'라는 동사입니다. 우리 삶은 해야 할 일과 하지 말아야 할 일로 나뉩니다. 꼭 해야 할 일만으로도 짧은 生입니다. 혹시 지금 하지 말아야 할 말, 하지 말아야 할 일을 하고 있지는 않은가요?

사회적 언어라는 말이 있습니다. 표정이며 옷차림 청결을 포함한 내공이지요. 내공이 부족하면 헛말이 나옵니다. 맘에 없는 말입니다. 말 한마디로 믿었던 이를 실망시키고 상처를 입히진 않았는가요? 알았으면 비로 중지합니다. 미안하거든 미안하다고. 잘못했다면 잘못했노라고 그렇게 말하고 나면 마음이 한결 편안합니다. 그게 바로 용기며 겸손입니다.

자기답게 살자

제비꽃은 제비꽃답게 피면 그만이지, 제비꽃이 핌으로써 봄의 들녘에 어떤 영향을 끼칠 것인가. 그건 제비꽃으로선 알 바가 아니다. 그 꽃이 그 꽃답게만 핀다면 한두 송이 피어 가지고도 봄의 온 들녘을 술렁거리게 할 수 있다. 그러나 만일 제비꽃이 제비꽃답게 피지 못하고 개나리처럼 피거나 또는 벚꽃처럼 피려고 한다면 그건 정말 봐줄 수 없는 몰골일 것이다. 이는 제비꽃만의 이변이 아니라 봄의 비극이다. (법정)

한 학생에게 가훈을 물었더니 '자기답게 살자.'라고 답합니다. 간단하고 의미롭습니다. '진인사대천명' 가화만사성, 충효예입신 등의 해석을 요하는 가훈이 세월 따라 무거운 겉옷을 벗습니다. 아무리 뜻이 좋아도 얼른 가슴에 와닿지 않는 신세대에겐 이런 가훈 내지 좌우명이 좋겠다는 생각입니다. '자기답게 살자'라는 말을 들으니 아침마당 이금희 아나운서의 수필이 떠오릅니다. 그녀가 맨 처음 입사 발령을 받고 나서 아나운서로서 어떤 머리모양을 하고 어떤 옷을 입어야 할지 몰라 당시 아나운서들 사이에 가장 유행하는 차림을 했다가 낭패를 봤다는 것입니다. 다른 사람에게는 잘 어울리는 차림이 왜 그리 자신에겐 어색하고 불편한지 생각한 끝에 '자기답게' 차림하기로 마음먹었답니다. 시골에서 나고 자란 태생과 분위기를 그대로 받아들이다 보니 자연스럽게 고향 관련 방송이 들어오고 메인에 이르게 되더라는 내용입니다. 오늘날 대부분 사람들이 자기 위치에서 자기 빛깔을 지니고 산다는 것은 정말 어려운 일입니다. 세상이 하~ 급변하다 보니 개인의 신념이나 개성이 둘레로부터 도전받기 때문입니다. 창조적인 사고의 필요성을 소리 높여 외치면서도 일상 차림이나 생활 양식이 모두 닮아 가고 있습니다. 시대 흐름을 아는 것과 자기 신념을 지키는 것은 분명한 차이가 있는데도 말입니다.

법정 스님께서는 오늘날 시류를 일컬어 제비꽃을 자꾸만 제비꽃답게 피지 못하도록 작용한다며 염려하십니다. 정원에 모든 꽃이 비슷하게 핀다면 어찌하란 말인가! 모든 꽃이 자기답게 피어날 때 그 꽃밭은 비로소 장엄한 교향악의 조화를 이룰 것이라는 말씀입니다. 사람은 회심(回心)할 줄 아는 데 있으니 매일 자기 마음을 돌아보며 자기다움을 찾아야 한다는 의미를 새깁니다.

지성의 토론

후목불가조아(朽木不可彫也) 재여가 주침(晝寢=낮잠)을 합니다. 공자께서 이 모습을 보고 말씀하기를 '썩은 나무는 새길 수가 없고 썩은 담장은 바를 수가 없다'고 호된 꾸지람을 내립니다. 나무 재질이 단단해야 무슨 글이든 그림이든 조각할 수 있는데, 다 썩은 나무는 아무 데고 쓸모가 없다는 의미입니다. 흙 담장도 그렇습니다. 새 흙을 바르고 보수를

할 때 웬만해야지 썩은 흙으로 새로운 담장 손질을 하겠는가! 그러니

"재여 너는 구제 불능이구나!" 이런 해석을 두고 공자께서 너무 야단을 친 것 아닙니까? 아니죠. 공부하다 말고 낮잠을 잤으면 잘못입니다. 그러면 주침(晝寢)의 구체적인 뜻이 무엇입니까? 대낮에 잠자는 것을 주침이라 합니다. 아닙니다. 해가 중천에 뜨도록 늦잠을 자는 것일 거라고 봅니다. 주석을 풀이하는 과정에서 의견이 분분합니다. 이렇게 다양한 해석에 대해 이쪽 해석이 옳은 것 같다. 저쪽 해석이 옳은 것 같다며 줄서기를 하는 또 다른 학자들의 논쟁이 재미있습니다.

다산 선생은 재여가 낮잠을 잔 것이 아니라 흐트러진 자세로 빈둥빈둥 누워 있는 것을 보고 공자께서 나무란 것으로 이해하고 있습니다. 반증에 대한 풀이 또한 대단히 정묘합니다. 늦잠을 자느라 학당에 나오지도 않은 모습을 야단한 것이라는 풀이에 대하여 예기와 춘추를 들어 일목요연하게 조목조목 풀이합니다. 다산 선생의 피차 대비 논증은 해박한 학설을 위주로 내어놓으므로, 그 누구도 대립의 각을 세우지 못하고 있어 읽는 이로 하여금 호쾌한 감탄을 자아내게 합니다. 다산 선생의 주장론에는 억지가 없습니다. 견강부회, 억지로 짜맞추기 해서 어물쩍 넘어가는 방식은 절대로 남들이 수긍하지 않는다는 말씀입니다. 시비(是非) 논조는 유유상종일 때 쾌감이 있습니다. 수업도 그렇습니다. 토론할 때 화술을 보면 상대하기 어려운 얼굴이 있습니다. 어린싹이라면 약을 치고 교정이라도 해 보련만 이미 다 자란 껍데기라 무엇을 어찌 채워야 할지 아득한 경우입니다. 어떻게든 말꼬리를 잡으려는 심사에는 이론도 반증도 흡수되지 않습니다. 이런 사람이 있기에 총명하고 예절 바른 희망의 눈빛에 대비가 확연합니다. 내 주위에 '알맹이만 남고 껍데기는 가라'는 詩 어절을 대입하고 싶은 이 마음은, 완벽한 이기일까요. 강

단에 오래 서다 보면 학습자의 자세와 눈빛에서 될성부른 푸른 싹이 보입니다.

유유상종

그 사람을 모르거든 친구를 보라는 말이 있습니다. 대부분 자기 수준의 사람들과 사귀는 것이 편하기 때문입니다. 내 그릇에 넘치는 과시용이나 너무 모자라 동정에 가까운 우정은, 길게 이어지기 어렵습니다. 대화에 불편과 어려움이 따릅니다. 이따금 전혀 맞지 않는 상대가 깊은 우정으로 이어지는 경우는, 한쪽에서 넉넉한 이해심이 작용하기 때문입니다. 공자께서도 자기와 비슷한 사람과 함께하라는 말을 자주 하셨습니다. 무우불부여기자(無友不如己者) 수준 이하를 친구로 사귀는 것은 아무런 정신적인 이익이 없다는 뜻입니다. 자기보다 나은 사람에게 해를 주라는 의미는 더욱 아닙니다. 공자께서 교류에 있어 제일 중시한 부분이 교우관계입니다. 지금 교우관계를 가늠해 보세요.

격조 높은 삶을 들여다보면 개인적이나 공적인 삶이 한결같이 투명하여 평정심을 잃지 않습니다. 다수의 행복을 염려하고, 주변인의 행복을 위해서라면 크고 작은 일마다 정성을 다합니다. 너도나도 함께 성장하기를 바랍니다. 그래서 군자들의 사귐은 맑은 물(淡)과 같고, 소인배들의 우정은 단술과 같다 합니다. 격심한 경쟁 시대에 조금이라도 유리한 선상에 줄을 잡으려 안달입니다. 본인이 잘나갈 때는 평소 친구가 필요치 않은 인사입니다. 지위가 내려오고 경제력이 상실되면 그 많던 주변에 사람이 어디론가 사라집니다. 그때야, 자기 삶에서 무엇이 잘못됐는지,

누가 도움이 되는 사람이고 누가 도움 되지 않는 사람인지 알게 됩니다. 어려움을 겪어 봐야 자신의 삶이 어떠했는가 가늠할 수 있다는 말이 여기에 있습니다. 그간에 친구는 마음이 아니라 돈과 권력이 친구였습니다. 금방 마시기 좋은 단술처럼, 금방 취하고 금방 깨어지는 이해득실의 관계일 뿐입니다. 세상이 발달하면서 돈독한 교우관계가 갈수록 귀해지는 것 같아 안타깝습니다.

한유의 '유자후 묘비명'에 손을 잡고 간담을 내보인다는 말이 있습니다. 서로 진심을 감추지 않고 다 털어놓고 깊이 믿는 간담상조(肝膽相照)입니다. 관포의 우정 같은 것입니다. 그만한 우정에 미치진 못 할지라도 나름대로 우정을 지키고자 노력하는 것이 인지상정입니다. 나의 우정도 맑은 물(淡)이었으면 합니다. 한밤을 하얗게 새우면서 허물과 기쁨의 가림없이 대화를 나눌 수 있는 벗이고자 합니다. 옷은 새 옷이 좋고, 벗은 오랜 고향 벗이 좋다고 하지요. 많을 것 없습니다. 더러는 아무 말 없이 왔다가 아무 말 없이 가도 좋을, 이 시대 전설 같은 우정을 그려봅니다.

버리고 떠나기

혼란스러운 것들은 한데 모으거나 치우는 것을 정리(整理)라고 합니다. 불필요한 것을 줄여 없앤 다음 체계적으로 바로 잡는 것을 정돈(整頓)이라 합니다. 생활하다 보면 너무 오래되어 낡거나 작아진 옷이며 못 쓰는 그릇처럼 버려야 할 것들이 너무 많습니다. 언제 한번 사용하겠거니 자꾸 쌓아두면 공간 여백이 줄어듭니다. 일단 버릴 것을 버리고 나야 말끔하게 정돈이 됩니다. 불필요한 것을 버리고 비우는 것은 낭비가 아닙니다. 언제 소용될지 모르는 침체되고 묵은 것들을 가지고 새로움을 지향할 수 없는 일입니다. 살림살이뿐만 아니라 인과 관계에서도 진실이 적은 사람을 굳이 가까이하면서 시간과 마음을 침해받을 필요가 없습니다. 이는 소극적인 삶이 아니라 내게 필요치 않은 것을 구별할 줄 아는 적극적 삶의 형태입니다. 지극한 이를 돌아서게 해서는 안 되지만, 성의 없는 상대로 인해 폐해를 입어도 안 됩니다. 내게 너무 넘치는 상대와 친하기 위해 고단할 필요도 없습니다. 더구나 남의 사람을 가슴에 담아 두는 것은 번뇌일 뿐입니다.

법정(法頂) 스님의 산문집을 보면서 마음 가는 곳에 밑줄을 칩니다.

스님은 계절마다 달라지는 나무를 보라 하십니다. 한 번 잎을 피운 나뭇잎은 가을에 단풍 옷을 입고 떨어지는 게 자연이라 합니다. 언제까지 떨어지지 않고 있다면 계절이 와도 새잎이 돋아나지 못하기 때문입니다. 새잎이 돋아나지 못하면 성장이 중단되었거나 머잖아 시들어 버릴 병든 나무입니다. 소나무 같은 상록수도 눈여겨 살펴보면 계절이 바뀔 때마다 묵은 잎을 떨구고 새잎을 펼쳐 냅니다. 늘 푸르게 보이는 것은 그 교체가 낙엽수처럼 일시적이 아니고 점진적이기 때문입니다.

살아가는 동안 가끔은 자기 몫을 다하고 있는지 되돌아 점검할 필요가 있습니다. 내 몫을 다하고 떠날 준비를 하는 것입니다. 가야 할 때를 모르는 것은 민폐입니다. 알면서도 이어가는 것은 새로운 삶을 포기한 인생 중고품입니다. 스스로 정화하면서 계절마다 새로운 모습을 보여 주는 자연처럼 사람들도 끊임없이 탐구하고 계획하며 시도해야 합니다. 억지나 과시, 허세가 없는 자연스러움 안에 정리하고 정돈한 다음, 시점에 맞게 다른 곳 다른 면면에 새로움을 다져야 하겠습니다.

명가(名家)

　명문가는 동서고금을 막론하고 늘 존재합니다. 다만 시대마다 추구하는 명가의 상이 달랐을 뿐입니다. 조선 왕조 500여 년을 관통하는 최고의 가치는 역시 벼슬이었고, 명가의 일차적 요건입니다. 그러나 벼슬을 유지하는 집안이라고 해서 모두 명가가 되는 것이 아닙니다. 명가가되기 위해서는 가풍과 저력이 있어야 하고, 당대에 모범이 되거나 역사발전에 무언가가 있어야 했습니다. 그것은 청백(淸白)이나 효열(孝烈)일 수도 있고, 도학이나 문학일 수도 있으며, 절개나 의리일 수도 있습니다.

　명가의 선비정신은 조선 왕조를 지탱할 수 있는, 힘이 되었으나 생전에는 많은 세파에 시달려야만 했습니다. 남명 조식(1501~1572) 선생은 「우금(偶吟)」에서 '사람들이 바른 선비를 아끼는 것은 호랑이 털가죽을좋아하는 것과 같다'고 말했습니다. 살아있을 때는 잡아 죽이려 하고 죽은 뒤에야 아름답다 떠들어대는 세태를 풍자한 것입니다.

　가문을 뿌리라고 합니다. 나무를 보면 뿌리가 보이고, 뿌리를 보면나무가 보인다고 합니다. 충신 집안에 충신이 나오고 간신 모리배의 집안에서는 여지없이 간신 모리배가 나왔기 때문입니다.

　벼슬 받은 '정이품 소나무' 이야기를 꺼내 봅니다. 지난달 충북 보은에 있는 정이품 소나무를 찾았습니다. 이야기로 전해 듣고 사진으로만보았는데 실제로 본 것은 처음입니다. 그런데 정이품 소나무는 기대와달리 한쪽 큰 가지가 부러져 균형을 잃고 쓸쓸히 서 있었습니다. 마치몰락한 명가의 모습이 연상됩니다. 뿌리 깊은 나무는 바람에 흔들리지않는다고 했는데, 바람이 너무 세면 아무리 뿌리가 깊어도 흔들리고 부러진다는 것을 분명히 보았습니다. 안타까운 모습입니다. 수 천 년 낙락 장송을 보살피고 지키는 것이 중요하나 한 편으로 새로운 묘목을 심고 가꾸어야겠다는 생각이 들었습니다.

가문도 그렇습니다. 가문이 좋은 여우와, 천한 집안에서 태어난 여우가 길에서 마주쳤다지요. 가문이 좋은 여우가 그렇지 않은 여우에게 자기 집안 자랑을 늘어놓습니다. 천한 집안 여우가 대꾸합니다.

"네 집안은 너로 끝날 수도 있지만, 우리 집안은 나로부터 시작될 것이다."

그렇습니다. 명가는 언제든지 나로 인해 몰락할 수 있고, 나로부터 새롭게 탄생할 수 있는 것입니다.

선비의 교육

학문을 하고자 하는데 뜻이 굳건하지 못한 까닭인지 공부에 집중은 되지 않고 하릴없이 시간만 보내고 있습니다. 제게 경계 될만한 말씀을 주시면 벽에 붙여 놓고 조석으로 보면서 게으름을 채찍질하겠습니다. 율곡 선생의 생질 홍석윤이 찾아와 조언을 부탁드립니다. 선생의 말씀입니다.

사람에게는 두 가지 병이 있는데 하나는 혈기(血氣)의 병이고 하나는 지기(志氣)의 병이다. 혈기의 병은 의원에게 묻고 약을 구하여 외물(外物)로써 치료할 수 있다. 지기(志氣)의 병은 자각(自覺)하고 자수(自修)하여 내심(內心)으로 치료할 수 있다. 외물 치료는 그 권한이 의원에게 있으나 내심으로 치료할 수 있는 권한은 누구든 자기에 있는 것이다. 네 병통도 그러하다. 생각이 어지러운 병은 마음을 한군데 집중하여 잡념을 없애는 주일(主一)로써 치료해야 한다는 것을 알게 될 것이다.

신체에 질병은 외물 치료니 전문가에 도움을 받아야 하지만, 마음가짐은 스스로 정제하라는 조언입니다. 앞선 걸음을 본받거나, 가르침을 받는 자세는 누구라도 훌륭합니다. 율곡 선생이 스무 살 무렵 스스로 만든 좌우명 '자경문'을 보면 대학자의 절도에 고개가 절로 숙여집니다.

◇◇◇◇◇◇◇◇◇◇◇◇◇◇◇◇◇◇◇◇◇
자경문(自警問)

율곡(栗谷) 이이(李珥, 1536~1584)
자경문이란 '스스로 경계하는 글'이라는 뜻을 담고 있습니다.
자경문은 율곡 이이가 어머니 신사임당을 여읜 후 상심하여 금강산에 들어가 불교에 귀의했다가 1년이 지나 하산한 후 지은 글입니다.

제1조 입지(立志)
먼저 마땅히 그 뜻을 크게 가져 성인을 표준으로 삼아야 한다.

제2조 과언(寡言)
마음이 안정된 자는 말이 적다.

제3조 정심(定心)

마음을 정하는 힘(定心)이 이루어지지 못하면 마음이 요동(搖動)하여 편안하기 어렵다.

제4조 근독(謹獨)

늘 경계하고 두려워하며 홀로 있을 때도 삼가는 생각을 가슴속에 담고서 유념한다.

제5조 독서(讀書)

새벽에 일어나서는 아침나절에 해야 할 일을 생각하고
밥을 먹은 뒤에는 낮에 해야 할 일을 생각하고
잠자리에 들었을 때에는 내일 해야 할 일을 생각해야 한다.
일이 없으면 그냥 가지만, 일이 있으면 반드시 생각을 하여
합당하게 처리할 방도를 찾아야 하고, 그런 뒤에 글을 읽는다.
글을 읽는 까닭은 옳고 그름을 분간해서 일을 할 때 적용하기 위한 것이다.
만약에 일을 살피지 아니하고, 오똑히 앉아서 글만 읽는다면
그것은 쓸모없는 학문을 하는 것이 된다.

제6조 소제욕심(掃除慾心)

이로움을 탐하는 마음이다.
더욱 살펴야 할 일이다.

제7조 진성(盡誠)

만약 해서는 안 될 일이라면 일체 끊어 버려서 내 가슴속에서 옳으니 그르니 하는 마음이 서로 다투게 해서는 안 된다.

제8조 정의지심(正義之心)

항상 '한 가지의 불의를 행하고 한 사람의 무고한 사람을 죽여서 천하를 얻더라도 그런 일은 하지 않는다(行一不義 殺一不辜 得天下不可爲)'는 생각을 가슴속에 담고 있어야 한다.

제9조 감화(感化)

한집안 사람들이 변화하지 아니함은 단지 나의 성의가 미진하기 때문이다.

제10조 수면(睡眠)

밤에 잠을 자거나 몸에 질병이 있는 경우가 아니면 눕는 일이 있어서는 안 되며 비스듬히 기대서도 안 된다.

제11조 용공지효(用功之效)

공부를 하는 일은 늦추어서도 안 되고 급하게 해서도 안 되며, 죽은 뒤에야 멈추는 것이다.
만약 그 효과를 빨리 얻고자 한다면 이 또한 이익을 탐하는 마음이다.
만약 이와 같이 하지 않는다면 부모께서 물려주신 이 몸을 형벌을 받게 하고 치욕을 당하게 하는 일이니 사람의 아들이 아니다. (네이버에서 발췌 요약)

◇◇◇◇◇◇◇
편지

성리학에서는 인간의 마음에 감정이 일어나기 전, 고요한 상태를 성(性)이라고 하고, 감정이 일어난 뒤의 상태를 정(情)이라고 합니다. 성(性)은 감정이 일어나기 전이므로 하늘이 주신 인간 본성 그대로이므로 오롯이 선하다고 봅니다. 하지만 인간의 감정을 바깥 사물에 감응해서 일어나는 것이므로 절도에 맞지 않아 본성이 이지러지거나 가려질 수 있습니다. 그러므로 정(情)은 선할 수도 있고 악할 수도 있습니다. 인의예지(仁義禮智)는 바깥 영향을 받지 않고 그대로 발현된 性이므로 항상 선한데 이를 윤리적 범주로 '사단'이라 합니다. 칠정(七情) 즉 희(喜, 기쁨), 노(怒, 노여움), 애(哀, 슬픔), 구(懼, 두려움), 애(愛, 사랑), 오(惡, 미움), 욕(欲, 욕망)은 바깥의 영향을 받아 선할 수도 있고 악할 수도 있는 인성적 범주로 보는 것이 성리학의 설명입니다.

조선 성리학은 퇴계 이황을 기준으로 전기와 후기로 나뉩니다. 성리학을 국가 이념으로 삼고 출발한 조선이었지만 퇴계 선생에 이르기까지 그 이념은 토착되지 못했습니다. 말로는 성학(聖學)으로 이상 사회를 달성하자고 외쳤지만, 실제 정치는 권력자들에 의해 농락되고 일반인들은 여전히 불교와 미신에 지배당하고 있었습니다. 이런 시기 퇴계 선생은 독학으로 성리학을 공부하면서 손자뻘에 해당하는 고봉이나 율곡으로부터 배우기를 마다하지 않았습니다.

불치하문이라, 어린 그들을 학우라 지칭하며 도학과 정경을 논하기를 기뻐하였습니다. 두 분이 처음 만난 시기를 보면, 퇴계 선생은 지금 서울대학교 총장 격인 성균관 대사성을 지낸 분입니다. 고봉 기대승은 방금 과거에 급제하여 보직조차 없는 선달입니다. 쉰여덟 대학자는 벼슬길에서 물러날 즈음, 도약하는 패기를 존중하며 13여 년 동안 백여 통의 편지를 주고받습니다. 나이와 직위를 초월한 영혼의 교류입니다. 자기완성이라는 영원한 숙제는 대학자나 청년 학자에게 모두 절실한 것이기에 두 분은 기꺼이 대화하고 편지를 나눕니다. 학자와 관리의 길을 함께 가기가 얼마나 어려운지 서로 공감합니다. 언제나 후학 대승은 절하며 편지를 올립니다. "지금 사안에 대중 여론이 몹시 소란합니다. 성현이라면 어떻게 일을 처리하셨을까요? 한탄스러움을 호소할 데가 없습니다. 헤아려 주시길 바랍니다."

이런 심정을 충분히 헤아리던 선생이 그립습니다. 이럴 때 이런 선각이 우리 곁에 계신다면 얼마나 좋을까요!

소요유

소요유는 『장자(莊子)』 저술의 제1장입니다. '소요유'란 무슨 의미인가! 거닐 소(逍), 멀 요(遙), 놀 유(遊)를 조합하면 세상 방식대로 바쁘게 사는 것이 아니라 구름이 흘러가듯이 아무런 구속 없이 절대의 자유로운 경지에서 살아간다는 뜻입니다. '소요유'에서 제일 먼저 등장하는 것은 곤(鯤)이라는 물고기와 대붕(大鵬)입니다. 이 둘의 공통점은 거대하다는 점입니다. 얼마나 큰지, 하늘과 바다를 배경으로 인간이 상상할 수 있는 최대치를 그려 눈앞에 작은 것에 집착하는 사람들의 취약한 심사를 넓혀주려는 의도가 있어 보입니다. 이 외에 요임금과 허유와의 대화가 나오고 막고야 산에 신인(神人)이 등장합니다. 여러 내용 가운데 가장 오랫동안 눈길이 머무는 곳은 혜자와의 논쟁(論爭)입니다.

박이 열렸는데 너무 커서 물바가지로 사용할 수가 없다며 혜자가 먼저 포문을 엽니다. 장자의 됨됨이 크기만 할 뿐이지 현실 세계에서 별로 쓰임이 없지 않으냐는 직격탄입니다. 이에 장자가 솜장사 이야기로 답합니다.

'어떤 나그네가 솜 타는 일을 가업으로 하는 이에게 큰돈을 주고 기술을 전수받았다. 나그네는 그 기술을 개발하여 나라 병사들 전투용 물품을 만들어 큰 부자가 되었다. 한 사람은 평생 솜쟁이로 살았는데 한 사람은 한 나라 영주가 되는 발판을 삼았다. 왜 이런 차이가 있다고 생각하는가! 바로 상황에 따라 큰 것을 크게 쓸 줄 알았기 때문이다. 바가지가 너무 크면 물바가지가 아니라 다른 용도로 사용하면 될 것이다.'

2탄으로 가죽나무가 등장합니다. 혜자의 집에 있는 가죽나무는 너무 크고 비비 꼬여 먹줄을 칠 수 없어 목수들이 거들떠보지도 않으니 나무로서 가치가 없다는 것입니다. 장자의 말이 크고 거창하기만 할 뿐 알아듣지 못하니 사람들이 외면할 뿐이라는 의미입니다. 다시 장자가 답합니다.

'나무라고 해서 꼭 도끼에 찍혀 목수의 대팻날에 깔리는 것이 좋은 운명이라고 할 수 없다. 그렇게 큰 나무라면 들판에 심어 유유자적하게 그늘을 즐기면 좋지 않은가!'

이분들의 논쟁을 보면 현실적인 쓰임새와 정형된 틀과 강박관념을 탈피하자는 풍자로 봅니다. 며칠 전 모임에서 노총각이라 우기는 홀아비와 노처녀가 '홀로 사는 즐거움과 외로움'이란 주제를 놓고 쟁론이 있었습니다. 겨울밤이 길다는 홀아비의 현실과, 정갈한 노처녀의 풋풋한 이상론이 비슷한 톤으로 맞서며 게스트들의 웃음을 유발하는 소요유의 시간이었습니다. 역시 홀아비 사정은 노처녀가 아니라 과부가 알아준다는 결론입니다.

사랑하는 사람을 위하여

덕(德)을 높이고 '미혹'을 분별하는 것에 대하여 자장이 공자께 여쭈었다. 공자께서 말씀하십니다.

"충(忠)과 신(信)을 가까이하고 의(義)로 옮기는 자세가 덕(德)을 높이는 것이다. 애지욕기생(愛之欲其生) 사랑할 때는 그 사람이 잘 살게 하다가 오지욕기사(惡之欲其死) 미워지면 죽기 바라는 인정이라면 이는 곧 '미혹'이니라."

문학을 한마디로 말한다면 '어떻게 사랑하며 사는가!'로 귀착됩니다. 많은 작가들이 이 한 가지 주제를 놓고 글을 쓴다 해도 그리 잘못된 말이 아닙니다. 작중 인물을 통하여 이루지 못한 아픈 사랑이며 모범적 사랑을 그려내어, 독자의 공감 형성에 따라 베스트셀러가 탄생하는 것입니다. 삶에 있어 최상의 행복은 자기가 진실로 사랑하는 이에게서 사랑을 받고 있다는 확신이 들 때라고 사람들은 공통으로 말합니다.

한때 사랑하던 사이가 반전되어 미워지게 되면 정말로 죽어 없어지기를 바라는 경우도 있다 하니, 사람의 마음이란 게 참으로 묘하기 이를 데 없습니다. 그러기에 인생에서 가장 어려운 과업이 사랑의 완성이며 다른 모든 일은 준비 작업에 불과하다는 말에 일리가 있습니다. '애지욕기생(愛之欲其生)'이란, 사랑하는 이가 살아가는 데 힘들지 않도록 살펴준다는 뜻입니다. 여기에는 평화와 행복을 누리는 삶을 의미하며 가장 평온한 상태를 유지하기 위한 의무와 도리를 포함합니다.

정해진 사랑은 물론이요, 보일 수 없는 내면의 사랑이라도 그 부분 역시 인내와 희생이 필요합니다. 우리는 눈으로 보일 수 있고 마음으로 믿을 수 있는 사랑을 위하여 살아가고 있습니다. 그러나 이따금 우정이며 사랑이 흔들리는 까닭은 피차간 어느 한쪽이 진품이 아니라는 결론입니다. 그러기에 지난 이야기도 그렇습니다. 고운 추억이라면 모를까 과거의 괴로움에 현재의 감정을 낭비하지 말아야겠습니다. 미리 내다보지도 맙시다. 지금 당장 내 앞에 있는, 내 안에 마주하고 있는 상황이 전부라는 말입니다. 봄비 촉촉이 내리는 날, 마음이 시심으로 돌아가는 듯합니다. 비록 내 하나에 사람은 아니나~ 애지욕기생을 바라는 대상을 위해 밝은 가짐으로 마음을 환기시킵니다.

영원과 하루

세월본장(世月本長)이라, 세월이란 본래부터 긴데, 이망자자촉(而忙者自促)이라, 바쁜 사람은 저 혼자 재촉합니다. 천지본관(天地本寬)이라, 본래부터 천지는 넓은데, 스스로 좁은 사람이 저 혼자 비좁다 합니다. 본래 바람과 꽃, 눈과 달은 한가로운데 괴로운 사람이 저 혼자 바쁘다고 합니다. 탐욕의 그늘에 어두워 세월의 흐름을 보지 못하기 때문에 세월이 덧없게 느껴진다는 말입니다. 헛된 망상에 갇혀 있다 보니 세상 넓은 줄 모르고 꽃과 바람의 아름다움이며 여유를 모른다는 질책의 내용입니다.

『영원과 하루』라는 책을 읽습니다. 나이가 저물수록 지나온 세월은 꿈같이 빠르고, 하루하루는 덧없이 흘러갑니다. 보람된 시간을 보낸 이도, 그렇지 못한 이도 인생의 종착역 앞에서는 세월의 덧없음에 고개를 젓습니다. "과연 잘 살아왔는가?" 죽음을 목전에 둔 이들이 가장 후회하는 것은 '삶을 그렇게 살지 말았어야 했다'는 것입니다. 우리 모두는 지구를 살아가는 순례자라~ 단 한 번의 즐거운 놀이를 위해 이곳에 온 것을….
이토록 아름다운 세상을 계획 없이 무작정 살아기는 것은 아닌지요!

우리는 시간에 의해 살고 또 시간 속에서 살아갑니다. 그리고 시간
속에서 생을 마칩니다. 이렇게 시간을 쓰고 아끼는 것은 자신에게 달려
있습니다. 그러나 세월에 따라 시간의 흐름에도 변화가 따릅니다. 이전
에 했던 일정에 속도가 빨라지고 지금까지 익숙한 상황에 이별을 고하
기도 합니다. 우리를 불안하게 하는 것은 익숙한 시간이 지나가는 것보
다 새로운 상황에 낯섦입니다. 삶에서 하나의 문이 닫히면 언제나 다른
문이 열린다고 합니다.

변화의 이름은, 일에 끝이고 완성이고 또는 이별이고 또는 죽음이라
는 것입니다. "올해 어떻게 지냈는가?" 이는 실제로 "몇 살인가?" "인생
의 시계는 몇 시인가?"를 묻는 것과 같습니다. 지금 내 인생의 시계는
몇 시인가! "지나간 청춘이 그리운가?" "다시 그 시절로 돌아가면 같은
삶을 살 것인가?" 돌이켜보니 안타까움이고 무지의 시간이 길었습니다.
젊은 시절의 꿈이 지나고 보니 후회만 남습니다. 삶은 끝나가는데 꿈은
실현하지 못했기 때문입니다. 이제 얼마인지 모를 남은 시간으로 자신을
위해 여유와 보람을 연출할 때가 바로 지금인가 합니다.

명명철학(命名哲學)

그 이름을 안다는 것은 그의 대부분을 이해한다는 것을 의미합니다.
아기가 첫울음 고고의 성(聲)을 울리고 나면 그 조그만 존재물에 대하
여 무어라고 말해야 할까요! 모든 것이 이름을 가지듯이 이 아기에게 한

이름을 가지게 되겠지요. 생각해 보면 우리는 누구를 떠올릴 때, 이름 자 외에 다른 것으로 기억하거나 표현해 내기가 얼마나 어려운지 알 수 있습니다. 이름을 통하여 이해될 수는 있겠지만, 이름이 그냥 이름으로서만 그치고 만다는 것은 너무나 애달픈 일입니다. 또한 실체를 알기 전에 이름에 의해 결정되는 경우가 곳곳에 있습니다.

로마 황제 마르크스 아울레리우스가 마르코만인들과 싸울 때입니다. 황제는 적진을 향해 선봉에 선 병사들에게 수중지대왕(獸中之大王)인 사자를 대거 동반시키니 염려하지 말라고 독려합니다. 병사들은 사기 충천하여 적진을 향해 돌격합니다. 마르코만 진영으로 정말 사자들이 바람처럼 달려들었습니다. 마르코만 장수는 자기 병사들을 안심시키기 위해 "저것은 사자가 아니고 로마의 개(犬)"라고 외쳤습니다. 잠시 당황하고 주저하던 마르코만 병사들은 사자를 미친개 때리듯이 때려죽이고 싸움에 이깁니다.

1930년대 명명철학을 논하는 김진섭 씨는 아무리 백수의 제왕인 사자라 할지라도 이름이 잘못 전달되면 개 취급을 당할 수 있다는 예시를 들었습니다. 그렇다면 개가 노력하면 사자가 될 수 있을까요? 이건 또 답하기 어려우나 절대부정은 하지 못합니다. 부단히 노력하면 사자에 준하는 대접을 받을 수도 있기 때문입니다. 글을 통해 이름을 드높이는 과정은 힘들지만, 이름자를 모욕당하기는 하루아침이라는 훈계를 받습니다.

호사유피 인사유명(虎死有皮 人死有名)이라고 했습니다. 호랑이야 백이면 백 가죽을 남기지만 사람들은 모두 다 이름을 남기는 것은 아닙니다. 이름을 남긴다 해서 모두 빛나는 이름도 아닙니다. 만약에 누군가 그의 이름을 잊었을 때 그에 대한 다른 무엇을 기억해야 할까요! 또 내 이름자는 누군가에 어떻게 명명될까요! 요즘 아기를 낳고 아기 이름을 짓느라 고심하는 조카를 보면서 이름과 이름에 따르는 의미를 헤아려 봅니다. 모든 것에 이름이 있고 기쁨이 있다는 시어(詩語)처럼, 그립게 그려지는 이름이려면 어떻게 살아야 할까요!

금수회의록

「금수회의록」은 1908년 2월에 간행된 안국선의 작품입니다. 화자인 '나'는 타락하는 인간들을 걱정하다가 잠이 듭니다. 그리고, 꿈속에서 동물들이 인류를 논박하는 연설회장에 들어가 보고 들은 내용을 기록합니다. 금수들의 안건은, 사람의 행위에 시비를 논하며, 사람 자격이 있는 자와 없는 자를 조사하는 것으로 회의를 상정합니다. 맨 처음 까마귀가 등장하여 반포지효(反哺之孝)를 자랑하고 이어 여우, 개구리, 벌, 게, 파리, 호랑이, 원앙의 순서로 주장을 펼칩니다.

각 연사들 열변이 모두 들을 만합니다. 이 중에 일곱 번째 등단한 호랑이의 주장을 먼저 내어놓는 까닭은 내 맘에 드는 얼짱 호랑이기 때문입니다. 눈알이 등불 같고 위풍이 늠름한 호랑이가, 주홍 같은 입을 떡 벌리고 어금니를 부지직 갈며 연설을 시작하는데 문자 사용으로 봐서 식(識)자층입니다.

"공자께서 말씀하시기를 '가정맹어호'라고 하셨다. 이 말은 까다로운 정사(政事)가 호랑이보다 무섭다는 뜻이다. 세상 사람들이 우리 호랑이보고 포악하고 무섭다고 말들 하는데 우리에게 해를 당한 사람이 몇 명이나 되는가? 도리어 사람들끼리 서로 살육하기를 몇억만 명인지 알 수가 없다. 우리 호랑이들이 포악한 짓을 해 봤자 산중 깊은 곳에서 잠깐 횡행할 뿐이지 인간들처럼 대낮에 서로 죽이고 재물을 빼앗는 짓은 하지 않는다. 억울한 백성 감옥에 처넣고 돈 바치면 꺼내주고, 벼슬 한 번 잡으면 밑천 뽑을 때까지 음흉한 수단으로 정치를 까다롭게 하여 백성들을 못살게 만드는 것이 사람이다. 옛말에 양호유환(養虎遺患)이라고 하여 호랑이 새끼를 기르면 후환이 된다고 했지만 지금은 호랑이 새끼로 돈 버는 사람이 있다. 오히려 사람의 새끼를 기르는 것이 정말 후환이 된다. 호랑이는 죽어서 반드시 가죽을 남긴다. 그러나 사람이 죽어서 이름을 남길 자가 몇 명이나 되겠는가? 지공무사(至公無私)하신 하나님께서는 겉모습만 사람의 형상을 하고 마음속은 흉포하며 못된 짓 하는 자들의 종자를 없애는 것이 가장 좋은 일이라고 생각한다."

호랑이가 열변을 토하는데 구구절절 맞는 말입니다.

회의를 주재하는 사회자는 인간들은 세상에서 가장 귀하고 신령하다고 하지만 제일 어리석고 괴팍하다는 말로 폐회합니다. 물론 동물들의 시각에서 인간들의 폐단을 일방적으로 뿜어내는 형식이라서 서로 간 반론의 부분이 없는 게 흠이라면 흠입니다. 다시 등장한 서술자 '나'는 사람을 위하여 변명하려고 몇 번이나 생각했지만 변명할 말을 찾지 못합니다. 짐승 같은 사람, 짐승만도 못한 사람들에게 반성을 촉구합니다. 「금수회의록」의 배경은 이미 한 세기가 지나갔지만, 의미와 재미를 함께 하는 내용입니다. 누구든지 가릴 바 없는 권장 도서라고 생각합니다. 특히 위정자들이 잘 좀 읽고 생각하길 바라는 마음입니다.

장자(莊子)

장주가 꿈에 호접이 되어 날개를 한들거린다. 잠들어 있는 동안 나비가 되어버린 장자는 깨어나서 생각해 보니, 나비가 자신인지 자기가 나비인지 분간하기 어려웠다.

"나도 산에 누워도 그만이고 방에 누워 있어도 그만인 나이다 보니 평소가 꿈인 듯 꿈이 평소인 듯하다." 생전에 큰오라버니 말씀입니다.

기원전 4세기 공자보다 1백 년 후에 태어난 장자의 사상은 무위자연(無爲自然)을 기본으로 하고 있습니다. 공맹을 읽다 보면 현실을 돌아보며 자세가 곧게 되고 마음이 이성적으로 성립되는데, 장자의 철학은 자유롭기만 합니다. 부귀영화에 초연하다 보니 더러는 허무적입니다. 장자의 제물론(齊物論)과 더불어 허무를 논(論)하니 공허감이 밀려옵니다. 밤새 꿈속에서 장자를 닮은 큰오라버니를 만났습니다. 아니 공맹과 같은 오라버니를 만났습니다. 제비나 까치처럼 작은 조작(燕鵲)이 대붕(大鵬)의 뜻을 어찌 알겠냐만, 장자의 이야기를 읽으며 생전에 오라버니 마음을 헤아려 봅니다.

장자는 시비를 따지고 가불가(可不可)를 논하는 일을 말에 유희에 비하였습니다. 모든 논제에는 쌍방의 가르침이 있고 그에 맞는 이론이 따르는 법, 한쪽 이론이 있기에 다른 쪽 이론이 생기는 것이라는 말이지요. 동서(東西)는 상반하나 서로 없어서는 안 되기에 한 걸음 더 나아가 방생의 설(方生의 說)을 주장합니다.

방생이란 제대로 낳는다는 뜻으로, 제대로 낳으면 죽을 때 제대로 죽는다, 또 제대로 죽으면 제대로 낳는다는 뜻도 됩니다. 하나의 이론이 생기면 다른 하나의 이론이 생기기 마련입니다. 이렇게 끝이 없기에 다시 한번 무(無)의 경우로 돌아가서 생각해 보지 않으면 안 됩니다. 방생(方生)하면 방사(方死)하고 방사(方死)면 방생(方生)한다의 논의로 보면 생사 중 한쪽을 쉽게 피할 수 없는 것과 같습니다. 어렵습니까!

태어남은 자기 의지가 아나나 살아감은 자기 의지란 말입니다. 그리고 연관된 관계에 대한 책임입니다. 사소한 일에도 시작과 마무리가 공히 중요한 법인데 하물며 생애의 마무리는 얼마나 중요하단 말입니까!. 나는 앞서간 이들의 삶을 선별하고, 부모님과 선배들의 여정을 존경으로 따르며, 회자정리와 거자필반의 무궁한 이치를 배우고 있습니다.

군자는 과연 시민이 될 수 있을까!

유교에서 말하는 가장 이상적인 인격은 성(聖)과 현(賢)입니다. 성현의 제일 덕목은 도덕적으로 완성되어야 하며 이를 바탕으로 군주를 보필하여 국가를 다스리도록 하여야 합니다. 백성에게는 올바른 삶을 살도록 삶을 인도하는 사회적 지도자를 말하는 것입니다. 이런 개념에 사회적 지도자는 지, 덕, 용(智, 德, 勇)을 포함하되 제일 순위가 도덕적 고결함입니다. 바로 이런 인격자를 성인이라 하고 현인이라 합니다.

군자의 본래 어원은 중국 봉건시대 귀족을 지칭합니다. 이것이 공자 시대에 와서, 이상적 인격을 지닌 이들이 사회를 이끌어가는 엘리트로서, 타인의 모범이 될 만한 덕을 갖춘 사람을 의미하게 되었습니다. 자기 이익만을 위해 행동하는 소인배와 대비되는 인격 유형에 군자를 앞혀 놓고 인의충서(仁義忠恕)를 소양으로 삼게 하였습니다.

인의(仁義)라는 것은 대부분 사람들이 어려운 현실을 살아가는 데 공감할 수 있는 내용, 바르게 살아가도록 이끌어 주며 몸소 실천하는 것입니다. 충서(忠恕)라는 것은 인의(仁義)를 이끌어가기 위해 자기 자신을 내어놓고 다수의 구제를 위해 노력하는 길입니다. 이렇게 대중을 위해 교화하고 지도할 의무를 갖는 존재를 군자라고 정의할 때, 우리가 인지하고 있는 조선의 군자는 과연 사회 지도층이라고 할 수 있을까 생각하는 시간입니다.

송명(宋明)시대에 이르면 군자의 요건을 독서인(讀書人)에게서 추구했습니다. 신분 한계를 벗어나 자기 수양을 갖춘 이라면 누구나 유교 경전에 대한 지식과 실천을 통해 사회 모범이 될 만한 사람을 군자로 보았습니다. 오늘날 군자의 가치와 의미를 긍정하려는 부분도 바로 이런 요소입니다. 조선에서는 군자와 선비의 개념이 비슷했습니다. 다만 군자는 벼슬과 가까웠고, 선비는 벼슬과 상관없이 개인의 도덕적 의무와 지식을 통해 정신적 지도력을 발휘하거나 불의를 비판하였습니다. 오늘날 우리가 말하는 비판적 지식인의 모습입니다.

우리 선조들이 추구했듯이 도덕적 인품과 인문 교양을 갖추고 비판 기능을 수행할 오늘의 선비와 군자는 누구일까요! 제대로 된 지도층은 일반인과 같은 사상, 보통 사람과 같은 생활을 할 때 빛을 발하기 때문입니다. 이러한 역할을 수행할 수 있는 사람이 이 사회에 필요한 존재라는데 이견이 드물다고 봅니다. 그러나 권력층 실세에 현대 군자론은 논의 자체만으로도 비판이 앞서는 현실입니다. 사회 지도층과 군자론의 거리는 자꾸만 벌어지고 있기 때문입니다.

'현재 우리 사회 지도층은 누구를 말하는가! 지도층을 군자라고 할 수 있나! 군자를 일반 시민과 나란히 염두 할 수 있을까!' 독서 중에 품어 보는 의문들입니다.

내 나무

아메리카 인디언들은 자기가 사랑하는 나무가 한 그루씩 있답니다. 건강이 좋지 않거나 마음이 불안하면 자기 나무를 끌어안고서 기운을 받고, 나무와 속이야기를 나누는 풍습이 있다고 합니다.

나무 위에 사는 어느 선승의 이야기를 읽으며, 우리네 삶 속에 숲이 주는 의미를 헤아리는 중입니다.

어린이 필독서에 『아낌없이 주는 나무』가 있습니다. 한 소년이 나뭇가지에 매달려 놀기도 하고 올라가기도 하고 그늘에 쉬기도 하고 열매를 먹기도 하고, 급기야 몸통까지 잘라갑니다. 마지막엔 그루터기를 내어 주면 앉아 쉬게 해주는 아낌없이 주는 나무 이야기입니다.

또 하나 『나의 라임 오렌지 나무』입니다. 너무나 가난하고 보잘것없는 소년 '제제'에게 유일한 소통이 되는 오렌지 나무입니다. 아무도 자기 마음을 몰라 줄 때, 그럴 때마다 제제는 오렌지 나무에게 마음을 내어놓으며 위로를 받습니다. 아메리카 인디언들이 하나씩 가지고 있는 신앙의 나무와 같은 맥락입니다. 그런데 제제의 주변에도 개발 바람이 불어오는지 오렌지 나무가 베어진다는 소식입니다. 어린 소년의 힘으로 어찌할 수 없는 일입니다. 밤새 잠 못 이루는 제제는 꿈속에서 나무에게 이별을 고합니다.

우리 옛 시절에도 '내 나무'가 있었습니다. '농장지경' '농와지경' 아들을 낳으면 선산에 소나무를 심고, 딸을 낳으면 밭두둑이나 논두렁에 오동나무를 심었습니다. 딸이 자라 성혼할 시기가 오면 오동나무 상태에 따라 장롱 내지 반닫이를 만들어 혼수로 삼았습니다. 아들이 자라 늙어 죽으면 선산에 자라고 있던 자기 소나무를 잘라 관(棺)을 짜는 데 사용했습니다.

이렇게 어릴 적부터 자기 이름으로 얻는 각자의 '내 나무'가 있어 나무와 함께 자라고 나무와 함께 생활하고 나무와 함께 죽음을 맞이했습니다.

마을마다 수호신 같은 동구나무처럼 우리 모두의 나무도 있습니다. 비바람을 막아주고 때마다 쉼터가 되고 의지가 되는 나무의 가치로움을 홍수와 산사태를 보며 다시 한번 생각합니다.

우리 동네 아담한 공원에도 크고 작은 나무들이 즐비합니다. 봄날을 화사하게 장식하는 벚꽃길이 자랑스럽게 아름답습니다. 한여름엔 푸른 터널을 만들어서 충분한 휴식을 이끌어 줍니다. 장마 끝 매미의 울음소리가 공원에 가득한 가운데 알 듯 모를 듯 새소리도 한창입니다. 삼삼오오 큰 나무 그늘마다 사람들이 모여들고 정담이 도란거립니다. 하나하나가 전체를 이루듯이, 전체의 숲이 한 사람 한 사람을 위안합니다.

한 시기 희로애락을 나눌 수 있고 기댈 수 있는 내 마음속 나무를 찾으려 했으나, 결국 내 안의 나무는 내 자신임을 일러 줍니다.

이제는 작으나 크나 누군가의 나무 그늘이 되도록 맘 자리를 넓혀야 할 시절입니다.

기품

기(氣)는 활동하는 힘입니다. 품(品)이란 여러 사람의 입을 통해 격조 있는 사람이라는 인정을 받을 때 생기는 품위입니다. 물론 홀로 가지고 있는 기운입니다. 명사들을 찾아다니며 그들과 함께함으로써 비슷한 사람으로 인정받고자 하거나, 가지고 있는 외형 자산을 몽땅 꺼내어 보이려는 사람, 누군가를 비난함으로써 자기만족을 얻는 사람, 기를 쓰고 목적 달성을 위해 노력하는 사람, 아예 남들과 대립을 세우지 않는 사람들에게, 기(氣)는 있을지 몰라도 품(品)이 보이지 않습니다. 늘 우울한 사람은 기가 약하답니다. 기절하다, 기막히다, 기가 세다, 기를 쓴다, 기가 차다, 양기, 음기, 살(殺)기, 활(活)기, 서기, 생기⋯. 살아가는 모습을 보면 氣 성향도 각색입니다.

오늘은 기품 있는 사람에 대해서 이야기를 나누었습니다. 상대로 하여금 존경심이나 예의를 갖추게 하는 힘은 대단한 것입니다. 기품을 갖춘 사람은 누구인가요!

실천하는 지식입니다. 청빈한 봉사 정신입니다. 의연한 자태입니다. 빈 마음입니다. 시력도 청력도 운동능력도 모조리 잃은 사람이라 할지라도 타인으로 하여금 존경심을 느끼게 하는, 위엄을 가지는 경우가 종종 있습니다. 그것은 그 사람이 평생 무언가를 열심히 추구해 온 결과일 수도 있고, 별다른 재주가 없어도 겸허하게 타인에게 감사할 줄 아는 현명함에서 비롯되는 것입니다. 무엇보다 사랑이며 우정을 포함한 인간적 의리를 꼿꼿하게 지니고 있는 사람입니다.

나이가 들수록 아는 것과 이루는 것의 차이는 멀어집니다. 실은 너무 많이 알아 하고 싶은 게 많아서 탈입니다. 실력이 따르지 못하는 눈높이도 탈입니다. 왕년에 잘나가던 시절을 회상하여 존경을 기대하는 모습만큼 초라함은 없습니다. 노인을 대하는 태도가 좋지 못한 세상입니다. 노년에는 천명에 유순해지는 모습과 대우에 대한 노여움으로 화를 분출하는 행태로 양분되어 보입니다. 어느 모습이어야 할까요! 자꾸만 줄어가는 기력(氣力) 앞에 무의무덕 유순한 길이 낫다는 생각입니다.

며칠 병원에 있는 동안 느꼈던 병실 분위기입니다. 한결같이 고단하고 힘든 내색들입니다. 환자는 물론이고 보호자들까지 기품(氣品)과 거리가 멀어 보입니다. 기공(氣功), 기수련, 기치료, 기체조 같은 용어의 필요성을 떠올립니다. 기품에 건강이 따르는 것이 아니라, 건강 속에 기품이 따라다닌다는 것을 체험합니다. 건강할 때 건강을 지켜라, 이 지당한 어록을 되새기며 지난 한 주를 보냈습니다.

강정

"자네, 음식 중에 강정이란 것을 본 적 있는가? 쌀가루를 술에 재어 누에만 하게 잘라 구들에 말려 기름에 튀겨내면 모습이 누에고치가 되네. 깨끗하고 아름답지만 속은 텅 비어 먹어 봤자 배를 부르게 하기 어렵지. 게다가 잘 부서져서 불면 눈처럼 날린다네. 그래서 겉은 번드르르하면서 속은 텅 빈 것을 강정이라 한다네."

연암 박지원 선생의 글입니다.

어린 시절 기억으로 나의 어머니는 솜씨가 좋아 어느 음식이나 잘하셨습니다. 특히 강정 만드는 데 일가견이 있어 명절을 앞두고는 동네 여러 집을 다니면서 한과를 만드는 명인이었습니다.

한과를 만드는 걸 여러 번 봤습니다. 찹쌀가루를 막걸리에 담가 두는 것이 가장 먼저고, 다음으로 중요한 과정은 콩가루를 얼마나 적정량을 섞어 반죽하느냐가 관건입니다. 찹쌀가루에 비해서 콩가루가 너무 많이 들어가면 튀길 때 강정이 부서지고, 너무 적은 양이 들어가면 강정이 잘

튀겨지지 않는다고 합니다. 지금은 전문가의 손으로 만들어지는 특별한 음식이지만 예전엔 집집마다 한과를 직접 만들었습니다.

연암 선생은 강정의 맛을 낮춰서 말하는 것이 아니라 모양에 비해 실속을 말합니다. 손님 다과상에 예쁘고 아름답게 올려진 한과는, 막상 한 입 깨물면 푹 꺼져 이빨 사이로 달라붙기 일쑤고, 아무리 먹어도 입맛만 깔깔해질 뿐 배도 부르지 않는다는 의미지요. 그저 다과상 눈요기에 알맞은 과자지 실속이 없으므로 세상에 속 빈 강정 같은 사람들을 비유하기 위한 내용입니다.

우리네 사람들도 그렇지 않습니까! 겉으로 봐서는 뭔가 있어 보이고, 식자가 들어 보이는 외양이지만, 내실이 없는 사람들이 허다합니다. 살짝만 건드려도 부서져서, 앉은 자리만 지저분하게 되는 속 빈 강정 같은 사람입니다. 겉모습 꾸미기에 급급하느라 작은 시련에도 쉽게 무너져 내리고 마는 이들에게 일침을 가하는 말입니다.

어제 집안일로 공주에 다녀오는 길에 청양을 방문했습니다. 말로만 듣던 천장호와 출렁다리를 구경하고 구기자 한과 공장에 들렀습니다. 청양특산물인 구기자로 만든 한과 맛이 일품이라 하여 몇 개 구입했습니다. 아주 달지도 않고 알맞게 맛이 있습니다. 검정깨 참깨로 만들어진 강정이 부서지지 않고 오히려 쫀득하며 지저분하지 않습니다. 선인이 가르치는 속 빈 강정은 연암 선생의 강정 비유와 매치가 안 되니 내용상 발췌하고 개선해야겠습니다.

방하착(放下着)

한 학자(學者)가 조주선사에게 물었습니다.

"저는 모든 것을 버리고 한 물건도 갖지 않았습니다. 이다음은 어떻게 했으면 좋겠습니까?"

조주선사가 대답하십니다.

"'방하착(放下着)'이다. 내 던져 버려라. 놓아 버려라."

이미 버릴 것은 다 버렸는데 무엇을 놓아 버리고 무엇을 버리라는 말씀입니까? 학자가 다시 여쭈어 봅니다. 조주선사가 답합니다.

"그렇다면 다시 지고 가거라."

버렸다고 생각하는 그 생각 안에는 버린 것 같지만 버리지 못했다는 의미입니다. 한 곁으로는 버린 것 같지만 실제로는 버린 것이 아니라. 바람이 나뭇가지를 스치고 지나갈 때처럼 안팎으로 거리낌이 없어야 비로소 자유로울 수 있으니. 물건이든 사람이든 때로는 지녔던 것을 내던져 버릴 수 있어야 하는데, 움켜쥐었던 것을 생각까지 놓아 버리지 않고는 묵은 수렁에서 벗어날 기약이 없다는 가르침입니다.

어떤 사람이 산골 오두막에서 하룻밤을 묵게 되는데 밤새 온갖 괴물 소리에 한잠을 이루지 못했습니다. 아침이 되어 밖에 나와보니 새소리 바람에 몸을 맡기고 흔드는 나무들의 이야기 소리뿐입니다. 다음 날밤은 무서움 없이 편안히 잠을 이룰 수 있었습니다. 그다음 날은 일찍이 산속의 맑은 공기에 감사하고 호흡할 수 있었습니다. 풀과 나뭇잎을 비춰주는 햇살이 감사하니 깊은 밤 별빛까지 아름다워 오히려 잠을 이루지 못하겠더라는 이야기입니다. 일체유심조라고 했나요! 세상만사 마음길 따라 이렇게 해석이 다릅니다.

저자는 바람이 멈춘 상태처럼 마음의 고요를 해탈이라고 설명합니다. 어떤 자리에 있든지 세상은 같은 것입니다. 자기를 너무 높게도, 너무 낮게 할 것 없습니다. 남을 부러워하거나 지금 상태를 두려워할 필요가 없는 마음으로 만들 수 있는 경지를 말합니다. 단풍 들면 낙엽 진다고 했던가요! 작년 가을 현충사 경내 단풍을 떠올립니다. 아름다웠습니다. 고운 단풍도 마지막 빛을 발하고 나면 낙엽이 됩니다. 낙엽이 지고 나면 이제 어디로 갈까요! 상록수가 아니라면 의당 철 따라 잎을 피우고 물들고 떨어지기를 반복하는 게 자연에 순응하는 모습입니다. 떠나기 싫다고 낙엽을 달고 있는 나무를 생각하면 초라하기 그지없습니다. 언젠가는 나무처럼 내가 지닌 모든 것을 내려놓아야 할 때가 올 것입니다. 그러니 시시때때로 내 것이 아닌 것들은 큰 마음으로 놓아 버리는 연습을 미리부터 익혀 두어야겠습니다.

소망

어떤 병자가 아기를 낳았습니다. 한밤중에 아기를 낳고 보니 어떻게 생겼는가 몹시 궁금하여 얼른 일어나 불을 켜고 아기를 쳐다보았습니다. 평생 불치병으로 살아가는 자신을 닮을까 염려되었기 때문입니다. 아기를 생산한 어머니가 불치병인지 아버지가 불치병인지, 상세하지 않으나 부모 심성이 한가지입니다. 『장자』 천지 편에 이 부분을 읽으면서 언젠가 인터넷상에서 돌아다니던 '아버지'라는 글을 떠올립니다. 아버지란 때때로 이중적인 잣대를 지니고 있어서 자식이 아버지를 빼어 닮기를 바라면서도 막상 자신을 닮은 삶을 살아갈까 봐 불안하다는 내용이 있습니다. 실력이며 심성이 반듯하여 타에 모범으로 자라는 모습이 아비를 똑 닮아 훌륭하다는 말보다 더 행복한 말이 어디 있겠습니까! 하지만 남이 모르는 자기만의 내면의 부실함이 자식에게 전해질까, 저어되는 마음은 어느 부모라도 동일할 것입니다.

선생들이 제자를 향해 '청출어람'을 기대하는 면도 같은 맥락입니다. 자기를 통해 배우라고 말하면서도, 자기를 기준으로 잣대를 대기엔 반성할 부분이 있기 때문입니다. 푸른색은 쪽에서 나오는 색깔이지만 쪽보다 더 푸르고, 얼음은 물에서 생겨나지만 물보다 더 차가운 것처럼, 학문의 이어짐도 대를 이어갈수록 향상되길 바라는 게 스승의 마음입니다. 거듭 미안한 말이지만 내가 잘 가르치지 못하더라도~ 내 실력이 미약할지라도, 나의 제자들은 좀 더 높은 학구열로 욱일승천하길 바라는 것입니다.

순자의 『권학』에서는 이를 구체적으로 정리합니다. 곧은 나무를 휘어서 바퀴가 되게 하는 것, 굽은 나무를 곧게 펴서 반듯한 재목으로 만드는 것, 이것이 교육이라고 말합니다. 학습과 교화를 강조한 교육철학입니다. 우리 사회의 문화적 소산 역시 사회 조직에 의해 이루어지는 것이며 그 문화가 곧 예(禮)라고 정리합니다. 예라는 것은 법과 제도요, 법과 제도를 준수하게 하려면 더 푸르게, 더 차갑게, 더 둥글게, 더 반듯하게 만들어야 하는데 이 모두가 교육의 힘이라고 강조합니다. 광복 후 시작된 교육안이 개정을 반복하더니 7차에서 문·이과를 폐지하고 선택 중심으로 다시 9차 10차 교육과정에 이르렀습니다. 그동안 우리 사회에 일그러진 모습을 정확히 기술하면 그대로 답습할까 두려워한 기색도 보입니다. 매끄럽게 단장하는 것도 좋지만 있는 정확하게 가르치며 행동으로 모범을 보이는 것이 가장 좋은 교육이라는 게 내 마음입니다.

운명과 노력의 대결

위인들의 일대기를 읽어보면 누구 한 사람 실패 원인을 타인에게 넘기는 법이 없습니다. 자기 인생의 주인공은 자신이라는 주인 의식이 확고합니다. 내 삶의 주인은 '나'뿐이라고 다짐하는 것도 중요하지만 내 삶의 실패 또한 '내 것'이라 말하는 용기가 필요합니다. 그런 의미에서 역사에 오점을 남긴 인물들은 우리 삶에 좋은 사례로 비교됩니다. 사회에 악영향을 남긴 이들은 항상 타인에게 책임을 떠넘기는 기술이 탁월합니다. 자신은 하려고 했으나 누군가 지원군이 없다든가, 시의가 적절치 않아 재능이 빛을 발하지 못한다든가, 나름 패배의 타당성을 피력합니다.

재수 없는 사람, 운이 없는 사람을 관찰하면 자신이 노력한 부분보다 타인에 관해 잘못을 앞에 내어놓습니다. 주변 사람에 의해서 움직이는 삶이라면 항상 주인공은 자신이 아닙니다.

> 내 손바닥에 흐르는 땀과 핏줄이 내 삶을 지배하는 운명입니다. 매끄럽고 고운 손으로 세상을 살아가려고 하면서, 세상일이 뜻대로 되지 않는다는 말은 한낱 넋두리에 불과합니다. 지금까지 무엇을 했습니까! 어떤 노력을 해 왔는지 각자 점검합니다. 지금 당장 운명을 개선하고 운명을 지배하고 싶은 욕구가 있다면 노력을 통해 땀을 흘리는 방법밖에 없다는 점을 명심합니다.

이 글의 저자 고다 로한(1867~1947)은 도쿄에서 출생한 중국인입니다. 문예평론가며 철학자라 합니다. 우리 시대로 보면 조선 말경부터 광복 직전에 해당하는 시기를 살다 간 분의 글입니다. 시대가 다르고, 나라도 다르지만 삶을 지향하는 자세는 얼마간 타당하기에 그의 글 가운데 한 페이지 노력론을 되새깁니다.

– 문해력 키우는 고전 읽기 –

수상(隨想)한 고전 산책

초판 1쇄   2024년 12월 23일

지은이   이인숙
발행인   김재홍
교정/교열   김혜린
디자인   박효은
마케팅   이연실

발행처   도서출판지식공감
등록번호   제2019-000164호
주소   서울특별시 영등포구 경인로82길 3-4 센터플러스 1117호(문래동1가)
전화   02-3141-2700
팩스   02-322-3089
홈페이지   www.bookdaum.com
이메일   jisikwon@naver.com

가격   17,000원
ISBN   979-11-5622-908-7 43810